Wie man einst in Schwaben lebte

Wie man einst in Schwaben lebte

Erinnerungen und Erzählungen
von Berthold Auerbach, Max Eyth, Karl Gerok,
J. und Th. Kerner, H. und I. Kurz, Eduard Mörike,
F. W. Waiblinger, Ottilie Wildermuth
und anderen württembergischen Autoren

Mit vielen alten Bildern

Herausgegeben von Diethard H. Klein

Stieglitz-Verlag · E. Händle · Mühlacker

Konzeption: Bücher-GmbH, Bayreuth
Redaktion: Dr. Teresa Müller, Tübingen
Schutzumschlag: HF Ottmann, Leonberg

Erläuterungen heute nicht mehr gebräuchlicher Wörter
finden Sie am Schluß des Buches.

ISBN 3-7987-0201-2

Gesamtherstellung: Wiener Verlag, Himberg bei Wien

Inhalt

Vorwort

Vom Tages- und Lebenslauf im Württemberg des 18. und 19. Jahrhunderts berichten die in diesem Band gesammelten Texte. Dabei kommen Stadt und Land gleichermaßen zu Wort wie die verschiedenen Stände und Berufe: Hausfrauen-, Handwerker- und Bauerndasein werden ebenso geschildert wie das kleiner Schreiber und hoher Beamter, das der Schüler, Studenten und Arbeiter, der Ärzte, Pfarrer und Professoren.

Zwischen zwei zeitlich nicht eng begrenzte Texte von Ottilie Wildermuth und Isolde Kurz am Anfang und Ende des Buches haben wir die weiteren 23 Berichte und Erzählungen in der Abfolge der dargestellten Ereignisse, der Lebensdaten der Verfasser oder der in etwa beschriebenen Epoche eingeordnet – von den kurzen autobiographischen Notizen Johann Jakob Mosers (1701–1785) bis zu einer Zeitungs-Abhandlung über Haushaltungsgeld-Probleme aus dem Jahre 1902. Heiteres, Idyllisches, Romantisches kommt auf diesen Seiten ebenso zur Geltung wie Dramatik menschlicher Schicksale und Enge beruflicher Zwänge, Alltagssorgen ebenso wie Feiertagsvergnügen und das Auf und Ab im Jahres- ebenso wie im Lebenslauf.

Bei der Auswahl stand für uns die Verbindung von Lesevergnügen und Information im Vordergrund – die Texte dieses Bandes sollen unterhalten und daneben ein Bild der jeweiligen Zeit geben. Da hierzu auch die typische Ausdrucksweise gehört, haben wir zwar weitestgehend eine Anpassung an die heutige Schreibweise vorgenommen, aber für das Zeitkolorit wichtige Wendungen, Ausdrücke oder Fremdwörter beibehalten und sie – um den Lesefluß nicht zu stören – am Schluß des Bandes erläutert. Im Anschluß daran finden sich auch Stichworte zu den hier versammelten Autoren.

Die Illustrationen wurden größtenteils zeitgenössischen Werken oder auch frühen Ausgaben entnommen; auch sie sollen die Einstimmung zu Zeit und Umwelt verbinden mit der Darstellung von Handlungsorten und Personen.

Wenn möglichst viele Leser die Zielsetzung dieses Bandes begrüßen und Freude daran haben, dann freuen sich darüber

Herausgeber, Redaktion und Verlag

Ottilie Wildermuth

Aus dem Leben einer Hausfrau der alten Zeit

„Ahnfräulein“ oder „Ahnfrau“ wird in einigen Gegenden Schwabens die Großmutter oder Urgroßmutter genannt, und unter diesem Namen möchte ich am liebsten eine meiner Vorfahren einführen, deren lebensvolles Bild mir heute besonders frisch vor die Seele tritt.

Selten wird ein Leben weniger Wechsel der Szene geboten haben als das der Ahnfrau. Von ihrer Geburt bis zum Tode, vom ersten bis zum vierundachtzigsten Lebensjahr, waren die Mauern ein und derselben kleinen Stadt der einzige Schauplatz ihrer Freuden und Leiden, ihrer ganzen Wirksamkeit, ein Schauplatz, den sie nur sehr selten zu kurzen Besuchen bei Geschwistern oder Kindern verließ. Und doch, wie mannigfache Bilder in diesem einfachen Rahmen! Welch frisches, lebenswarmes Gemüt, welch unverwelkliche Herzensblüte hat sich auf einem Boden erhalten, den man sonst kaum für tauglich hält, um Küchengewächse darauf zu ziehen!

Sie war einmal jung und schön gewesen, das Ahnfräulein, das ich nur noch als eingeschrumpftes

Mütterchen gekannt, und sie ließ das nicht ungern merken, um so mehr, als das Konterfei, das noch aus ihrer Blütezeit existierte, leider durchaus von keiner Meisterhand herrührte und einen gar unvollkommenen Begriff von ihren jugendlichen Reizen gab. Doch schaute selbst dieses mittelmäßige Machwerk mit der Rose in den gepuderten blonden Haaren und mit den lichtblauen Augen so freundlich drein, daß ein Bauersmann einst ganz verwundert fragte: „Aber wer ist denn die schöne Jungfer da?“ – „Das bin ich einmal gewesen, Jakob.“ – „Sie, Frau Syndikusin? Ach, du lieber Gott, wie kann doch der Mensch verwesen!“ Dieser wenig schmeichelhafte Ausruf hat dennoch das gute Ahnfräulein höchlich ergötzt, denn wenn sie noch eitel war – und wer ist's nicht? – so war sie's am liebsten auf ihre Vergangenheit, in der sie lebte und webte bis zum letzten Hauch.

Jugendliebe

Die Ahnfrau hatte jung geheiratet, sehr jung, wie das in früheren Zeiten viel öfter geschah, wo man den Most gern süß einkellerte und es dem Ehstand überließ, ihn abzuklären, während es bei uns meist im Lauf der Dinge liegt, daß er gehörig ausgegoren hat, ehe er ins Faß kommt. Beides mag sein Gutes und Schlimmes haben.

So früh sie nun aber auch das bedeutungsvolle Ja gesprochen, auf das ihr ganzes Leben als volles, freudiges Amen gefolgt ist, es war doch nicht so früh, daß nicht ihr Herz zuvor Zeit gefunden hätte, sich noch ein klein wenig auf eigene Hand zu rühren. Diese erste leise Herzensregung ist eine schöne, traurige Geschichte, die ich sie am liebsten selbst erzählen lasse; wenn ich es nur noch ganz mit ihren Worten könnte.

„Siehst du, ich habe es recht gut gehabt in meiner Jugend, obgleich wir zehn Geschwister waren und tüchtig schaffen mußten. Der Vater war nicht reich, aber gar angesehen, und von Mangel und Sorge war keine Rede. Jetzt kann man sich's gar nicht mehr vorstellen, was ein Beamter seiner Art dazumal für ein Herr war, und vollends, wenn einer so ein grundgescheiter Mann war wie mein Vater, der zum Herzog mußte, so oft er nach Stuttgart kam. Ja, ja, wir haben etwas Rechtes gegolten; ich selber trug mein Näschen etwas hoch und dachte damals nicht, daß hier in N., wo der Vater regierte, auch sein Tochtermann wachsen würde.

Nun, es kamen manchmal vornehme und gescheite Herren aus der Residenz zum Vater, und wir waren solche Besuche gewöhnt; aber einer ist bisweilen gekommen, nicht oft – da hat mir allemal das Herz geklopft, wie sonst nie in meinem Leben, und es hat sich sonderbar getroffen, so oft er gekommen ist, gefahren oder geritten, jedesmal mußte ich just am Fenster sein und ihn sehen, und jedesmal hat er heraufgeschaut und mich gegrüßt, und ich mochte nun am Küchen- oder am Flurfenster stehen oder in der Stube, er hat immer am rechten hinaufgeguckt. Wenn er bei uns zum Essen geladen wurde, bin ich aber immer zuletzt gekommen: Ich hätte mich so gern recht schön angezogen und habe mich doch wieder geschämt, es zu tun."

„Haben Sie denn auch recht viel miteinander gesprochen?" – „Gesprochen? Ich möchte wissen, wann? Ich sah ihn nur bei Tisch, und da hätt' ich den Vater sehen wollen, wenn eines von uns ungefragt bei Tische geredet hätte. Hie und da hat der S. doch die Rede an mich gerichtet, aber ich bin immer rot geworden und so verlegen, daß ich kaum antworten konnte. Ich habe auch gar nie geglaubt, daß er nur ein klein wenig an mich denke, ein so schöner Mann, und so vornehm! Man sagte damals schon, daß ihn der Herzog mit der Gesandtschaft verschicken werde. Nur ein einziges Mal habe ich's doch ein bißchen gemeint. – Da war er beim Vater und kam gerade allein über den Hof, als ich eben auf der Staffel stand und meine Blumenstöcke goß; ich hatte nicht viele: zwei Rosenstöcke und einen großen Nelkenstock. – Ich spürte schon von weitem, daß er auf mich zukomme, aber ich rührte mich nicht und zupfte nur immer an einem einzigen Rosenblatt. Wie fuhr ich aber zusammen, als ich seine Stimme hörte: ‚Ei, was für schöne Rosen, Jungfer Caroline!' Ich wußte gar nicht, was sagen, und sah nur ein klein wenig nach ihm auf. ‚Blüht gar keine von den schönen Knospen für mich?' fragte er wieder. Da hatte ich, ehe ich mich besonnen, die allerschönste abgeschnitten, aber ich hatte nicht den Mut, sie ihm zu geben, bis er selbst sie sanft aus meiner Hand zog. ‚Danke, danke schön', sagte er mit einem Lächeln – das vergesse ich nicht! – und ging rasch weiter. Was sonst noch am selbigen Tage vorgefallen ist, weiß ich nicht; ich glaube, ich wurde tüchtig gezankt von der Mutter, weil ich wie im Traum herumlief; es war mir immer, wie wenn ich mit allen Glocken zusammenläuten hörte. Am andern Morgen ritt er ab vom ‚Schwanen' drüben; das Röslein hatte er an seinem Knopfloch stecken, es war über Nacht aufgegangen. – Ich habe viele Nächte nicht schlafen können und viel Angst gehabt, ob es keine der großen Schwestern bemerkt.

Ein paar Wochen nachher war der Vater verreist und wir hatten große Putzerei im Hause. Das ganze Haus wurde umgekehrt, Kisten und Kasten geleert, und wir alle hausten mit Besen und Bürsten, wuschen, polierten und wichsten Kommoden, Tische und Schränke und fürchteten uns sehr vor der Mama, die an den Putztagen immer höchst übler Laune und leicht erzürnt war. Da kam der Bastel, der alte Stadtbote, an mir vorbei die Stiege herauf. ‚Wo find' ich die Frau Mama? Da ist ein Brief, nicht ans Amt, an den Herrn selber.' – ‚Droben ist sie, Bastel, in der obern Gaststube.' Der Bastel ging hinauf; nach dem Brief fragte keines von uns.

Der Vater blieb damals viel länger aus, als er selbst und wir geglaubt. Er war aber schon wieder ein paar Tage zu Hause, als er gelegentlich bei Tisch zur Mutter sagte: ‚Ei, Nane, denke, der S. ist mit der Gesandtschaft nach Österreich gekommen, und er hat nicht einmal schriftlich oder mündlich Abschied von uns genommen. So geht's, wenn die

Leute vornehm werden! Von dem hätte ich's aber nicht geglaubt.' Die Mutter verwunderte sich gehörig darüber, auch die Schwestern gaben ihr Wörtchen drein, ich aber konnte keinen Bissen mehr essen; ich war froh, daß der kleine Christian, der neben mir saß, meinen Teller in der Stille ableerte, weil's zufällig was Gutes war. In der Nacht habe ich wohl bitterlich geweint; ich hatte freilich nie geglaubt, daß S. an mich denken werde, nun aber tat mir's doch in der Seele weh. Niemand sprach indessen mehr von ihm, und ich dachte, ich sei eben ein recht einfältiges Mädchen gewesen.

Da bekam mein Mann selig, der seither Substitut beim Vater gewesen war, die Stelle eines Syndikus, was für seine Jugend schon recht viel war. Er kam zum Vater und hielt um mich an. Der Vater ließ mich in seine Stube rufen und eröffnete mir den Antrag recht feierlich. ‚Du hast ganz deinen freien Willen, Caroline', sagte er zum Schluß; ‚ich erwarte aber, daß du vernünftig bist und den Antrag eines so geschickten und rechtschaffenen Mannes mit Dankbarkeit annimmst.' Da wußt' ich nun wohl, wie es mit dem freien Willen stand, und daß ich nicht anders durfte; aber es war mir noch gar, gar nicht ums Herz, wie wenn ich ja sagen wollte. – Siehst du, ich hatte gewiß immer rechten Respekt gehabt vor meinem Mann selig, er war auch ein schöner, stattlicher Mann, sehr ernsthaft und gesetzt für seine Jugend, und der Vater hielt große Stücke auf ihn; aber daß er mein Mann werden könnte, daran hatte ich mein Lebtag nicht gedacht, und ich meinte, es könne nicht sein. Der Vater aber

hielt es für puren Hochmut von mir, weil mein Mann von armen Eltern herstammte, und sagte mir tüchtig die Meinung darüber. Endlich aber sprach er: ‚Wenn du nur einen einzigen vernünftigen Grund hast, nein zu sagen, so will ich dir mit keinem einzigen Worte zureden.‘ Einen vernünftigen Grund hatte ich aber nicht, nur einen recht unvernünftigen; so sagte ich denn in Gottes Namen ja, und bat Gott, mir ein freudiges Herz dazu zu geben. Das hat er auch getan, und ich wurde eine recht vergnügte Braut, als ich sah, wie sie alle ihre Freude hatten, und wie die Eltern meinen Bräutigam ehrten und mich mit, so daß ich jetzt am Tisch mitsprechen durfte, wie die Mama selbst. Mein Bräutigam tat mir auch zu Lieb' und Freude, was er nur konnte. Einmal aber, da hat er's mit dem besten Willen doch nicht gut getroffen, das war mir gar zu arg."

„Ja, was war denn das?" – „Nun sieh, er hatte eine neue Wohnung bewilligt erhalten, das schöne, große Haus, das du ja wohl kennst, und hatte es bereits bezogen. Nun hatte ich ihm lange versprochen, ihn einmal mit der Mama zu besuchen, und es wurde endlich auf einen gewissen Tag ausgemacht. So gingen wir also, ich und die Mama, in aller Stille über den Marktplatz, ich dicht an den Häusern, weil ich in einiger Verlegenheit war. Siehe, da fuhren an dem neuen Logis alle Fenster auf, und der Stadtzinkenist mit all seinen Gesellen blies heraus mit Trompeten, Pauken und Klarinetten, die allerneueste Ecossaise! – Du kannst dir denken, daß die Fenster der ganzen Nachbarschaft

auch aufflogen, und alle die Köpfe herausstreckten, und die Gassenkinder zusammenliefen, und daß alles fragte: ‚Was ist's, was gibt's?' – ‚Ei, der neue Syndikus läßt seiner Jungfer Braut aufspielen!' – Ich hätte in den Boden sinken mögen! Er hatte es freilich herzlich gut gemeint und mir die höchste Ehre antun wollen, aber ich hab' es lang nicht vergessen können.

Nun gut, das war vorbei, und wir waren vergnügt und zufrieden miteinander, da meldete sich eines Tags der Herr Onkel Landschaftsassessor zum Besuch an. Das war immer eine große Wichtigkeit. Man stach Kapaunen und bestellte Forellen, in der obern Staatsstube wurden frische Vorhänge aufgemacht und das seidne Bettcouvert überzogen. Der Vater, der sich sonst gar nie um Haushaltungssachen bekümmerte, ging selbst mit mir hinauf, um nachzusehen, ob auch alles recht im Stande sei. Ich langte eben das Lavoir von echt chinesischem Porzellan von der Kommode, ein Prachtstück, das nur bei solchen Gelegenheiten und stets mit großer Angst gebraucht wurde, weil man uns von Kindheit an fabelhafte Begriffe von seinem Wert beigebracht hatte. – ‚Da liegt ja ein gesiegelter Brief an Sie, Papa!' rief ich erstaunt, und mit einem Mal fiel mir selbiger Brief ein, den der Bastel damals am Putztag gebracht hatte, und mir wurde recht bang auf das Ungewitter, das es wegen dieser Vergeßlichkeit der Mutter geben werde.

Der Vater öffnete rasch den Brief und las ihn. Sein Gesicht wurde immer ernster und nachdenklicher. ‚Das kommt nun zu spät!' sagte er langsam und gab mir nach kurzem Besinnen den Brief: ‚Da lies, Caroline, es geht dich an.' Und mit großen Schritten ging er auf und ab, während ich erstaunt und mit klopfendem Herzen den Brief las. Aber das Herz ist mir fast still gestanden. – Was meinst du, daß in dem Briefe stand? Eine förmliche Werbung des S. um meine Hand beim Vater, und ein klein Brieflein darin an mich, so schön, ich könnte es heut noch auswendig sagen. Da wurde mir's ganz dunkel vor den Augen; ich wollte nur allein sein und ging hinunter in das Schlafstüblein."

„Aber das ist doch gar zu traurig! Ja, was haben Sie denn getan?" – „Gebetet habe ich, Kind, wohl auch geweint, aber gebetet zu dem, der den Sturm auf dem Meer gestillt hat, und es ward auch in mir eine große Stille. Nach einer Stunde ließ mich der Vater wieder zu sich kommen. Nun hat mich's mein Lebtag gewundert, daß der Vater mir nur den Brief gezeigt und noch ein Wort über die Sache verloren hat, nachdem ich schon eine verlobte Braut war; aber es muß bei ihm eben sehr tief gegangen sein. Er sah ganz bleich, ganz verlegen und bekümmert aus. ‚Caroline', sagte er, ‚das ist nun schlimm; mir tut's weiß Gott leid, daß es so gegangen ist, aber mein Wort ...' – ‚Wir brauchen uns nicht mehr zu besinnen, Papa', sagte ich ruhig. ‚Wenn es Gottes Wille gewesen wäre, so hätt' er's anders fügen können. Ich habe wohl einmal gedacht, ich möchte einen Mann, den ich recht, recht lieb haben könnte, so von ganzer Seele, und so will ich nun den Friedrich (so hieß mein Mann selig) lieb haben, und Gott wird mir dazu helfen.' – ‚Du bist ein braves Mädchen, Caroline; Gott wird dir's gut gehen lassen.' Und der Vater gab mir zum erstenmal die Hand. Sein Wort ist auch in Erfüllung gegangen; der liebe Gott hat's uns gut gehen lassen, uns reichlich gesegnet mit Wohlstand und Herzensfreude, und acht gesunde Kinder sind heute noch meines Alters Trost und Freude."

„Aber haben Sie denn dem S. gar nicht einmal geschrieben?" – „Ob der Vater es getan hat, weiß ich nicht, für mich, als eine verlobte Braut, wäre das nicht recht gewesen. Weh getan hat mir's freilich, daß er sich so verschmäht glaubte und im Groll von uns geschieden ist; aber ein recht stolzer Mann muß er doch gewesen sein, sonst hätte er nicht so scheiden können."

„Aber der Bräutigam, der hat doch das Opfer gewiß recht erkannt und Sie auf den Händen getragen?" – „Er war ein getreuer und rechtschaffener Mann und mein bester Freund auf der Welt, der mich sein Leben lang in Liebe und Ehren gehalten hat; aber da wärest du falsch daran, Kind, wenn du glaubtest, er sei darum ein besonders untertäniger

Ehemann gewesen, weil ich zuerst kostbar tat und mir eine Weile wie ein Prinzeßlein vorkam. Nein, er ist recht der Herr und das Haupt des Hauses gewesen und ich ihm gehorsam und untertan, wie es einer rechten Frau gebührt. Ich würde das nicht selbst sagen, aber er hat mir's noch auf seinem Totenbett bezeugt. Die Geschichte mit dem S. aber und dem Brief habe ich ihm erst anvertraut, wie er und ich gewiß wußten, daß ich den Irrtum nicht mehr beklagte. Es ist eine schöne Sache, Kind, um das eheliche Vertrauen, und eine rechte Frau wird kein Geheimnis vor ihrem Mann behalten; aber gar zu voreilig muß man nicht damit sein, sonst wirft man leicht ein Häkchen in des Mannes Seele, das nachher schwer auszuziehen ist."

Hochzeit und Ehestand

Wer sich nun nach der Geschichte dieser Jugendliebe die Ahnfrau vorstellen wollte als eine Harfe mit zerrissenen Saiten, die nur noch einen wehmütigen Akkord nachklingen, oder als eine Trauerweide, lebenslang hinabgebeugt auf das Grab des versunkenen Jugendtraumes, der wäre groß im Irrtum. Die Herzen à la Werther trug man dazumal noch nicht, und wenn man sie getragen hätte, so meinte sie just nicht, daß sie alle Moden mitmachen müsse. Sie ertrug das Leben nicht, sie griff es an mit frischem Mut, und wenn das Leben ein Kampf ist, so hat sie ihn freudig und ritterlich durchgefochten.

Daß sie nicht eben sentimentaler Natur war, das beweist der erste Schmerz ihres Ehestandes, der in der Entdeckung bestand, daß ihr junger Ehegemahl – nicht tanzen könne. Neben aller Sitteneinfalt der guten alten Zeit wurden wichtige Lebensereignisse, Hochzeiten, Taufen und dergleichen, stets mit entsprechender äußerlicher Feierlichkeit begangen. Hochzeiten, wo man sämtliche Gäste mit einer Flasche Malaga und einem Teller Süßigkeiten abfertigt, deren Rest der Konditor nachher wieder zurücknimmt, kannte man dazumal noch nicht. So wurde denn auch die Hochzeit der Ahnfrau mit gebührender Solennität gefeiert, alle Freunde, Verwandte und Bekannte, sämtliches Schreibereipersonal ihres Vaters waren geladen, alle Dienstleute, Wäscherinnen und Taglöhner des Hauses, ja sogar ehemalige Mägde, nebst Eltern und Geschwistern der gegenwärtigen, wärmten sich am grandiosen Küchenfeuer und der reichlichen Mahlzeit, die daran bereitet wurde. Der Hofrat, ein Jugendfreund des Bräutigams, produzierte ein schalkhaftes Carmen, auf Atlas gedruckt, aus dem ich mich nur noch der Strophe entsinne:

„Hinführo darfst du deine Syndikussin
Ohne alle Sünde kussen."

„Nun war am Abend", erzählte die Ahnfrau, „wie üblich, der Hochzeitsball. Vorher hatte es seit langem keine Tanzgelegenheit gegeben, wo ich hätte erfahren können, wie mein Mann tanze. Als nun die Spielleute ankamen, stand ich mit ihm auf zum ersten Menuett. Als wir aber anfangen sollten, trippelte er nur so mit den Füßen hin und her. ‚Ei, warum fangen Sie denn nicht an?‘ fragte ich; ich habe nämlich erst nach der Hochzeit du zu ihm gesagt. – ‚Ja, tanzen habe ich noch nie können; es tut mir leid‘, sagte er mit Lachen. Mir aber war’s gar nicht lächerlich; ich schämte mich vor all meinen Gespielen, daß ich einen Mann habe, der nicht tanzen könne, und es kam mir wie eine rechte Unredlichkeit vor, daß er’s nicht vorher gesagt.“

Viel Zeit zum Tanzen hat die gute Ahnfrau nun nicht gehabt, wie tanzlustig auch damals die sechzehnjährige Hochzeiterin gewesen sein mochte. Als sie kaum zwanzig Jahre alt war, wimmelten schon drei Kinderchen um sie, „wären alle unter einen Korb gegangen“. Auch hat ihr der Gatte die Tanzfreude, die er nicht selbst teilen konnte, wenigstens nicht mißgönnt.

„Man wußte damals gar nicht anders, als daß Frauen in gesegneten Umständen zur Ader lassen mußten, und es war der Brauch, sich an diesem Tage etwas zugute zu tun. Man machte einen Spaziergang über Land, und es wurde etwas Besonderes gekocht. Nun war’s gerade ein regnerischer Tag, als ich das erstemal zur Ader gelassen hatte. Unser guter Freund, der Hofrat, kam herüber: ‚So, die Frau hat heut zur Ader gelassen; was stellt ihr denn an bei dem bösen Wetter?‘ Man ratschlagte lange hin und her; endlich sagte der Hofrat zu meinem Mann: ‚Wenn du deine Geige holen wolltest, so könnten wir ein Tänzchen machen.‘ Gesagt, getan. Du mußt wissen, daß mein Mann selig prächtig die Geige spielen konnte; so holte er denn die Geige und spielte den ganzen Nachmittag auf, und wir zwei tanzten dazu. Der Doktor ist nachher freilich böse geworden, aber es hat mir nichts getan, und unser Ältester war ein Prachtkind."

„Aber, Ahnfrau, so jung möcht' ich doch nicht heiraten." – „Ist auch ganz und gar nicht nötig, nicht im mindesten, will dir's durchaus nicht wünschen, und deinem künftigen Mann noch weniger, wenn's gleich bei uns gut ausgefallen ist. – Ich bin noch ein rechter Kindskopf gewesen und habe viel Lehrgeld bezahlt. Gesund war und blieb ich, Gott Lob und Dank! Als mich die Frau Försterin in meinem ersten Wochenbett, das im kalten Winter war, besuchen wollte und ganz leise in das Schlafzimmer trat, sah sie nur das aufgemachte Staatsbett, weit und breit keine Wöchnerin. ‚Wo ist denn Ihre Frau?' fragte sie verwundert und ängstlich die Magd. – ‚Ach, die Frau sind nur hinten im Hof auf dem Eis und schleifen ein bißchen!' Es hatte mich nämlich schon lang gelüstet nach der prächtigen Schleife im Hof. Du kannst dir aber denken, daß ich scharf von den Frauen mitgenommen wurde, und mehr noch später einmal, als ich am Jahrmarkt eine ganze Tafel voll Gäste sitzen ließ und dazwischen hinein mit meinen Schulkameradinnen auf dem Markt spazieren ging, daß die Magd daheim sich derweil nicht zu helfen wußte."

Vergeblich waren die Lehrgelder nicht ausgegeben, und die Ahnfrau ist eine so gute und tüchtige Hausfrau geworden, wie nur je eine im guten Schwabenland, die nicht nur der Küche und dem Haus, sondern auch Gärten, Feldern, Ställen und Wiesen nebst Kühen und Kälbern vorzustehen hatte. Und doch hat sie ihren frischen Mut dabei behalten. – Die Kinder, die rasch hintereinander nachwuchsen, wurden nicht als Last und Plage, sondern recht als Gottesgabe aufgenommen. Dafür machte man auch keine Umstände mit ihnen, kleidete die Jungen in Zwilchwämser und Lederhosen, die Mädchen in selbstgewobenen Barchent, wenngleich ein Bild, das die zwei Ältesten des Hauses, den Knaben im Federhut, das Mädchen in hoher Frisur und Poschen darstellt, noch Zeugnis gibt, daß man bei festlichen Gelegenheiten auch Staat mit ihnen machen konnte.

Die Garderobe vererbte sich auf das nächstfolgende Familienglied, es wurde ihm anprobiert und paßte, wie die Ahnfrau meinte, stets „wie angegossen". Die Söhne und Töchter selbst waren gerade nicht immer dieser Meinung, und die Kleider und

Wämser mit recht gesunden Flicken darauf ließen meist noch hinlänglich Raum für künftige Körperentwicklung. – Die Betten waren je für zwei und zwei, und das konnte bei Störungen der geschwisterlichen Eintracht fatal werden. Der Gottlieb und der Christian z. B., später die einträchtigsten Brüder, waren in ihrer Kindheit so eine Art Don Manuel und Don Cäsar und gerieten sich im wörtlichsten Sinn dergestalt in die Haare, daß die Mutter darauf kam, ihnen die Köpfe glatt abrasieren zu lassen. Sie erzählten, es sei eigen gewesen, wie dann die Hände auf den kahlen Köpfen so ausgeglitten seien.

Drangsale aller Art blieben natürlich nicht aus, Löcher und Beulen, Keuchhusten und Scharlachfieber; die Ahnfrau aber steuerte getrost auch durch solche Trübsalsfluten. Sie war einmal eben im Stall, um der Magd praktische Anleitung im Melken zu geben, da stürzte die gesamte Kinderschar mit Zetergeschrei herunter: „Der Christian hat Mausgift gegessen, der Christian hat Mausgift geschleckt!“ Schnell besonnen, reißt die Mutter den armen Sünder herbei, gießt ihm von der warmen, frisch gemolkenen Milch so viel ein, als nur immer den Schlund hinabzubringen ist, und noch ehe der in Eile herbeigerufene Arzt erscheint, ist durch die gewaltsame Explosion, die nun erfolgte, das Gift mit all seinen schädlichen Wirkungen entfernt, und Christian bildete sich später noch etwas darauf ein, daß er in solcher Lebensgefahr gewesen.

Der Gottlieb freilich, sein älterer Bruder, der sah's bedenklicher an. Als er mit dem Christian einige Jahre später beim Herrn Onkel Landschaftsassessor in Stuttgart zu Gast essen durfte, wartete ihnen dieser zum Nachtisch drei Pfirsiche von einem Spalier seines Gartens als höchste Rarität auf und fragte triumphierend: „Nicht wahr, Buben, so habt ihr noch nichts gegessen?“ – „Oh, warum nicht“, sagte Christian; „'s Fritzles Käther gibt so sechs für einen Kreuzer.“ Dem älteren Gottlieb, in tödlicher Verlegenheit, wie er des Bruders Taktlosigkeit beschönigen sollte, fällt endlich ein: „Ach, Herr Großonkel, nehmen Sie's doch nicht übel, daß mein Bruder so dumm ist, aber vor drei Jahren hat er einmal Mausgift gegessen, das hat ihm vom Verstand genommen.“

Das Haus des Ahnherrn lag dicht neben dem Gasthof. So geschah es denn einmal, daß ein dicker Herr ganz patzig in die Stube trat, wo eben die Ahnfrau mit den Kindern allein war. „Kann ich einen guten Schoppen haben?“ – „Warum nicht?“ meinte die Ahnfrau, die den Irrtum gleich gemerkt, und brachte aus ihrem Keller einen bessern, als jemals der Schwanenwirt seinen Gästen vorgesetzt. – „Ich möcht' auch ein Brot!“ befahl der Dicke wieder. – „Da ist ein neugebackenes“, sagte die gefällige Hausfrau. „Und ein Licht zu meiner Pfeife!“ – „Sophie, bring Licht!“ befahl die Mutter. – „So, und jetzt möchte ich allein sein“, kommandierte er ferner, da sich die Jugend des Hauses mit aufgesperrten Mäulern um den ungenierten Gast zu scharen begann. „Schon gut, will meine Kinder hinausschicken, kommt, Kinder!“ Und mit unerschüttert gutem Humor verließ sie mit der jungen Schar das

Zimmer. Der Dicke aber stellte seinen Schoppen neben sich, öffnete das Fenster der Parterrewohnung und begann so recht behaglich seine Pfeife hinauszurauchen. Da bemerkte ihn sein Kutscher, der indes ausgespannt hatte. „Ei, Herr Amtmann, wo sind denn Sie?" fragte er erstaunt. – „Wo werd' ich sein? Im Wirtshaus um mein Geld", schnauzte der hinaus. – „Du lieber Gott, nein! Da wohnt ja der Herr Syndikus; Sie sind um eine Tür zu weit."

Da machte der dicke Amtmann sachte das Fenster zu, steckte die Pfeife ein und schlich sich ebenso leise hinaus, als er laut hereingetreten war, nachdem er vergeblich nach der Magd gespäht, um ihr etwa ein Trinkgeld in die Hand zu drücken. Um Weihnachten aber kam eine Schachtel guten dürren Obstes als Zeche für die liebe Jugend. Man sagt, der Herr Amtmann sei künftighin selbst in Wirtshäusern höflicher aufgetreten.

Mit so frischem Humor wußte sie alle Verhältnisse aufzufassen, und ich bin nicht gewiß, ob er Ursache oder Wirkung der körperlichen Rührigkeit und Lebendigkeit war, mit der die Ahnfrau Wochenbetten, Kinderkrankheiten und Kriegsnöte rüstig durchsegelte. Niemand sah der zartgebauten Frau an, welch kräftiges Regiment sie als Hausfrau und Mutter führte, wie sie den Töchtern tätig voranging bei Feld- und Hausarbeiten jeder Art, zu denen jetzt jede Magd von Bildung noch eine Untergehilfin verlangt. Darum ist ihr auch der reiche Segen, der ihr Haus sichtbar krönte, und der mit jedem Kind zu wachsen schien, nicht zugeflogen wie eine gebratene Taube, sondern zugewachsen wie dem fleißigen Winzer der edle Wein, der die Frucht seines sauren Schweißes und doch eine wundersame Himmelsgabe ist.

Kriegszeiten

Der Ahnherr war eine durch und durch konservative Natur. Die Französische Revolution mit ihren Folgen erschütterte ihn fürchterlich; am Tage, wo er die Hinrichtung Ludwigs XVI. erfuhr, hat er sich einen ganzen Tag eingeschlossen, kein Wort gesprochen und keinen Bissen gegessen. – Da konnten die französischen Soldaten, die bald darauf das Land überschwemmten und die kleine Stadt besonders stark heimsuchten, keine willkommenen Gäste für ihn sein. Die gute Hausfrau trug oft schwere Sorge, ob sein tiefer Groll nicht einmal durchbreche durch die unbeweglich ernste und feierliche Haltung, mit der er die ungebetenen Besucher aufnahm und beherbergte.

Das vielgestaltige, bewegte Leben und Treiben, das sie mit sich brachten, hatte aber, zumal für den rührigen Geist der Ahnfrau, etwas Aufregendes, das das Gefühl der Trauer und des Widerwillens nicht recht zum Bewußtsein kommen ließ. Auch müssen die zusammengewürfelten französischen Truppen oft einen komischen, buntscheckigen Anblick gewährt haben. Schuster und Schneider durften nicht feiern, Schuhe gehörten unter die ersten Requisitionen der einziehenden Truppen, auch war der Appetit vortrefflich, so viel sie auch über „die schwäbisch Fressen“ schimpfen mochten. Die Ahnfrau sorgte stets durch gute und reichliche Küche, sie bei guter Laune zu erhalten.

Einmal aber hat sie viel Sorge durchgemacht. Es waren vier, ziemlich ungentil aussehende Offiziere im Haus einquartiert, deren Insolenz der Hausherr nur mit Mühe ertrug. Einer unter ihnen, der etwas Deutsch verstand und den Dolmetscher der übrigen machte, kam mit beglückender Miene zu den Töchtern des Hauses: „Heut abend groß Ball, schön Ball; Sie mitkommen, ich Sie tanzen lassen!" So tanzlustig die Mädchen auch sonst sein mochten, diesmal waren sie gar nicht aufgelegt, der Vater aber erklärte kurzweg: „Meine Töchter tanzen auf keinem Franzosenball." Der Dolmetscher verstand das schon und erklärte es den andern. Diese erhoben ein Geschrei und ein Säbelgeklirr, daß es Mutter und Töchtern angst und bang ward; endlich stürmten alle vier fort. Da kam nach einer Weile der Hofrat: „Hört, das Ding kann bös' gehen, die Offiziere haben sich beim Obersten beklagt; der nimmt's als Beleidigung der französischen Ehre und speit Feuer und Flamme. Er will die Mädchen mit Militär abholen lassen, wenn ihr sie nicht gutwillig zum Balle schickt; er droht mit Plündern und was allem. Seid gescheit und führt sie selbst hin, so wird gewiß den Mädchen kein Leid widerfahren." Die Mutter bat, der Hofrat sprach zu, der Vater selbst sah ein, daß da nichts zu machen war, und gab zähneknirschend seine Einwilligung und den Mädchen Befehl, sich anzukleiden.

Nie wohl ist eine Ballgarderobe von jungen Damen unlustiger ins Werk gesetzt worden als diese. Die hochgesinnte patriotische Auguste verlangte, daß man in Trauer gehen sollte; die trotzige

Sophie schlug die alten Hauskleider vor, um seine Geringschätzung recht zu zeigen; Carolinchen aber meinte, man müsse sich doch hübsch anziehen, es könnte dem Papa Verdruß machen. Ob sie dabei nicht ebensoviel an ihr hübsches Gesicht und an minder patriotische und mehr geputzte Freundinnen dachte als an den Papa, das sei dahingestellt. Die Schwestern ließen sich auch umstimmen und fanden in kleidsamen blauen Kattunkleidern die richtige Mitte zwischen zu festlicher und zu alltäglicher Tracht. Wie sie abzogen zum Ball, seufzte aber Auguste ganz tragisch: „Wenn das die Kaiserlichen wüßten!"

Die Offiziere hatten ihre Empfindlichkeit vergessen und erschienen im höchsten Putz, dessen ihre zusammengelesenen Uniformen fähig waren, um die Damen auf den Ball zu geleiten. Der Papa aber im feierlichsten Staatskostüm mit Haarbeutel und Buckeln war nebst der Mutter schon bereit, die Töchter unter seine Fittiche zu nehmen, und schritt an ihrer Seite voran mit so tiefernster Miene, als ging's zur Leiche und nicht auf einen Ball.

Es ging übrigens alles gut vonstatten; die Franzosen benahmen sich ganz anständig und waren flinke Tänzer, so daß die jungen Damen sich in etwas mit ihrem Geschick aussöhnten. Wenn nicht an der Türe des Ballsaals Wachen mit gezogenen Säbeln aufgestellt gewesen wären, um etwaiges Entweichen der Damen zu verhüten, so hätte man glauben können, es sei ein Ball wie ein anderer.

Ein komisches Zwischenspiel war es, als der Offizier, der den Dolmetscher machte, die im Gang zuschauende Magd des Hauses absandte, um seinem Bedienten zu befehlen, daß er ihm seinen Mantel bringe. – „Er spielt g'rad Karten und mög' ihn nicht bringen", meldete diese zurückkehrend. – „Er ihn muß bringen, tout de suite!" schrie der Offizier. Die Magd kam zum zweitenmal zurück: „Es sei ja erst acht Tag', daß Sie ihn g'stohlen haben", berichtete sie; „da werden Sie noch nicht so dran gewöhnt sein." Wütend, mit gezogenem Degen stürzte er hinaus, muß aber Gründe gehabt haben, seinen unverschämten Bedienten zu schonen; er kam bald zahmer zurück, mit dem bestrittenen Mantel auf dem Arm, zwischen den Zähnen fluchend: „Sacré chien! Ich muß haben mein Mantel, ich!"

„Einmal aber", erzählte die Ahnfrau, „hab' ich doch auch durch die Franzosen einen Hauptspaß gehabt. Was nicht Platz finden konnte von dem Volk in den Quartieren der Stadt, das speiste alles im ‚Schwanen', die Stadt mußte Tag für Tag hundert Gulden dafür bezahlen. Nun fiel es den Herren einmal ein, sämtlichen Honoratioren der Stadt auch eine Ehre anzutun und sie mit ihren Frauen zur Tafel zu laden; ist eine teure Ehre gewesen, die Stadt hat's auch zahlen müssen. Du hättest meinem Mann sein Gesicht sehen sollen, mit dem er den weißen Staatsfrack mit den großen Perlmutterknöpfen anzog; der beste Wein wäre davon zu Essig worden. Mir hat das Ding ein bißchen Spaß gemacht, ich dachte, das erlebst du so bald nicht wieder, es lächerte mich, daß die Kerle so unverschämt waren, einen auf ihr gestohlenes Gut noch zu Gaste zu laden. Merken lassen durfte ich mir's freilich nicht, ich zog mich aber ganz staatsmäßig an und setzte ein Tafelaufsätzchen von Atlas auf mit Rosen.

Wie wir in den ‚Schwanen' kamen, mußte man im Vorzimmer warten. Der General, der ein wenig deutsch konnte, bekomplimentierte uns, und man mußte sich paarweise aufstellen, der General schritt voran in den Speisesaal mit der Frau Oberamtmännin am Arm; ich glaub', ich hätt's auch nicht übel genommen, wenn er mich geführt hätte, wenn es gleich ein Franzose war. Die Tafel war prächtig gedeckt, aber nur für die Damen. ‚Die Damen nehmen Platz!' kommandierte der General, das geschah; was aus den Herren werden sollte, wußte man noch nicht. ‚Jeder Herr stellt sich hinter den Stuhl seiner Dame!' kommandierte er wieder; die haben aufgeschaut! Das war noch keinem von unsern Männern passiert, daß er hinter seiner Frau Stuhl stehen mußte! Der General aber fing an, die andern mußten nachfolgen; die Offiziere stellten sich hinter die ledigen Damen, wir hatten unsre Töchter daheim gelassen. Ich setzte mich, als müsse das so sein, konnte aber gar nicht aufsehen vor Lachen, wenn mir's einfiel, daß mein eigener leiblicher Mann, den wir daheim alle ehrten und bedienten, wie sich's für den Herrn vom Hause gehört, da hinter mir stehe wie ein Bedienter. Ich bot ihm ganz vornehm und gnädig den Suppenteller hinauf, da stand er, bolzgrade wie ein preußischer Grenadier, und hatte er vorher ein Gesicht geschnitten, so schnitt er jetzt noch ein ärgeres; ich guckte ihn nur ein klein wenig von der Seite an, und wie er sah, daß mir's so lustig vorkam, so lächerte es ihn auch ein klein bißchen, wie er mir aber den Teller wieder gebracht hatte, ward es ihm doch zu bunt, er ging davon und suchte sich in der Nebenstube etwas zu essen. Daheim sprach er kein Wörtchen davon, wenn er aber guter Laune war, so durft' ich ihn später wohl dran mahnen: ‚Weißt nimmer, Alter, wie du mir so nett den Teller präsentiert hast?'"

Auch traurigere Szenen gingen in dieser bewegten Zeit an dem hellen Blick der Ahnfrau vorüber. Im Gasthof neben ihr hatte sich ein französischer Oberst einquartiert mit seiner jungen Frau, einer feinen, schönen Dame, von so ganz anderem Aussehen als die sonstigen Mamsells, die die glorreiche Armee zu begleiten pflegten. Der Oberst wurde weiterbeordert und mußte die arme junge Frau allein krank zurücklassen. Das Herz der Ahnfrau war von tiefem Mitleid mit der Fremden bewegt, der es in dem geräuschvollen Wirtshaus gerade an der Pflege fehlte, die Kranken am wohlsten tut. Sie besuchte sie täglich und opferte die noch gesparten Schätze ihrer Speisekammer, um ihr Erquickung zu verschaffen. Sie verstanden einander kein Wort; aber die Fremde konnte doch die Sprache der treuen deutschen Augen lesen und die sanfte Pflege der geschickten Hand empfinden, und sie schloß sich mit kindlicher Innigkeit an sie an. Stundenlang saß die deutsche Frau schweigend am Bette der Kranken, deren schwarze Augen so innig vertrauend in ihre blauen blickten, daß sie wohl glaubte, sie denke vielleicht einer fernen Mutter dabei. Der Zustand der Leidenden verschlimmerte sich rasch und ihr Ende nahte sichtlich, noch ehe der abgeschickte Bote den Obersten erreichen konnte. Aber ein rastloses Verlangen schien die Sterbende zu quälen, und so weit die Ahnfrau mit des Arztes Hilfe sich mit ihr verständigen konnte, galt es mehr noch dem letzten Trost ihrer Kirche als dem abwesenden Gatten.

Da war guter Rat teuer; weder ein Feldprediger noch sonst ein katholischer Geistlicher war in der Nähe zu finden, und einen protestantischen wies sie mit wahrem Abscheu zurück. Schon saß der Tod auf ihren Lippen und noch diese peinigende Unruhe im Auge. Die gute Ahnfrau konnte sie nicht so sterben lassen. Da nahm sie das große, schöne eiserne Kruzifix, das als wertes Erbstück in der Familie bewahrt wurde, und brachte es als letzten Trostversuch der Kranken. Da leuchtete das erstorbene Auge auf, und ihr Erstaunen, daß auch die Ketzerin das heilige Bild mit Ehrfurcht und Andacht betrachte, zeigte, welch seltsame Begriffe die arme Frau vom Glauben der Fremden gehabt. Man mußte das Kreuz auf dem Bett ihr vorhalten, sie faltete die Hände und flüsterte mit leiser Stimme einige Worte – wohl ihre Beichte – und ihr seliges Lächeln im Tode sagte, daß ihr auch die Absolution nicht gefehlt. – Die Ahnfrau schmückte sie für den Sarg, in dem sie erst der verzweifelnde Gatte wiedersah, sie hob von ihren prächtigen schwarzen Haaren zum Andenken auf und pflegte treulich das einsame Grab.

Allmählich verlief sich der Franzosenstrom; der Ahnherr lebte auf im Befreiungskrieg; Russen, Österreicher, Preußen zogen als willkommene Gäste durch. Mit den Österreichern stand sich die Familie sehr gut, und die Ahnfrau berichtete gar gern, was für vornehme Herren bei ihnen gewohnt hatten und wieviel Ehre sie ihr erwiesen.

„Einmal war ich weit draußen, ganz am Ende der Markung auf unsrem Acker und habe Ölmagen (Mohn) gebrochen, den größten Sack voll, und wartete nur noch auf den Knecht, der sie heimführen sollte. Da kam der Herr General, der damals bei uns im Quartier war, in seiner prachtvollen Chaise dahergefahren; all mein Lebtage habe ich kein so flottes Gefährt mehr gesehen, innen mit Samt, außen glänzend wie ein Spiegel mit gemalten Wappen und Goldverzierungen. ‚Was schaffen S' da so allein?' fragte er, ‚fahren S' mit mir heim.'

‚Danke, Euer Excellenz', sagte ich, ‚ich kann den Sack da nicht allein stehen lassen; wo alles voll Soldaten lauft, da ist nichts sicher.' Er lachte und ich merkte, daß ich einen Reußer gemacht. ‚Wissen S' was', sagte er gutmütig, ‚den Sack packt mein Kutscher hintenauf und Sie sitzen 'rein.' Mußte der Kutscher den garstigen Ölmagensack hinten auf die Staatskarosse packen: Er hat wahrscheinlich tüchtig geflucht, aber auf slowakisch, ich hab's nicht verstanden, und ich fuhr in Pracht und Herrlichkeit wie eine Prinzessin mit dem General bis vors Haus, daß alles die Fenster aufriß.

Ein andermal ist mir das Staatmachen nicht so gut bekommen. Ich war im Flachsrupfen auf dem andern Acker, auch weit genug von der Stadt; dazumal, wo man noch sparen konnte, trug man in bessern Kleidern vorn ein eingesetztes Stück von selbstgewobenem Barchent, um Zeug zu ersparen. Da es nun sehr heiß war und die Sonne mir auf den Rücken brannte, zog ich mein Kleid verkehrt an, um den Zeug zu schonen, das hatte ich im Amtseifer ganz vergessen. Wie ich nun eben fertig war, kommt der Graf Serbeloni daher, der in unsrer Nachbarschaft einquartiert war und oft zu uns kam. ‚Ah, Madam', sagte er, ‚wir gehn einen Weg, Sie erlauben, daß ich Ihnen meinen Arm anbiete.' Nun war ich zwar das nicht gewöhnt, aber es hat mir immer gefallen, wenn die Herren galant sind; so ließ ich mir's gefallen. Zuerst war ich in Verlegenheit, dann aber legte ich ganz vornehm meinen

Arm in den seinen und unterhielt mich sehr gut mit dem Herrn Grafen und zog in einer Glorie an seinem Arm durch die Stadt; ich hörte wohl die Leute hinter uns lachen, aber ich dachte, das geschehe aus lauter Verwunderung. Wie wir aber an des Stadtschreibers Haus vorbeikommen, springt das Nanele herunter und winkt mir, ich will's allweil noch nicht verstehn, bis sie mir in die Ohren flüstert: ‚Ach, Frau Syndikussin, wissen Sie's denn nicht, daß Sie Ihren Rock verkehrt anhaben und den Barchentpletz hinten.' Da war meine Glorie zu Ende, ich versicherte dem Herrn Grafen, daß ich da drin ein Geschäft habe, und lief recht künstlich rückwärts, daß er den Schaden nicht merken sollte; weiß nicht, ob er's gewußt. Ich ging eine gute Weile nachher immer durch Hintergäßchen, und mein Mann, der mich vom Rathaus aus so in Pracht und Eitelkeit hatte daher ziehen sehen, hatte sein Plaisir an meiner Demütigung; wenn ich ihn mit dem Franzosengastmahl necken wollte, so sagte er: ‚Sei nur still, sonst komm ich mit dem Grafenspaziergang!'

Galante Leute sind freilich auch oft die Franzosen gewesen. Da drüben bei den Jungfer Schneidemänninnen war ein gar netter, artiger Lieutenant einquartiert, er führte sie auch auf den Ball, sie waren aber dazumal schon alt und alleweil wüst, so wollte, außer dem Lieutenant, der sie gebracht, kein Mensch mit ihnen tanzen. Der wußte in seiner Herzensgüte gar nicht, was er ihnen alles zulieb tun solle, er brachte ihnen Braten, Biskuit und zuletzt gar Kirschen, was noch die größte Rarität war. Die Jungfern hatten sich unten im Saal gesetzt; wie sie den Lieutenant mit den Kirschen sehn, schlägt Gustel, die Älteste, ihr weißes Ballkleid sorgfältig hinauf, um es zu schonen, ebenso den weißen Rock darunter, bis ein grau kölschener Rock kam, und schrie dem Offizier aus allen Kräften, daß man's durch den ganzen Saal hörte: ‚Daher, Herr Lieutenant, daher!' Da hatte er genug und ließ sich nimmer sehen.

Heutzutage sind freilich die Frauenzimmer feiner", schloß die Ahnfrau, „wenn ich aber allemal wieder in die Garnisonsstadt komme und sehe die Fräuleins so an der Wachtparade und auf Spaziergängen an den Offizieren vorbeitänzeln und hinter den kleinen Sonnenschirmchen so schalkhaft hervorgucken, so muß ich allemal denken, das heißt eben auch: ‚Daher, Herr Lieutenant, daher!' Nur in feinerer Manier als bei der Gustel Schneidemännin."

Am Ende aber zog der willkommenste Gast von allen, der goldne Friede, und mit ihm Freude und Gedeihen in das vielbedrängte Haus des Ahnherrn ein. Die vergrabnen Kleinodien und Schatzgelder wurden aus dem Keller geholt, Gärten und Felder mit neuem Fleiß und Eifer bestellt. Statt fremden Kriegsvolks rückten jetzt als fröhliche Einquartierung die studierenden Söhne des Hauses mit einem Geleite flotter Kameraden ein, die alle im gastlichen Hause willkommen waren.

Dazwischen kamen kleine und große Herzensangelegenheiten der aufgeblühten Töchter, die nicht so tragisch endeten wie der stille Herzenstraum der Mutter. Die Söhne gingen ihren Weg, erstarkend in eigener Kraft, und der Ahnherr erlebte noch die Freude, sich als Gast des eigenen Sohnes zu sehen. Fast schien es, als ob die alte Geschichte vom Kroaten-Ähne noch einmal in der Familie neu aufgelegt werden sollte. Ein österreichischer Hauptmann war einige Tage im Quartier gewesen und hatte in seiner treuherzigen, etwas linkischen Weise den Töchtern alle Aufmerksamkeit erzeigt. Er reiste ab und war fast vergessen im Hause, als nach Beendigung des Krieges ein Brief von ihm an den Vetter August kam, Carolinens stillen Verlobten, der über die Kriegszeiten auch im Hause gewesen war. Er schrieb diesem in ziemlich ungefügter Sprache, daß er gern eine der Töchter des Hauses heiraten möchte, „weiß ihren Namen nicht mehr, jedenfalls eben nicht die, welche Sie selber wollen, sagen Sie ihr, ich sei ein braver Soldat, ein schöner Bursch und ein ehrlicher Kerl, und für den Fall, daß tot, ist gut gesorgt." Dieser Antrag machte den drei Mädchen viel Spaß, jede wollte der andern die Ehre lassen, bis endlich Minele, die Jüngste, auftrat; man hatte sie von den scherzhaften Beratungen ausgeschlossen, sie hatte aber das Nötige an den Türen erhorcht und alles für Ernst gehalten. Sie erklärte mit vielem Edelmut, wenn keine von den Schwestern wolle, so müsse eben sie das Opfer werden und den Österreicher nehmen, es könnte ja sonst wieder Krieg geben. Sie war recht gekränkt, daß man ihr Opfer verschmähte und noch obendrein ihren Edelmut verlachte. Ich glaube, der Österreicher hat keine Antwort erhalten.

Johann Jakob Moser

Wieder im Vaterland

Am 25. Juni 1726 wurde ich in das fürstliche Regierungsratskollegium eingeführt. Neben den mir täglich zugeteilten kleinen Zivilhändeln, Straf- und Ehegerichtssachen erhielt ich auch das Referat in vielen Streitigkeiten mit benachbarten Reichsständen, einige Prozesse an den höchsten Reichsgerichten sowie mancherlei Religionsprobleme, besonders Katholiken und Sektierer betreffend.

Zuweilen wurden mir auch Dinge aufgetragen, von denen ich nichts verstand. Einmal mußte ich eine Kommission führen, welche die damals sehr in Unordnung geratene Holzflößerei im Schwarzwald untersuchen sollte. Der ganze Wald war von der Aushauung bedroht. Ich ging zum Minister und stellte ihm vor, ich hätte noch nie etwas von diesem Floßwesen gehört und könne deshalb auch nicht recht darüber urteilen. Es nützte aber alles nichts. Vielmehr hieß es, man habe das Vertrauen zu mir, ich würde ohne Nebenrücksichten entscheiden.

Oft genug mußte ich meine Unerschrockenheit unter Beweis stellen. In den Gutachten des Regierungsrats sollte nach einer herzoglichen Verfügung nur noch verzeichnet werden, wie die Mehrheit des

Kollegiums entschieden hatte. Als daraufhin ein Gutachten beschlossen wurde, dem ich nicht zustimmen konnte, wollte ich es auch nicht unterschreiben. Es hieß, das müsse ich tun; denn es stehe nur dabei: „in Anwesenheit von . . .“, und ich sei beim Beschluß des Gutachtens anwesend gewesen. Ich entgegnete, die Nachwelt bekomme das Protokoll der Verhandlung und meinen darin bezeugten Widerspruch nicht zu Gesicht, beurteile mich also nach der Unterschrift des Gutachtens – und dies störe mich. Weil man aber darauf beharrte, ein für allemal müsse ich das Gutachten unterschreiben, tat ich es endlich so: „Moser, dissentit."

Anno 1727 wurde die Kanzlei von Stuttgart nach Ludwigsburg verlegt. Diejenigen Beamten, die nicht mit hinaus wollten, sollten entlassen werden. Nun war diese Stadt damals noch ungepflastert, und man mußte in die feuchten, erst halb ausgebauten Häuser ziehen, in denen die Schwämme zwischen den Brettern herauswuchsen. Wegen meiner noch sehr schwächlichen Gesundheit und weil auch die Besoldung schleppend bezahlt wurde, erklärte ich zu Protokoll, daß ich lieber meine Entlassung nehmen und wieder nach Wien gehen wolle. Unter allen Beamten war ich aber der einzige, der nicht nach Ludwigsburg zog.

Da der Hof mich jedoch nicht in Wien wissen wollte, wurde ich zum Professor am Collegium Illustre in Tübingen ernannt, wobei ich meine Besoldung als Regierungsrat behielt. Die Professuren in jenem Collegium Illustre waren reine Gnadendienste, weil das Collegium fortwährend geschlossen und deshalb kein Professor verpflichtet war, Vorlesungen oder Seminare zu halten. Wenn er das dennoch wollte, so durfte er im Rahmen der Universität lehren. Ich konnte also gut in Stuttgart bleiben, hielt dort Seminare ab, die auch von Leuten in Ämtern besucht wurden, und schrieb Bücher.

Dem damaligen Regierungspräsidenten von Pöllnitz, der den ganzen Kanzleiumzug nach Ludwigsburg veranlaßt hatte, war dies unerträglich, und er ließ mir befehlen, ich solle meine Professur in Tübingen beziehen. So zog ich im März 1729 nach Tübingen. Hätte ich dort nichts gearbeitet, sondern meine Besoldung in der Stille und gutem Frieden verzehrt, wäre ich der liebste Mensch von der Welt gewesen. Aber es war mir nicht möglich, einen bloßen Bildstock abzugeben, sondern ich wollte etwas zu tun haben. Und hier allein liegt die Ursache meiner späteren Verfolgungen.

Ich beschäftigte mich vorwiegend mit meinem Lieblingsstudium, dem deutschen Staatsrecht. Daneben begann ich, eine ganz neue Wissenschaft zu lehren, die „Kanzlei-Praxis“. Ich wußte, wie es mir ergangen war, und beobachtete täglich bei anderen dasselbe. Man konnte schöne akademische Studien haben; kam aber solch ein junger Rechtsgelehrter in ein Kanzleikollegium als Rat oder Sekretär, so empfand er dies als fremdes Feld und konnte weder Mund noch Feder recht gebrauchen. Deshalb wollte ich den jungen Leuten eine praktische Anleitung geben, damit sie später in den verschiedenartigsten Kollegien bestehen konnten.

Durch diese Tätigkeit gewann ich in Tübingen keine Freunde. Einer der Professoren, der bisher

Rechts: Das „Collegium Illustre“ in Tübingen; Kupferstich vom Anfang des 17. Jahrhunderts

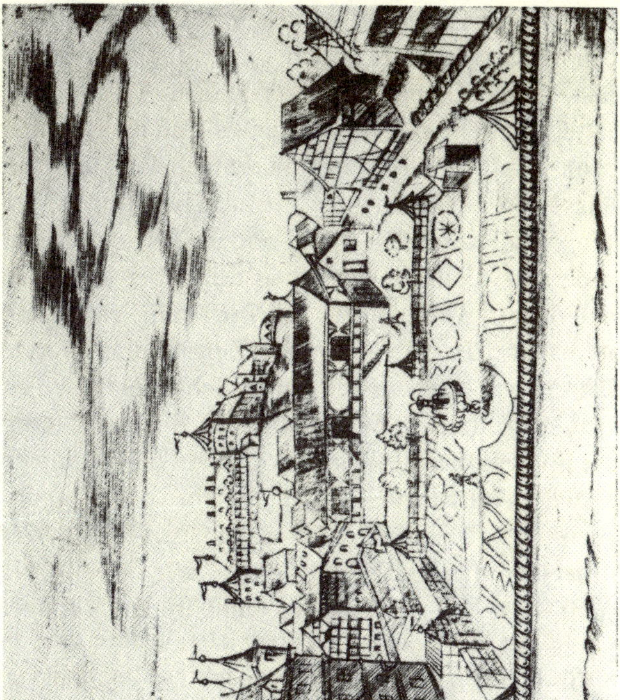

die Seminare über das deutsche Staatsrecht gleichsam gepachtet hatte, konnte es sehr schwer verdauen, daß ich einen starken Zulauf von Hörern hatte. Verwehren konnte man es mir nicht; daher mußten es meine Schriften entgelten. Man verlangte von mir, in meinen Büchern bestimmte Meinungen zu verteidigen und andere Ansichten entweder gar nicht zu erwähnen oder aber gleich zu widerlegen. Mit einigen Schriften ging es folgendermaßen: Ich gab sie in die Zensur und änderte danach, was beanstandet wurde. Schließlich hieß es, man sei zufrieden. Wenn aber ein Buch fast fertig war und auf die Messe sollte, kam auf die heimliche Anzeige eines Professors der Befehl vom Hof, das Buch solle eingezogen werden. Am Ende der Untersuchung ergab sich dann aber jeweils nie mehr, als daß ich geplagt und mein Verleger geschädigt war.

Doch es traf mich noch ein härteres Schicksal. Ein Professor erwirkte im Dezember 1729 einen herzoglichen Befehl, mir alle meine Manuskripte wegzunehmen. Ich bekam sie erst nach anderthalb Jahren wieder zurück, wodurch ich in manchem aufgehalten wurde.

Herzog Karl Alexander hatte mir schon früher versichert, mich in Dienste zu nehmen, wenn er an die Regierung käme. Als er nun 1733 Herzog wurde, bat ich um die Erfüllung seines Versprechens. Daraufhin wurde ich wieder in meine frühere Regierungsratsstelle eingesetzt. Ich zog deshalb nach Stuttgart, wohin inzwischen die Kanzlei zurückverlegt worden war.

An Arbeit litt ich keinen Mangel. Herzog Karl Alexander wollte nämlich alle Streitigkeiten mit allen Nachbarn auf einmal loswerden. So schickte man mir an einem einzigen Tag durch Kanzleiboten 1100 Aktenbündel ins Haus, um darüber in den nächsten Tagen zu referieren. Ich wurde persönlich im Geheimratskollegium vorstellig, dies sei auch für einen fleißigen Mann eine Arbeit von zehn Jahren und nicht von etlichen Tagen oder Wochen. Der Herzog könne wohl 1100 Mann kommandieren, daß sie heute da und morgen dort stehen sollten, aber 1100 Aktenbündel ließen sich nicht derart kommandieren, daß sie in so kurzer Zeit gehörig benutzt werden könnten. Allein, es blieb umsonst, und ich mußte sehen, wie es ging.

Zu den mir zugeteilten Gegenständen gehörten auch die damals sehr unangenehmen Religionsfragen. In diesen Dingen ließ sich ohnehin niemand gern gebrauchen, weil nur Haß und Verfolgung davon zu erwarten war. So überwies man mir alle Beschwerden über Eingriffe der katholischen Geistlichen und dergleichen zur Behandlung, wobei viel Behutsamkeit nötig war und dennoch nicht jeder Anstoß vermieden werden konnte.

Einmal wurde mir zum Beispiel anvertraut, daß am folgenden Morgen bei der Öffnung des Schloßtores ein katholisches Kind, das in der evangelischen Kirche getauft werden sollte, heimlich ins Schloß zur katholischen Taufe gebracht werden würde. Ich benachrichtigte davon den Oberhofmarschall von Hardenberg, und dieser befahl, das Schloßtor länger zuzulassen und die mit dem Kind ankommende Kutsche in die evangelische Kirche zurückzuweisen, was auch geschah. Als der Herzog die Sache erfuhr, war er sehr ungnädig und ließ das den Herrn von Hardenberg heftig spüren.

Während ich mich auf einer dienstlichen Reise befand, hatte der Herzog allen Kanzleiangehörigen befohlen, mit ihren Frauen und ihren erwachsenen Töchtern auf den Karnevalsredouten zu erscheinen, andernfalls ihre Besoldung für ein Vierteljahr entzogen werde. Nach meiner Rückkehr wies mich ein weltlich gesinnter Regierungsrat mehrmals auf diesen Befehl hin, damit ich mich nicht mit Unwissenheit entschuldigen könne. Aber so sehr ich meiner Besoldung bedürftig war, erschienen weder ich noch die Meinigen. Das wurde dem Herzog gemeldet, doch dieser antwortete: „Wenn es ein anderer getan hätte, würde ich ihn strafen. Bei Moser aber glaube ich, daß er sich ernstlich ein Gewissen darüber macht. Also soll man ihn in Ruhe lassen!"

Anno 1736 erhielt ich von dem mir unbekannten Geheimrat Böhmer zu Halle ein Schreiben, worin er mir das neugeschaffene Amt eines Direktors der Universität zu Frankfurt an der Oder neben der Stelle als Professor der Rechte antrug. So bedenklich es damals in Württemberg aussah, war ich doch bereit, wenn es der Herzog verlangen würde, in seinen Diensten zu bleiben. Mein Entlassungsgesuch wurde aber aus dem Grund abgeschlagen, weil ich viel Geheimes über Haus- und Landesangelegenheiten wisse. Darauf erwiderte ich, ich sei kein Leibeigener, sondern diene auf Kündigung; allenfalls wolle ich drei Monate warten.

Der obere Graben in Stuttgart etwa zur Zeit der dortigen Tätigkeit Mosers

Eines Tages wurde ich in Ludwigsburg von einem Geheimrat zu Gast geladen. Nach der Mahlzeit verspürte ich im Leib solche Schmerzen, daß ich daraus schließen mußte, mir wäre Gift gereicht worden. Da ich jedoch wenig gegessen und noch weniger getrunken hatte, kam es nicht zur vollen Wirkung. Am gleichen Abend eröffnete ich die Sache dem Leibarzt in Stuttgart, der es mir zwar anfangs ausredete, meiner Vermutung aber schließlich nicht unrecht geben konnte. Einige Jahre später erzählte mir ein Kölner Hofrat, daß er einmal mit dem gleichen Geheimrat getrunken habe. Dieser habe ihn damals gefragt, ob man sich ein Gewissen daraus machen müsse, wenn man einen Menschen, dem viele Geheimnisse des Hofes bekannt seien und dem man doch nicht trauen dürfe, in die andere Welt schicke.

Schließlich erhielt ich vom Herzog meine Entlassung. Sodann nahm ich am 2. Mai in Tübingen die mir nun notwendig gewordene Würde eines Doktors der Rechte an.

Einige rechtschaffene Leute wollten über meiner Berufung nach Frankfurt stutzig werden und meinten: „Wenn man sich sonst zu der Nachfolge Jesu bekennt, wird man von der Welt verspottet und verfolgt. Aus Ihnen aber scheint die Welt einen vornehmen Mann machen zu wollen.“ Ich erwiderte nur: „Der liebe Gott wird schon wissen, dem, was vor der Welt in die Augen fällt, ein solches Gegengewicht anzuhängen, daß der alte Mensch keinen Grund haben wird, sich darauf allzuviel einzubilden.“ Und so geschah es auch.

Rudolf Friedrich Magenau

Wanderungen eines alten württembergischen Amtssubstituten aus einer Schreibstube in die andre, von ihm selbst beschrieben

Ein moralisches Erbauungsbuch für den württembergischen Schreiberstand (Auszüge)

1

Mein Vater hieß Israel, dem das ganze Dorf, wo er wohnte, den Namen eines sehr schlechten und rechten Mannes gab. Er stand 33 Jahre in einer Kondition, hatte bereits eisgraue Haare, als er meine Mutter heiratete, schrieb die schönste Hand im Lande und starb endlich am Nachlaß der Natur. Meine Mutter hieß Röschen, war eines alten Landpriesters einzige Tochter, ohne Geld, als sie in den Ehestand trat, und ohne Vermögen, als mein Vater starb, ein braves Weib, das meinem Vater bis ins Grab alles zuliebe tat und ihn alle Jahr pünktlich mit einem Sohn erfreute.

2

Ich bin der sechste Sohn meiner Eltern und, wie man mir schmeicheln will, das getroffenste Ebenbild meines Vaters. Schon im Mutterleibe bestimmten mich meine Eltern dem Schreiberstande, und ihr Gelübde rechtfertigte sich durch mich selbst, indem ich schon als ein kleines Knäbchen am liebsten mit der Tinte umging und mit

der Schere allen Federn, die ich auffand, die Spitzen abschnitt. Dies kindische Spiel bewog meinen Vater, mich schon in meinem vierzehnten Jahre in eine entlegene Schreibstube zu schicken, nachdem mir vorher von Seiner Ehrwürden dem Schulmeister Loci einige Deklinationen und Konjugationen, nebst dem unus einer, duo zwey, aus Knebels lateinischer Grammatik baß eingebläut worden waren. Ich hatte einen offenen Kopf, der leicht faßte, was ihm gefiel, auch hatte ich bereits aus der Bibliothek des Kandidaten im Dorfe ein paar Dutzend Romane durchgelesen.

3

Mein Prinzipal war ein herzensgutes Männchen und steckte voll witziger Einfälle, die er meist verbeißen mußte, hatte aber eine Gattin, eine echte Kopie der höllischen Furien. Wir speisten des Mittags wenig, des Nachts hatten wir meistens gebotenen Fasttag, und wenn's gut ging, einen Trunk Apfelmost des Tages, dabei aber saßen wir von morgens 6 Uhr bis abends 7 Uhr auf einem Fleck, indem wir täglich ein Viertel Ries Adlerpapier mit Anzeigen alter Fahrnußstücke befleckten. Beim Essen unterhielt Miß Xanthippe unsere Aufmerksamkeit in steter Tätigkeit, sie kannte das Personal aller guten Häuser des Städtchens, rezensierte alle Hüte, Krägen, Bänder, Lewiten und dergleichen der sämtlichen Einwohnerschaft, kneipte ihren lieben Ehemann unter dem Tisch, stichelte auf sein produktives Unvermögen und beschloß allemal ihre Vorlesungen mit Lukas 18, 11.

4

Frau Stronsel hatte den Eheteufel im Leibe. Sie visitierte alle Nächte die Schlafkammern der Mägde. Warum? Das mögt ihr erraten. Man wollte

dem lieben Prinzipal nichts Böses nachsagen und ließ ihr die Mühe. Eines Tages aber brach das Gewitter los; mein Prinzipal hatte sich in eine der Mägdekammern verirrt, Frau Stronsel ertappte ihn in simplici und richtete ihn so baß zu, daß er 7 Tage lang, in Staub und Asche sitzend, vor aller Menschen Augen sich verbergen mußte. Was das für ein Rumor war, ich glaubte, in dem Saale der französischen Volksvertreter zu sein, und zitterte. Drei Wochen darauf verschied der gute Mann an einem Schlagflusse, und Frau Stronsel bekam aus christlich löblicher Gewohnheit zwei Ohnmachten am Sarge des Seligen, jagte noch am nämlichen Tage die Magd quaestionis wacker zum Teufel und kündigte mir mit Tränen an, daß sie für mich sorgen wolle.

5

Sechs Mitglieder des hohen Rates zu Kielhausen trugen den lieben seligen Herrn Prinzipal abends 3 Uhr zu Grabe. Wir folgten ihnen sämtlich mit warmem Herzen dahin nach. Voran trat Herr Calamus, der Substitut, nach ihm kamen wir in großen, unaufgesteiften Schlepphüten und daherschwimmend in schwarzroten Trauermänteln. Der Pastor hielt eine rührende Rede, welche keine Seele verstand, aus seinem blauroten Gesichte aber, denn er sprach sehr heftig, zu schließen, muß sie sehr rührend gewesen sein. Er verglich den seligen Herrn Stronsel mit dem Esel Bileams, der allemal die irrenden Parteien ebenso treulich gewarnt habe als weiland jenes Langohr seinen Reiter. Er rühmte die glückliche und zufriedene Ehe des Seligen, wobei meine Frau Prinzipalin zwei große Zähren fallen ließ; nach geendigter Rede begann eine Trauermusik am Grabe, welche von einem alten invaliden Regiments-Pfeifer, dem Fiedler Loci und des Pfarrers zwei Töchtern aufgeführt wurde und allgemeinen, von meiner Frau aber besondern Beifall erhielt.

6

Nach geendigtem Leichenbegängnisse setzten sich sämtliche Trauergäste zu Tische, um den Seligen noch einmal zu beweinen. Wir Skribenten bekamen einen Extra-Imbiß und die von der ersten

Tafel übriggelassenen Brocken. Frau Stronsel machte die gefällige Witfrau, lachte, weinte und bewies ihr Christentum am höchsten dadurch, daß sie sich recht gelassen in die herbe Prüfung schickte. Sie schlug's sogar rund ab, als ihr Herr B. ein paar Worte vom Wiederheiraten vorlispelte. Mir fiel Hagedorns Hospital ein, ich sah ihr, da sie so ernstlich den Antrag verwarf, nachdenklich ins Gesicht, sie bemerkte, was ich denken konnte, und sagte: „Lieber Wilhelm! Laß Er sich's wohl schmekken“, und rückte den Stuhl neben Herrn B.

7

Vierzehn Tage darauf war die Wahl des neuen Stadtschreibers. Die Straßen wimmelten von Kandidaten, worunter viele gute Subjekte waren. Frau Stronsel legte sich schon des Morgens frühe ins Fenster, um sie Musterung passieren zu lassen. Der eine war zu groß, der andere zu klein, der eine hatte eine Farbe am Kleide, die sie nicht leiden konnte, der andere nahm den Hut nicht tief genug vor ihr ab; kurz keiner war ohne Fehler. Endlich hatte doch ein Subjekt das Glück, ihr zu gefallen, er hatte, wie sie sagte, recht viel Ähnliches mit ihrem lieben, seligen Eheherrn, das heißt: er hatte eine alte Mutter, welche 30.000 Taler im Vermögen hatte, tät im voraus auf alle Jurisdiktion im Hause Verzicht und hatte die Wahlherrn durch 1000 Taler überzeugt, daß er der Mann auf dem Platz sein müsse. Nebenher versprach er ihr seine Hand und ließ sich alle Kautelen, Klauseln und dergleichen im Ehepakte gefallen. Die Wahl ging vor sich, und es geschah, was Frau Stronsel, wie sie sagte, im Traum schon gewiß voraus gesehen hatte, er ward zum Stadtschreiber erwählt, und zwar per unanimia!

8

Von nun an war des Seligen nicht mehr gedacht. Die Trauung wurde beschleunigt, um den vielen Schlangenmäulern das Ziel zu setzen, Frau Stronsel vergaß des alten Grams, war ganz getröstet, machte es wie weiland Rehabeam, das heißt, war dem lieben Seligen ihr Arm schwer, so war jetzt dem neuen Gatten ihr kleiner Finger noch schwerer. Der gebotenen Fasttage wurden täglich mehr, Herr Calamus packte seinen Bündel zusammen, und ich bat meinen Vater um die Erlaubnis, ebenfalls quittieren zu dürfen, die er mir auch nicht verweigerte, worauf ich dann unter der Versicherung das Haus verließ, „an mir sei Hopfen und Malz verloren".

9

Ich trat nun in die Schreibstube eines neuen Prinzipals ein. Er hieß Stebmann und war sehr reich und geizig. War mein erster Prinzipal menschenfreundlich, so war Herr Stebmann ein finsterer, mürrischer Mann, dem es auch Gott selber nie recht machen konnte. Wie erschrak ich, als ich ihn das erstemal mit seinen Amtssubstituten sprechen hörte. Diese kamen gewöhnlich des Sonntagmorgens frühe, ihre Geldlieferungen zu entrichten. Ängstlich, wie arme Sünder, traten sie unter tiefen Knicksen zur Stube herein und stellten sich dicht an den Ofen hin, um auf Herrn Stebmanns Wink ein Wort zu sprechen. Mit einem kalten: „Guten Morgen, Herr N. N.", wurden sie bewillkommt und mit einem noch kältern: „Nun heraus mit der Rechnung", angedonnert. Die Frau Stebmann setzte ihnen alsdann hölzerne Stühle, und wenn sie im Geschäfte nichts versehen hatten, so hieß es

endlich: „Sie können beim Mittagessen bleiben, Herr Substitut!“ Dieses war aber auch alles. Am Tische durften sie kein Wort mitsprechen und höchstens beim Kaffee noch bleiben. Glaubte Herr Stebmann, einen Fehler in ihren Geschäften gefunden zu haben, so ging es bunt durcheinander. „Da bin ich recht mit Ihnen betrogen“, hieß es, „mein Gott, ein Einkommen von ... Gulden und einen solchen Platz und erst nichts verstehen, daß ich doch Sie angenommen habe, es soll mir künftig zur Warnung dienen; gehen Sie jetzt nur – und kommen Sie nicht mehr so wieder.“

10

Herr Stebmann war das lebende Lagerbuch aller Kurialausdrücke. Alle seine Briefe, Memorialien, Protokolle begannen mit Wannenhero, Alldieweilen, Immaßen, Wann nun, Versagt und dergleichen, und am Ende einer solchen Schrift wußte der geneigte Leser gewöhnlich weit weniger als am Anfang derselben. Wer nicht ebenso rechtskräftig schrieb oder konzipierte, der galt ihm für einen neuen Pinsel, wie ich gleich am ersten Tage meines Daseins bei ihm dreimal genannt zu werden die Ehre hatte, ja eine solche Unterlassungssünde vergaß er ganze Wochen hindurch nicht. Ein einziges Subjekt unter uns armen Kreuzträgern, Sixt Krizler, satisfazierte dem Herrn Stebmann in diesem Punkte. Dieser hatte sich nämlich einen getreuen Auszug aus den Konzepten des Herrn Stebmann gemacht, den er jedesmal gar geschickt ausschrieb, wann er etwas aufzusetzen hatte. Herr Krizler bekam dieses seines guten Kopfes wegen, wie Herr Stebmann sehr oft sein Kurialtalent nannte, von Zeit zu Zeit ein Extra-Akzidens und wir anderen Dummköpfe durften am Galeerenruder schmachten.

11

Nur eine kleine Probe, wie hoch Herr Stebmann den Kurialstil achtete. Herr Stebmann hatte eine einzige und wirklich nicht ganz reizlose Tochter von etwa 19 Sommern. So sehr er sie als Argus bewachte, so schlau wußte sich doch Herr Krizler in der jungen Io Herz hineinzustehlen. Brieflein flogen hin und her, mancher Abend wurde verblickwechselt, endlich aber geriet eines der süßen Billets d'amour in des Vaters Hände. Herr Krizler fürchtete alles, er zerfloß schier in Tränen, die ihm die Angst auspreßte, und zitterte an Leib und Seele, wenn er Herrn Stebmann die Treppe herabstolpern hörte. Aber siehe! Das Donnerwetter zog ohne Schaden vorüber, und Herr Stebmann neckte seinen treuen Zögling noch recht traulich darüber. Das Billet lautete aber also:

„Nro. F. Tugendgezierte, anmutige Jungfer Lotte! Endesunterzogener sieht sich außerstande, Ihnen seine Devotion, in welcher er erstirbt, länger nicht zu kontestieren. Ursach dessen wagt er anbei, alldieweilen Sie heute schwerlich zu sprechen sein

dürfte, immaßen S. T. Hochwerter Herr Papa jederzeit dieselbe wohl verwahrlich hält, solche seine mehrbesagte Affektion, Liebe und Zuneigung des getrosten Herzens allhier insoweit auszugießen, als es der Arbeiten halber geschehen kann. Anmit versichere Dieselbe ohnbeschwert meiner gehorsamsten Zärtlichkeit, verweise diesfalls auf Nro. A. und B., empfehle Sie bestens der Obhut des allmächtigen Gottes und verhoffe benebenst, mich, so wie jetzt, so auch fürderhin nennen zu dürfen

Dero gehorsamsten Diener
Krizler,
beeidigter Substitut.

12

Meine Frau Prinzipalin ist etwa 45 Jahre alt und muß, den Resten ihrer Schönheit nach, ehemals recht artig gewesen sein. Mit dem, was sie aus dem gewöhnlichen Schiffbruch der Schönheit noch gerettet hat, sucht sie denn auch jetzt noch zu stolzieren. Sie steht morgens um 8 Uhr aus dem Bette, besorgt ihre Toilette bis gegen 11 Uhr, schreibt Briefe und auch wohl Verse bis 1 Uhr, worauf sie alsdann zu Tische geht. Ihre poetische Liebhaberei kostet den Herrn Gemahl des Jahres wohl etwas Ansehnliches. Von Erzpoeten, Malern, Musikern wimmelt das Zimmer beständig, und es prangt nicht leicht ein Musenalmanach mit witzigen Douceurs, die Frau Stebmann nicht auf sich deutete. Bald heißt sie Laura, bald Phillis, am liebsten aber läßt sie sich Doris nennen, und wenn sich irgendeiner der hungernden Söhne der Musen ein fettes Mahl verdienen wollte, so riet ich ihm, – sie – die allangebetete Doris zu nennen. Sie hat neben vielen schönen Folianten von Liedern, die auf die Presse ängstlich harren, noch sogar den Kalender in Epigramme gebracht, sucht aber noch immer einen Verleger dazu. Herr Stebmann ist über diese ihre Liebhaberei oft ganz außer sich. Sobald er merkt, daß sie in Begeisterung gerät, läuft er wie ein angeschossener Eber Haus aus, Haus ein, flucht und lärmt, indem sie sanftmütig alle 99 Genien des Olymp ediktaliter zitiert und nach Swedenborgs Manier Geistergespräche mit ihnen hält. Glaubt Herr Stebmann, diese oder jene Summe, die er zu

Butter oder Schmalz ihr darreicht, werde zu besagten Notwendigkeiten angewandt, so sieht er dafür ein Bündel gedruckter Hefte ins Haus wandern, worüber sich dann der gute Mann so ärgert, daß er ganz braun im Gesichte wird. Zankt er, so fällt sie ihm mit einer Ode, flucht er, mit einer Oper,

schimpft er, wohl gar mit einer Elegie in die Flanken, so daß er gewiß noch an einer Oper, Elegie oder Ode seinen Tod finden wird. Die poetischen Anfälle der guten Frau sind aber nicht immer gleich heftig. Wie ich mir habe für gewiß sagen lassen, ist der Paroxysmus am 1. Januar allemal am heftigsten, am Geburtstag ihres lieben Mannes etwas weniger heftig und am Namenstage desselben nur kurz vorübergehend.

13

Übrigens hatten wir Skribenten in Herrn Stebmanns Schreibstube das herrlichste Leben von der Welt. Wir schmausten, spielten und schmauchten, und manchen Nachmittag hindurch blieb die Feder unangetastet auf dem Tintenfasse rasten. Die älteren Substituten spielten zusammen Mariage um einen halben Kreuzer oder wetteten eine halbe Maß Wein heraus, wir jüngeren zogen Mühle oder schacherten miteinander. Das trieben wir dann so ungestört fort, bis wir den gelben Pantoffel des Herrn Urians die Treppen herunterklappern hörten. Husch! Da ging's ans Kritzeln, daß es den Adlern auf unsern Papieren angst und bange wurde, ja man glaubte, wenn man in das Zimmer herein trat, in die Mitte eines Bienenschwarms zu kommen. Unser treuer Sancho Pansa war der Amtsdiener, ein ehrlicher Kerl, der in sieben Herrenländern dem Galgen entgangen war, und nun hier in * * als Diener der blinden Frau Gerechtigkeit angestellt wurde. Dieser unser Sancho hieß Jung, er schleppte uns aus dem Keller manche Flasche von den Amtsuntergebenen zu, aus der denn auch jedesmal ein Tropfen in seine allzeit dürstende Tantaluskehle floß. Zu allem wußte er seine Schnacken zu erzählen, und lügen konnte er noch besser als Herr von Münchhausen. Er tat alles, was in den zehn Geboten verboten ist, er machte seinen Bauch zum Gott, er fluchte wie ein Heide, kurz, er war Kandidat der Hölle. Des Sonntags wallfahrteten wir auf die nahe gelegenen Dörfer, quartierten uns bei Schultheissen und Bürgermeistern ein, erzählten ihnen von Krieg und Frieden und dankten, wenn wir gesättigt waren, für das Genossene. War das Wetter schön und heiter, so mußten uns die Leutlein ihre Pferde dargeben, und dann flogen wir im Gau umher, ohne daß wir uns je um die Miete bekümmerten. Die Leutlein in ** waren extragute Leutlein, die in jedem Schreiber ein Ding verehrten, das ihnen hie oder da schrecklichen Schaden zufügen, sie um Hof und Haus, Weib und Kind bringen könnte, und eben dieser Ursache wegen blieben sie eisenfest an dem alten Glauben hangen: „Man müsse den Teufel anbeten, damit er einem nicht schade." War eine Hochzeit im Orte, nun, so waren wir Federhelden immer voran, und die Brautleute mußten sich hoch gratulieren, wenn wir uns mit Brot, Käse und Wein abspeisen ließen. Daß wir bei diesen Umständen wenig Reelles erlernten, war sehr natürlich, es war uns aber auch darum nicht zu tun, denn wir dachten nur an das, was gegenwärtig war, für die Zukunft ließen wir den sorgen, der den jungen Raben ihr Futter gibt.

14

So schlimm es mit unsern Schreibereikenntnissen stand, ebenso schlimm stand es mit unsern Religionskenntnissen. Wir besuchten die Kirche bloß, um in derselben Possen zu treiben. Der Organist war ein ganzes Lagerbuch von allen Schwänken, die er uns dann während der Predigt preisgeben mußte. Dem alten Schulmeister, der meistens während des Gottesdienstes schlief, warfen wir Kletten in seine braune Stauziusperücke oder neckten ihn auf andere Weise. Nur der einzige Krizler schrieb die Predigt nach und merkte sich jede neue Floskel, die sich Sr. Ehrwürden Herr Sparrmann entwischen ließ, um damit auf den eintretenden Fall ein Billet d'amour an Mamsell Lotte ausstaffieren zu können.

15

Eines Tages aber nahmen meine Freuden schier ein Ende. Herr Stebmann war über Feld zu einem seiner Bekannten gegangen, und wir hatten also freie Zeit. Diese benutzten wir also: Ich schlich auf Herrn Stebmanns Zimmer und stahl eine seiner alten Zopfperücken nebst seinem Schlafrock und den gelben Pantoffeln; mit diesen modernen Garderobestücken, welche wahrlich einem Antiquitätenkabinett viel Ehre gemacht haben würden, aufgeputzt und aufgetakelt, trat ich in die Schreibstube, unter mancherlei possierlichen Stellungen und Grimassen. Ich lief nach Stebmanns Manier auf und ab, und dergleichen. Aber o Unglück! Meine Narrenpossen unterbrach das plötzliche Hereintreten des wirklichen Herrn Stebmann. Wie ein Auerochse fuhr er auf mich zu, schwarzrot im Angesicht, und packte mich so unsanft an der Brust, daß ich schier umsank. Herr Krizler begann meine Laudes vorzusingen, die ich nicht ableugnen konnte, Jung hatte sich hinter den Ofen verkrochen und zitterte, meine anderen Kameraden hielten alle den Atem an, und mir krachte das Schrekkenswort in die Ohren: „Morgenden Tages kann Er gehen, so einen Mordalflegel brauchte ich nicht im Hause.“ Ich legte weinend den fatalen Anzug ab, trug ihn dahin zurück, wo ich ihn genommen hatte, und machte Anstalt zur Abreise.

16

Ich versuchte das letzte Palliativmittel, das ich jedem angeraten haben will, der in einen gleichen Fall kommen könnte, und mein Versuch glückte. Weh- und demütig kroch ich in die Küche, wo eben Frau Stebmann mit einem welschen Hahn beschäftigt stand. Ich trug ihr meine Apologie vor und flehte sie um ihr hohes Fürwort, wobei ich alles Gute für die Zukunft versprach. Frau Stebmann machte die gütige Maria für mich, und Herr Stebmann ließ sich wieder mit mir aussöhnen, doch riet sie mir mütterlich an, daß ich mich unter der Hand um einen andern Platz umsehen möchte, indem sie mir nicht verbürgen möchte, daß ihr lieber Mann nicht rezidiv werden könnte. Ich muckste nun drei ganze Wochen hindurch nicht im geringsten, ich bezeigte meine ernstliche Reue und tat Buße im Staub und in der Asche. Ja ich trieb meine Resipiszenz so weit, daß ich dem Herrn Stebmann das Pferd sattelte, wenn er ausreiten wollte, und Fräulein Lotte frisierte, wenn große

Assemblee im Hause war, das heißt, wenn des Doktor Mords drei Gänslein sie besuchten, ja Madame Stebmann das Körbchen nachtrug, wenn sie sich in den Garten verfügten. Von nun an war ich der liebe, brave, gehorsame, liebreiche Fritz, mein Name wurde in allen Visiten gelobpreist, und meine Artigkeit den andern Skribenten zum Muster vorgestellt, ja Herr Stebmann ließ sich öfters so weit herab, daß er mir erlaubte, aus höchst dero eigenem Tafelkruge mein Gläschen noch einmal aufzufüllen.

Allein, quo semel est imbuta recens, servabit odorem, olla, das heißt, Unart bleibt Unart, meine Bußfertigkeit wurde mir bald lästig, denn ich sah

deutlich ein, welch ein hartes Joch ich mir aufgebürdet hatte. Herr Stebmann wollte, seitdem ich den Knappendienst übernommen hatte, alle Tage ausreiten, Lotte wollte nun alle Tage frisiert sein, und die Madame mutete mir alle Augenblick zu, das Körbchen nachzutragen. Meine Kameraden neckten mich ohne Unterlaß hierüber, und ich mußte mir ihre Neckereien gefallen lassen, hatte ich ihnen doch selbst die Waffen wider mich in die Hände gegeben. Von Lottens Kammerdienst wurde ich nun glücklicherweise los. Ehrenkrizler wurde zum Amtspfleger im Orte förmlich erwählt und schenkte sein Herz der holdseligen Jungfer Lotte. Lotte, die auch etwas verschenken wollte, schenkte ihr Herzchen Herrn Krizler, der in bester Form rechtens das Depositum annahm und sich durch Brief und Siegel desselben vergewisserte.

17

Man kann sich's leicht vorstellen, wie sehr wir Skribenten uns auf Lottens Hochzeitsfeier vorausfreuten. Seit dem Tage der Verlobung wimmelte das Haus von Schneidern, Krämern, Schustern, Konditoren und Gratulanten. Jung konnte kaum atmen vor eitel Geschäften und Missionsarbeiten, Fräulein Lotte konnte nichts als weinen, weil es einmal bei jungen Bräuten so Sitte ist, daß sie sich des ledigen Wassers noch vorher entledigen, ehe sie in den Stand der Ehe eintreten, Madame fuhr im Haus umher wie ein Bär, dem seine Jungen geraubt sind,

Herr Stebmann hörte die Gratulanten ab, welche scharenweise herbeiströmten, Herr Krizler tröstete sein Liebchen, freute sich im voraus der Kindlein, welche ihm, mit Kaiser Karls peinlicher Halsgerichtsordnung zu reden, Lotte fein gliedmäßig schenken würde, usw. Endlich erschien der herrliche Tag der Hochzeit, von dem seit drei Wochen alle Visiten im Orte erschallten, ein stattliches Mahl stand bereitet, Ochsen und Mastvieh waren geschlachtet, morgens 9 Uhr ging der feierliche Zug zur Kirche. Voran trat Herr Papa Stebmann cum uxore, jener im himmelblauen Staatskleid mit handbreiten goldenen Tressen, dito Beinkleidern und Weste, diese in hochrotem Marseiller Rocke und Peter, ihnen folgte das Brautpaar, Herr Sixt Krizler mit großen englischen Steinschnallen auf den Schuhen, stattlich aufgetakelt, vom Schädel aus anzusehen wie der schneebedeckte Montblanc, Fräulein Lotte elysisch frisiert, bebisamt und gebalsamt in weißem Mousselin mit rosenroten Streifen; auf das Brautpaar trat der Pastor Loci, im Priesterrock, in der Hand das Legendenbuch von der Einsetzung des Ehestandes. Den Zug beschlossen wir Skribenten in unsern Galaröcken in feierlicher Parade. In eben dieser Ordnung ging der Zug, nachdem der Pastor in der Kirche 45 Minuten dem Verdauungsgeschäfte obgelegen war, zurück in die Stadtschreiberei. Hier speiste man sodann in drei Zimmern. Im Galazimmer schwelgten an der Seite des Brautpaars die Honoratioren, im Nebenzimmer die Herren vom Stadtmagistrate und im dritten lagen wir Herren von der Feder vor Anker. Der

Stadtzinkenist ließ im Galazimmer sein Saitenspiel baß erklingen, indes wir mit unsern Pokalen das Echo vorstellten. Nachdem der Tag so verschwelgt war, legte sich das edle Brautpaar in den ehelichen Thalamus, wir eilten unsern Betten zu und schliefen bis an den lichten Morgen.

18

Wir würden aber wohl bis zum Mittagessen gelegen sein, hätte nicht Herr Stebmann mit der Stimme des Ares uns Schläflinge aus den süßen Träumen aufgedonnert. „He!“ rief er. „Wenn man sein Gutes genossen hat, so muß man auch wieder an die Arbeit gehen.“ Dieser Aufruf kam uns äußerst ungelegen, wir brummten und fluchten, widersetzten uns aber dennoch keineswegs. Mit unserm Arbeiten ging es nun diesen Tag nicht sehr weit, indem Frau Stebmann noch zu rechter Zeit ihren Gemahl belehrte, daß wir uns mit einem honorablen Brautgeschenk bei Fräulein Lotte eingestellt hätten. In Rücksicht auf dieses wurden wir auch heute vom Galeerenruder freigesprochen. Frau Stebmann hatte aber auf das wichtige Fest des Hauses alle ihre poetische Kraft aufgeboten und mit einem Carmen, das in einer süßen Pastete verborgen zum Vorschein kam, alle Anwesenden überrascht, in welchem Lotte mit ihrem lieben Gatten aufs trefflichste besungen war; Herr Stebmann aber verehrte während der Tafel zur Brautgabe seinem lieben Herrn Schwiegersohn ein Büschel

Federkiele nebst einem Federrohr, welches mit eitel holländischen Dukaten angefüllt war.

19

Meine Inzipienten-Jahre waren nun zu Ende, und Herr Stebmann beehrte mich mit dem Versprechen, mir künftig 30 Gulden jährliches Salarium zu geben. Ich hatte zwar innerhalb von zwei Jahren

keinen hellerswert Brauchbares erlernt, verstand jetzt als Mittelskribent ebensowenig, wie ich vorher als Inzipient verstanden hatte, bloß und allein meiner guten Handschrift hatte ich das Salarium von 30 Gulden zu verdanken. Denn wer eine gute Hand schrieb, der war mehr als Apoll in Herrn Stebmanns Augen. Wie ich vorher als Inzipient nichts weiter gearbeitet hatte, als daß ich alte Inventuren, Teilungen, Steck- und Laufbriefe mundierte und ingrossierte. – Ebenso fuhr ich nun als Mittelskribent mit diesen Herz und Geist leer lassenden Arbeiten fort. Wollt ich auch etwa ein gutes Buch oder ein fachgemäßes Geschäft einsehen, nun so hieß es: „Larifari, laß Er das liegen, schreib Er, schreib Er ab, daß die Arbeit einmal fertig wird“ usw. So schrieb ich nun ohne Aufhören fort, ohne daß ich, redlich es zu gestehen, eine Silbe von der Einrichtung, Ordnung und Abfassung eines Geschäftes verstand. Wie ich mich damals selbst bemitleidete, so bemitleide ich, indem ich dieses niederschreibe, alle meine jüngeren Freunde, die in eben diesen Fesseln schweben und mit tyrannischer Gewalt zum Nichtsdenken von ihren geistesarmen Fronvögten gezwungen werden. Möchte sich doch einmal das Licht der Aufklärung auch über diese Gefangenenstuben mit seinen wohltätigen Strahlen verbreiten! Amen, das heißt, ja, ja, es geschehe!

20

Zu meinem großen Glücke besetzte Herr Stebmann die durch Herrn Krizlers Bedienstung vakant gewordene Substitution mit einem wackern Manne wieder. Er hieß Fischer. Sein freies, ehrliches Gesicht zog mich sogleich an ihn, und wir wurden gar bald näher miteinander bekannt. Da wir ein Schlafzimmer miteinander gemein hatten, Fischer auch ein ebenso großer Freund vom Promenieren nach Tische war als ich, so konnten wir ungestört uns über unsre Lage besprechen. Dieser Mann war es zuerst, der mir richtige Begriffe von meiner

Bestimmung als Schreiber beibrachte und mich zu bilden suchte. Fischer hatte viele gute Werke der neueren Prosaisten und Dichter gelesen und sich aus ihnen heraus einen feinen, kraft- und lichtvollen Stil gebildet, hatte so wenig Rückhaltiges in seinem Wesen, daß er das, was er erlernt hatte, andern gerne mitteilte, war im Besitze eines uneigennützigen Herzens und verstand die mir bisher unbekannte Kunst, fein und artig zu scherzen.

21

Fischer konnte ich nun meine Not klagen, ihn konnte ich um Rat fragen, wie ich etwa noch jetzt das Versäumte hereinbringen könnte. Ehe Fischer ins Haus kam, glaubte ich eine große Sünde zu begehen, wenn ich mich nicht schon abends um 8 Uhr zu Bette legte, da dachte ich weder daran, daß ich die schönen Abendstunden zur Lesung eines brauchbaren Buches oder des Landrechts anwenden, noch aber, daß ich mich in der Abendstille im Rechnen und dergleichen üben könnte; nun, da Fischer unter uns getreten war, so lernte ich an seinem Beispiele, wie nützlich Abendstunden anzuwenden seien. Gemeinschaftlich saßen wir also in den Abendstunden zusammen, und der edle Mann ließ sich die Mühe nicht dauern, mir das Wissenswerte und Bestimmungsgemäße mit grenzenloser Geduld zu zergliedern und begreiflich zu machen. Nun ging mir ein neues Licht nach dem andern auf, ich sah Wirkung und Ursache, das

Warum und Darum bei einer Arbeit und bekam nun ein wahres Behagen an eben derjenigen Wissenschaft, welche mich zuvor so unzählige Male angeekelt hatte.

22

Fischer war es auch zuerst, der mich mit Gellerts unvergeßlichen Schriften bekannt machte. Wir lasen sie zusammen, vornehmlich seine Fabeln und moralischen Vorlesungen, und ich sah nun ein, was Kurial- und was schlichte Menschen-Sprache sei, und zitterte bei der Betrachtung, welch ein unnützes Terrae pondus ich bisher gewesen war. Hundertmal umarmte ich Fischer, daß er mich retten wollte, und hundertmal standen mir die hellen Tränen im Auge, wenn ich ihm in sein ehrliches Gesicht blickte. Ich nahm ihn nun auch zum Kritiker meiner Briefe und merkte mir jede seiner Erinnerungen und Vorstellungen getreulich.

Justinus Kerner

Meine Geburt und erstes Leben in Ludwigsburg

Die Zeit Herzog Carls

Mein Geburtsort ist Ludwigsburg, eine der Haupt- und Residenzstädte Württembergs. Der Tag, an welchem ich geboren wurde, war der 18. September 1786.

Mein Vater war Oberamtmann in dieser Stadt, mit dem Titel eines Regierungsrates. Meine Eltern hatten vor mir schon drei Söhne und zwei Töchter erzeugt. Am Tage meiner Taufe war mein Vater verlegen um den Namen eines vierten Sohnes. In seiner Unschlüssigkeit betrachtete er die Familienbilder, die im kleinen Bildersaale in großen Ölgemälden, von seinem Vater an bis zur Reformationszeit hinauf, an den Wänden hingen. Sein Blick fiel zuerst auf das Bild eines Mannes in geistlichem Gewande mit einem langen Barte, der ganz breit und unten in einer geraden Linie abgeschnitten, ihm vom Kinn an bis auf die Brust wie eine weiße Serviette reichte. Dieser Mann führte den Namen Justinus Andreas und lebte im Jahre 1650 als Spezialsuperintendent in Güglingen, wo noch jetzt die gleiche Abbildung von ihm sich in der Kirche befindet. Nach diesem nun schöpfte mir mein Vater die Namen Justinus Andreas, welche nicht gewöhnliche Namen, aber meiner Mutter nach der Taufe große Skrupel machten (obgleich den Namen Justinus noch viele meiner Voreltern führten), so daß mein Vater zu ihrer Beruhigung in das Kirchenbuch auch den sehr christlichen Namen Christian einschreiben ließ, mit welchem ich dann gewöhnlich im Kreise meiner Familie genannt wurde.

Von jenem alten Justinus muß ich noch anführen, daß er einmal von der geistlichen Oberbehörde in Stuttgart den Auftrag erhielt, sich nach Laufen zu begeben, um im dortigen Dekanathause die Untersuchung über eine Geistererscheinung zu führen. Der Dekan zu Laufen hatte nämlich an das Konsistorium berichtet, er könne in seinem Hause wegen Verfolgung von einem Gespenste nicht mehr bleiben. Jener alte Justinus wollte da an den Tag gebracht haben, daß jenes Gespenst die lebende Köchin des Herrn Dekans gewesen. Die Akten dieser Untersuchung finden sich noch im Archive des Konsistoriums. Dies zum Beweise, daß mir der Glaube an die Existenz von Geistern nicht anererbt und mit diesem Namen nicht angetan ist.

Am Tage meiner Taufe benetzte mir mein Vater die Lippen mit Champagnerwein, was meiner guten Mutter auch oft ein Bedenken verursachte.

Während meiner ersten Kindheit regierte noch der Herzog Carl Eugen. Er hatte in Ludwigsburg seine Sommerresidenz, und in dieser Zeit füllten sich die weiten menschenleeren Gassen, Linden-

Ludwigsburg um 1770

und Kastanienalleen Ludwigsburgs mit Hofleuten in seidenen Fräcken, Haarbeuteln und Degen, und mit den herzoglichen Militärs in glänzenden Uniformen und Grenadierkappen, gegen welche die andern wenigen Bewohner in bescheidenen Zivilröcken verschwanden. Das prachtvolle Schloß mit seinen weiten Plätzen und Gärten, der nahe Park mit dem sogenannten Favoritschlößchen, die schattenreichen Alleen von Linden- und Kastanienbäumen, die in weiten Reihen auf die Stadt zuliefen und selbst in der Stadt die schönsten Schattengänge voll Blüten und Duft bildeten, der große weite Marktplatz der Stadt selbst mit seinen Arkaden waren oft der Schauplatz der Vergnügungen dieses weltlustigen Fürsten, Schauplätze von Festen, die, gedenkt man ihrer in jetziger Zeit, einem nur wie bunte Träume erscheinen. So fanden in der dem Schlosse gegenübergelegenen Favorite die ungeheuersten Feuerwerke statt, mit einem Aufwande, der dem am Hofe von Versailles gleichkam. Auf dem bei der Stadt gelegenen See wurden Feste gegeben, bei denen schöne Mädchen der Stadt als Seeköniginnen figurieren mußten. In seinen früheren Zeiten schuf der Herzog oft im Winter, in den sein Geburtstag fiel, Zaubergärten, ähnlich denen, die in den Erzählungen von „Tausendundeiner Nacht" vorkommen. Er ließ in der Mitte des Herbstes über die wirklich bestehenden schönsten Orangengärten von 1000 Fuß in der Länge und hundert in der Breite ein ungeheures Gebäude von Glas errichten, das sie vor der Einwirkung des Winters schützte. In dessen Wänden verbreiteten zahllose Öfen Wärme. Das ganze Gewölbe des großen Gebäudes trug das schönste Grün, und es hing so in der Luft, daß man keinen einzigen Pfosten bemerkte. Da bogen sich Orangenbäume unter dem Gewichte ihrer Früchte. Da ging man durch Weingärten voll Trauben wie im Herbst, und Obstbäume boten ihre reichen Früchte dar. Andere Orangenbäume wölbten sich zu Lauben. Der ganze Garten bildete ein frisches Blätterwerk. Mehr als dreißig Bassins spritzten ihre kühlen Wasser, und 100.000 Glaslampen, die nach oben einen prachtvollen Sternenhimmel bildeten, beleuchteten nach unten die schönsten Blumenbeete.

In diesem Zaubergarten nun wurden die großartigsten Spiele, dramatische Darstellungen und Ballette und Tonstücke von den größern Meistern damaliger Zeit aufgeführt. Das war noch die Zeit der stürmischen Periode dieses Herzogs, wo er bei einem solchen Feste einmal in weniger als fünf Minuten für 50.000 Taler Geschenke in geschmackvollen Kleinodien an die anwesenden Damen austeilte.

Auf dem großen Marktplatze, auf dem die Oberamtei, das Haus meiner Geburt, stand, wurden venetianische Messen gehalten. Der große Marktplatz war zeltartig mit Tüchern bedeckt, Verkäufer und Käufer waren maskiert. Es war ein buntes Getümmel von Masken, welche die tollsten Aufzüge und Spiele ausführten, worunter nicht das stärkste ein riesenhafter Heiducke des Herzogs war, der, in die Maske eines Wickelkindes gekleidet, in einer Wiege herumgeführt und mit Brei von einer

Amme, die ein Zwerg war, gespeist wurde. Von den Fenstern des Oberamteigebäudes konnte man den Marktplatz am besten überschauen, daher nahm der Herzog in solcher Zeit mit seiner Gemahlin Franziska den Aufenthalt daselbst.

Meine Eltern mußten da jedesmal Raum schaffen, ja, auch die unteren Gelasse des Hauses, wo die Schreibstuben waren, mußten geleert werden, denn hier wurde in solcher Zeit eine Pharobank eingerichtet.

Der Herzog mit seinem goldbordierten Hütchen, seiner mit Buckeln versehenen, gepuderten Frisur mit einem Zöpfchen, seinem kirschroten Rocke, seiner gelben Pattenweste, seinen gelben Hosen, hohen Stiefeln und Stiefelstrümpfen und die Herzogin in weitem Reifrocke mit schlanker Taille, hoher gepuderter Frisur, auf der hoch oben eine gelbe Bandschleife wie ein Kanarienvogel saß, sind meine ganz im Nebel schwimmenden, traumhaftesten Erinnerungen.

Etwas heller blieb in meinem Gedächtnisse ein Mann, der zu jener Zeit und auch noch später öfter unser Haus besuchte und um dessen Stock, um auf ihm zu reiten, sich oft meine Brüder schlugen. Es war eine kräftige Gestalt mit großen Augen, einer etwas aufgestülpten Nase und einer toupetartigen Frisur, ein Mann mit lebhaften Bewegungen und kräftiger Stimme, der Dichter Schubart.

Er war ein Jahr nach meiner Geburt von seiner zehnjährigen Gefangenschaft befreit und zum Hofdramaturgen in Stuttgart ernannt worden, wo er dann Ludwigsburg, seinen früheren Wohnort, und

Christian Friedrich Daniel Schubart

meinen Vater, hielt sich der Hof und das Theaterpersonal in Ludwigsburg auf, öfter besuchte.

Mein Vater liebte ihn seines Genies wegen, war aber öfter als Beamter genötigt, gegen sein exzentrisches, ja sittenloses Wesen einzuschreiten. Dennoch gedenkt Schubart desselben dankbar in seiner Lebensgeschichte. So sagt er von ihm: „Regierungsrat Kerner, die beste, gütigste Seele, liebte und schätzte mich bei allen meinen Fehlern, in der menschenfreundlichen Erwartung, der Sturm werde sich legen." Schubart hatte ihn zum Taufpaten eines ihm zu Ludwigsburg geborenen Sohnes erwählt.

Schubart kam meistens zur Abendzeit zu uns, wo meine Schlafstunde war, setzte sich bald ans Klavier, spielte und sang, wobei ich selten einschlief, aber mich vor Angst oft schlafend stellte.

Außer den venetianischen Messen gab es auf dem großen Marktplatze vor dem väterlichen Hause auch noch andere Auftritte, die sich in eine kindliche Phantasie fest einprägen.

Hier marschierten oft die riesigen Grenadiere, man hieß sie Legioner des Herzogs, zur Parade oder bezogen die nahe stehende Hauptwache. Sie waren nach dem Schnitte der Leibgarde Friedrichs des Großen gebildet, in Größe und Gestalt von Pappelbäumen, in roten Fräcken mit schwarzen Aufschlägen, und hatten auf den gepuderten Häuptern über den steinharten Zöpfen hohe spitze Grenadiermützen sitzen, die mit gelbem Bleche beschlagen waren. Oft hatte man hier auch derben Ohrenschmaus von einer Versammlung von Tambours, nach deren Trommelschlag ein gnädiger Pardon den diesem Soldatenjammer entlaufenen Landeskindern verkündigt wurde. Nicht selten fand auch auf diesem Platze die leidige Exekution eines Spießrutenlaufens statt, oder man konnte aufgerichtete Galgen bewundern, an denen die Namen Desertierter angeschlagen waren.

Herzog Carl Eugen von Württenberg

Die bedeckten Gänge unter den Häusern des Marktplatzes waren zu jeder Jahreszeit ein bequemer Spielplatz für die Jugend, wo allein der oberste Teil desselben, die gegen das Rathaus schauende linke Ecke (nun eine Apotheke), für uns Knaben oft gefährlich war. Hier hatte ein alter, in seinem ganzen Wesen eigentümlicher Italiener namens Minoni seinen Spezereiladen und nebenbei in den Arkaden einen großen Hühnerstall.

Alle Abende sah man ihn zur Sommerszeit mit seiner alten, bald hundertjährigen Schwester in seinen entfernten Garten fahren. Dieselbe sah man nie, ohne daß sie auf dem Schoße ein uraltes Hündchen barg. Am Chais'chen war ein fünfzehnjähriger, kaum mehr beweglicher Rappe angespannt, dessen Schweif und lange Mähnen altersgrau waren, während ein ebenfalls uralter Ladendiener, Pietro Morano, den Laden und die Hühner hütend, zurückblieb, die uns im Raume der Arkaden spielenden Knaben oft zur Übung unseres Mutwillens dienten. Kamen wir mit unseren Spielen in ihren Bereich und flatterten sie aufgestört mit Geschrei davon, so kam der ergrimmte Morano mit aller Wut auf uns los. Aber je wütender er ward, je nekkender und wagender wurden wir Knaben. Sobald er wieder in seinen Laden zurückgekehrt war, standen wir wieder ihn zu erwarten da; der neue Angriff und abermaliges Entfliehen begann, das sich den Tag über zur Zeit unserer Muße öfter wiederholte und eigentlich auch zu unsern Spielen und damaligen Turnübungen gehörte.

Zum Spiele, Drachen steigen zu lassen, war dieser große Marktplatz und das windige Ludwigsburg auch sehr geeignet. Mancher Drache aber fand seinen Untergang an den Kränzen der beiden Stadtkirchentürme, wo wir sie dann den ganzen Sommer durch, an den Schwänzen aufgehängt, bewunderten.

Wir wetteiferten miteinander, solche Drachen in den verschiedensten Formen zu machen. Drachen, die auf der Erde die Größe eines Mannes überboten, hatten in der Höhe kaum die Größe einer Schwalbe, auch wußten wir solche zu verfertigen, die im Steigen und in der Luft brummende Töne von sich gaben, ein Spiel, das ich noch im Alter zu Weinsberg auf meinem Turme fortsetzte.

Wie im großen und in natura, so dienten mir diese Stadttürme mit ihrer Kirche auch nachgemacht und im kleinen oft zum Spielzeuge. Mehr die Arbeit eines Schreiners als eines Steinhauers scheinend, wurden sie auch sehr oft von Schreinern als Kinderspielzeug in Holz gebildet, so auch die Garnisonskirche und die Hauptwache auf dem gleichen Platze.

Sie brachte mir einmal der von mir so gefürchtete Mann, der ehemalige Organist dieser Kirche, der Dichter Schubart, in einer Schachtel zum Geschenk aus Stuttgart mit, wodurch auch meine Furcht vor Schubart nach und nach verschwand.

Es ist mir auch noch wie ein Traum, daß ich die letzte späteste Lieferung der von dem Herzog Carl an Holland verkauften, nach dem Kap bestimmten Truppen, unter dem Gesange des schönen Liedes

von Schubart: „Auf, auf, ihr Brüder, und seid stark!" die Schloßallee hinabziehen sah.

Noch lebendiger aber erinnere ich mich eines andern Zuges – des nächtlichen Leichenzuges des Herzogs zur Gruft seiner Väter im Corps de Logis des Schlosses. Wachskerzen und brennende Pechkränze waren von dem Tore an, durch das man von Stuttgart kommt, bis zur Schloßkirche aufgestellt. Durch diese ging der Zug mit der Leiche des Herzogs, von acht schwarzbehängten Schimmeln gezogen, gefolgt von Wagen, Trabanten und Reitern, aber nicht langsam und feierlich, sondern unbe-

Oben und rechts: Schloß Ludwigsburg

greiflicherweise rasch, dem Dunkel zu, in dem aller Erdenglanz auf immer erlischt.

Der zum Himmel aufwirbelnde Rauch der Wachsfackeln und Pechkränze bildete, wie mir noch wohl im Gedächtnis steht, hoch über den Alleen, dem Schlosse und den Häusern der Stadt, in dem erhellten Nachthimmel die sonderbarsten Gestalten, gleichsam einen gespenstischen Zug, mit dem mir der Geist des Herzogs über seiner Leiche zu schweben schien. Später, als nach der Regierung des Herzogs Ludwig eine große Stille eintrat und die Räume des Schlosses sehr verlassen standen, gebrauchten wir Knaben gerade oft jenen Teil des Corps de Logis des Schlosses, wo die Gruft sich befindet, zu unsern Soldatenspielen und blickten da oft durch das am Erdgeschoß befindliche Gitter

auf den mit rotem Samt beschlagenen Sarkophag des Herzogs Carl und die anderen fürstlichen Särge nieder.

Die Zeit Herzog Ludwigs

Nach dem Tode des Herzogs Carl wurde der Zustand Ludwigsburgs weniger glänzend, aber gemütlicher, bürgerlicher; das eigentliche Militär wurde mehr in den Hintergrund gestellt, die großen Grenadiere Friedrichs verschwanden, und der Herzog Ludwig, ein Freund der Bürger mit Leib und Seele, glaubte sich auch jetzt, zur Zeit der bedrohten Kronen, nur unter ihrem Schutze sicher. Als dieser Herzog eine allgemeine Volksbewaffnung zu organisieren gedachte, was Österreich wünschte und nur Preußen für gefährlich hielt, da gelangten auch an meinen Vater, wie an alle Oberamtmänner, Befehle zur Organisation derselben. In einer bei solch einer Gelegenheit gehaltenen Rede, die ich noch besitze, sprach er unter anderem folgendes, was ich hier wörtlich anführe:

„Zur Abwendung drohender Feindesgefahr hat der Herzog den Entschluß gefaßt, nach Anleitung der älteren und neueren Landesverträge und Beispiele eine allgemeine Landesverteidigung zu veranstalten und eine Landmiliz zu errichten, die in Vereinigung mit den regulären Truppen, und in Vereinigung mit den anderen benachbarten Reichs- und Kriegsständen, mit Gottes Hilfe die Feinde bekämpfen soll. Wahrhaftig, meine Mitbürger, Herrmanns kriegerischer Geist, welcher ehemals der römischen Herrschaft in Deutschland Grenzen setzte und mit unseren Voreltern begraben zu sein scheint, muß wieder belebt werden: denn, wenn ein ganzes Volk aufsteht, um die Nachbarschaft zu verheeren, so müssen auch gegenseitig andere Völker sich verbinden, um der Gewalttat zu steuern, die Gefangenschaft der Familien und die Zerstörung der Wohnungen zu verhindern. Jeden Bürger zur Ergreifung der Waffen aufzurufen ist Pflicht der Obrigkeit, und so rufe ich diejenigen unter euch zu den Waffen, welche tätig, kräftig und durch Alter oder Krankheit nicht verhindert sind, sich unter der Fahne der Vaterlandsverteidiger zu sammeln. Um mit gutem Beispiele voranzugehen, mache ich mich verbindlich, unter hoffender Erlaubnis unseres Herzogs, wenn eine Anzahl entschlossener ehrliebender Bürger sich zu einem Schützenkorps vereinigt, daß ich nicht bloß, wollt ihr es, das Kommando übernehmen, sondern auch wie jeder andere Bürger mit allen Gefahr und Anstrengung teilen werde. Es lebt in mir die feste Überzeugung, daß die Gefahr nicht so groß ist, wenn man zusammenhält, statt daß man sich einzeln jedem herumstreifenden Haufen preisgibt." –

Die Ludwigsburger teilten aber meines Vaters kriegerischen Geist nicht, sie bildeten wohl ein Korps, als man aber nach langer Zeit wieder eine Rekruten-Auswahl ausschrieb, entstand (am 4. Januar 1794) ein kleiner Aufstand, weil die Bürgerschaft von der Leistung persönlicher Kriegsdienste ebenso befreit zu sein behauptete wie die

Stuttgarter. Die jungen Leute erschienen auf dem Rathause, aber mit ihnen auch die Väter und andere Bürger. Als nun mein Vater seine Obliegenheiten als Beamter der Regierung erfüllen wollte, kam es endlich zu einem persönlichen Losgehen auf ihn. Ein starker Rotgerber, namens Breuninger, wollte ihn schützen, drückte ihn aber, ungeschickter- und unbeholfenerweise, um ihn den auf ihn Eindringenden zu entziehen, so in die Ecke, daß er fast erstickte und sich vorerst nur bemühen mußte, sich diesen Schutz vom Halse zu schaffen, worauf die Beschwichtigung des Tumultes ihm bald gelang.

Als der Herzog zwei Monate vor dieser Begebenheit (am 3. November 1793) in die Residenz Ludwigsburg einzog, wurde er nicht nur von einem Bürgerkorps empfangen, dessen Einrichtung hauptsächlich von meinem Vater veranstaltet wurde, sondern auch selbst die Knaben der Stadt hatten sich zu einem wohl uniformierten und armierten Korps gebildet, dessen Anführer ich sein mußte. Als solcher überreichte ich damals dem Herzog einige von meinem Vater gedichtete Verse, mit den kurzen Worten:

„Gnädigster Herzog! Empfangen Sie hiermit die Huldigung der jungen Landmiliz."

Der bekannte Spezial Zilling, von dem später mehr die Rede sein wird, wollte da den Herzog mit einer langen Rede empfangen, blieb aber schon am Eingange stecken und brachte nichts heraus als:

„Durchlauchtigster Herzog, gnädigster Herzog und Herr!

JUSTINUS KERNER.

Durchlauchtigster Herzog, gnädigster Herzog und Herr!"

Inzwischen hatte sich ein junges Mädchen aus der Zuschauerreihe herauszuschleichen gewußt und kam auf ein Brett zu stehen, das man dem hochwürdigen Herrn, der Feuchtigkeit wegen, unter die Füße gelegt hatte, worauf dieser, nachdem er zum dritten Mal: „Durchlauchtigster Herzog, gnädigster Herzog und Herr" herausgebracht hatte, sich gegen das Mädchen wandte und sagte:

„Mädle, gang weg von dem Tritt! Der Tritt iss net vor di do!"

Der Herzog antwortete einiges auf die Anrede meines Vaters, die derselbe früher als der Spezial sein „durchlauchtiger Herzog" an ihn gerichtet hatte, und ließ dann weiter fahren.

Die erwähnte junge Landmiliz, die über hundert Knaben zählte, erhielt zu gewissen Stunden der Woche Exerzierunterricht. Jener Italiener Minoni, wahrscheinlich vergnügt, daß durch dieses Landmilizspiel der Knaben die Beunruhigung seiner Hühner unter den Arkaden für eine Zeitlang aufhörte, stiftete dem jungen Korps eine ganz schöne große Trommel mit dem Stadtwappen. Der durch die Lebensbeschreibung Schubarts und die Händel, die er mit diesem Freigeiste hatte, bekannte, soeben erwähnte Dekan Zilling schenkte an das junge Korps eine schöne gelbe und blaue Fahne von Seidenstoff mit goldenen Fransen.

Sobald wir dieses Geschenk erhalten hatten, kommandierte ich das Korps in das Schloß und vor des Herzogs Speisesaal und ließ dem Herzoge durch den Hofdiener, der uns empfing, sagen, er solle doch herauskommen und unsere Fahne sehen. Der gute Herzog gab hierauf den Befehl, uns alle in den Saal zu führen. Wir marschierten um die Tafel und stellten uns dann hinter dem Herzoge auf; dieser nahm die Fahne, gab sie den Anwesenden an der Tafel umher und nahm mich auf seinen Schoß, wo ich mit Zuckerwerk von ihm und der Herzogin überfüllt wurde; auch die anderen Helden erhielten Bonbons und sonstiges Naschwerk. Der Herzog entließ uns dann freundlich, und wir riefen: „Wir werden bald wiederkommen!“, was auch noch öfters geschah.

Bekanntlich aber währte diese gutmütige Regierung nicht lange; der Herzog litt an einem Fußübel, das unvorsichtigerweise von einem österreichischen Regimentsarzte hinter den Leibärzten des Herzogs geheilt wurde, und ich kann mich noch erinnern, daß, als ich an einem Märzmorgen in der Schule war, ein großer Zusammenlauf und Wehklagen entstand: der Herzog sei vom Pferde, in der untern Allee, auf einen Stein gefallen; es war aber ein Schlaganfall, der ihn auf dem Pferde traf.

Aufgeregt lief nun alles dem Platze zu, auf welchem der Herzog vom Pferde gestürzt war.

Ich sah ihn nicht mehr, man hatte ihn schon tot in das Schloß getragen. Viel Volk stand auf dem Platze, auf dem er fiel, herum, und ein Maurersjunge, der gerade von dem Geschäfte kam, grub mit seinem Zweispitz in den Stein, auf den der Herzog gefallen war, ein Kreuz ein, das noch zu sehen ist. Ungefähr in meinem zwölften Jahre, dichtete ich folgende Verse auf dieses Ereignis:

„Als der gute Ludwig hoch vom Pferde
Tot gesunken auf die harte Erde,
Nahet trauernd sich ein Maurersjunge:
Er will klagen, doch es stockt die Zunge,
Aber schnelle bauen seine Hände
Ihm das schönste aller Monumente,
Denn sie hauen in den Pflasterstein
Fromm des Kreuzes heilig Bildnis ein."

Die Gutmütigkeit und der fromme Glaube des Herzogs Ludwig wurden übrigens oft mißbraucht. Hiervon nur ein sehr buntes Beispiel: Ein alter versoffener Schuhmacher aus der Stadt, lutherischer Konfession, kam auf den Gedanken, Buße zu tun und ein frommer Einsiedler zu werden. Zu diesem Behufe brach er sich in dem Steinbruch vor dem Tore, das nach Eglosheim führt, ein geräumiges Loch und richtete sich in demselben eine Einsiedlerhütte ein; diese schmückte er mit einem Kreuze und Marienbilde, einer brennenden Öllampe und einigen katholischen Gebetbüchern aus. Es fand bald dahin ein großer Zulauf von Neugierigen statt; ja, es gab sogar manche, die sich an dieser Erscheinung erbauten.

Bald wurde die Sache auch am Hofe bekannt. Einige alte, fromme Hofdamen wallfahrteten hin; diese erzählten der Frau Herzogin Wunder von dem frommen Büßer, seinen inbrünstigen Gebeten, seinen Kasteiungen. Gerührt davon, entschloß sie sich (es hieß, in Begleitung des Herzogs), selbst einen Besuch in der Einsiedlerhütte zu machen.

Das Haus in Weinsberg (im Hintergrund Burg Weibertreu), das der Autor dieser Erinnerungen sich später baute

Erbaut von den frommen Äußerungen und der Buße des Mannes, wurden die Besuche öfters wiederholt, wobei jedesmal ein reichliches Almosen hinterlassen wurde; ja, die Herzogin beschickte den Darbenden oftmals mit Speisen aus der Hofküche. Die Täuschung dauerte mehrere Wochen lang, bis der fromme Einsiedler den versoffenen Schuhmacher in sich nicht mehr länger unterdrücken konnte. Er fing von der gesammelten Barschaft wieder nach alter Weise zu saufen an, worauf mein Vater von Polizei wegen durch seine Entfernung aus dem Steinbruche und seine Aufhebung im Armenhause der Sache ein Ende machte.

Eduard Mörike

Selbstbiographie

(1834 von Mörike bei seiner Antrittspredigt in Cleversulzbach vorgetragen)

Ich bin am 8. September 1804 zu Ludwigsburg geboren, ein Sohn des im Jahre 1817 als Landvogtei- und Oberamtsarzt verstorbenen Dr. Karl Friedrich Mörike. Von dessen Seite war mein Großvater, Gottlieb Mörike, Hofmedikus in der gedachten Stadt. Es schreibt sich die Familie, seitdem sie in Württemberg ist, von Neuenstadt am Kocher her, wohin die ältesten bekannten Vorfahren aus Havelberg in Preußen eingewandert sind. Mein Großvater von mütterlicher Seite war Christian Friedrich Beyer, Pfarrer zu Beuren, Oberamt Nürtingen.

Ich befand mich als Knabe in einem lebhaften Kreis von mehreren Geschwistern, die an Alter teils vor, teils hinter mir standen. Die Verhältnisse meiner Eltern waren für die erste Entwicklung günstig genug; allein es konnte der Vater den Tag über bei einem äußerst geschäftsvollen Amte, das ihn meist außer dem Hause festhielt, bei der rastlosen Tätigkeit, womit er selbst daheim nur seiner Wissenschaft lebte, an unserer Erziehung nur den allgemeinsten Anteil nehmen. Wenn er auf uns wirkte, so geschah es zufällig durch einzelne Winke oder gewissermaßen stillschweigend durch den so liebevollen wie ernsten Eindruck seiner ganzen Persönlichkeit; ausdrücklich belehrend war seine Unterhaltung selten und gegen die Jüngeren, zu denen ich gehörte, fast niemals. Dagegen konnte uns im Sittlichen die Mutter auch statt alles anderen gelten. Durch ihre Zärtlichkeit, ihr reines Beispiel und durch ein Wort, zur rechten Zeit gesprochen, übte sie ohne studierte Grundsätze und ohne alles Geräusch eine unwiderstehliche sanfte Gewalt über die jungen Herzen aus. In tieferer gemütlicher Beziehung aber hatte die Eigentümlichkeit eines älteren Bruders den größten Einfluß bald auf mich gewonnen. Was nur ein jugendlicher Sinn irgend Bedeutungsvolles hinter der Oberfläche der äußeren Welt, der Natur und menschlicher Verhältnisse zu ahnen vermag, das alles wurde durch die Gespräche dieses Bruders auf einsamen Spaziergängen, wenn ich ihn manchmal auch nur halb verstand, in meinem Innern angeregt; er wußte den gewöhnlichsten Erscheinungen einen höheren und oft geheimnisvollen Reiz zu geben; er war es auch, der meine kindischen Gefühle zuerst mit mehr Nachhaltigkeit auf übersinnliche und göttliche Dinge zu lenken verstand.

Indes besuchte ich die lateinische Schule, man ließ mich einen Anfang in den andern alten Sprachen machen, um seinerzeit, wenn über meine Bestimmung entschieden werden sollte, vollkommene Wahl zu haben. Mein Vater wünschte nicht, daß einer seiner Söhne seinen Beruf ergreife, und man war, besonders auf Wunsch eines verehrten

Oheims, schon ziemlich übereingekommen, mich dem geistlichen Stande zu widmen.

Im Jahre 1815 erkrankte mein Vater auf bedenkliche Art. Infolge übermäßiger Anstrengung bei Gelegenheit einer in der Stadt und Umgegend ausgebrochenen Seuche, wobei er selbst zu Nacht sich wenig Ruhe gönnte, ward er sichtbar geschwächt, und es bereitete dieser Zustand einen Schlaganfall vor, der erstmals bei der besonderen Veranlassung eintrat, daß den sonst so kraftvollen Mann der Anblick seiner sterbenden Mutter aufs äußerste ergriff. Mit diesem Tage begann das Glück unseres Hauses in mehr als einem Betracht zu sinken.

Noch fürchteten wir nicht das Schlimmste; auf den Gebrauch des Wildbads zeigte mein Vater einige Besserung, er ließ sich nicht abhalten, seine gewöhnlichen Geschäfte wieder zu versehen. Wiederholte Bäder im folgenden Jahre taten die erste Wirkung nicht mehr, er wurde hinfällig und mußte sein Amt übergeben. So war also der unermüdlich fleißige Mann, welcher, wie seine unvollendet hinterlassenen Schriften bezeugen, der wissenschaftlichen Welt ebensoviel zu werden gedachte, als er in seinem inneren Wirkungskreise der Stadt und dem Lande durch persönliche Hilfeleistung gewesen war, nun auf einmal aus seiner gesegneten Tätigkeit für immer herausgerissen und in die äußerste Ohnmacht versetzt. Außer der ganzen linken Seite seines Körpers waren auch die Sprechwerkzeuge beinahe völlig gelähmt, das Gedächtnis auffallend geschwächt, selbst die Denkkraft hatte gelitten. Wenn nun das Vertrauen so mancher, denen er sonst seine Dienste gewidmet und im eigentlichen Sinne des Worts geschenkt hatte, sich auch jetzt nicht wollte abweisen lassen und ihn mit rührender Zudringlichkeit bis in sein Krankenzimmer verfolgte; wenn er, die Feder in der zitternden Hand, den rechten Ausdruck suchte und nicht fand, und er zuletzt mit unterdrückter Wehmut die Leute wieder entließ oder, höchst reizbar wie er war, in einen Zustand ungemessener Heftigkeit geriet, so daß ihm niemand, meine Mutter kaum, sich nähern durfte; wenn der jammervoll Dasitzende mich unter Tränen zwischen seinen Knien hielt und mir ein schwer zu erratendes Wort mit Liebkosungen gleichsam abschmeicheln wollte, um den andern zu sagen, was er verlange: so waren das Augenblicke des herzzerreißenden Elends, die unauslöschlich in meiner Erinnerung stehen. Hier mußte der Knabe den Ernst des Lebens, dem er entgegenwuchs, und die Hinfälligkeit alles Menschlichen mit erschütternder Wahrheit empfinden. In diesen bangen Zeiten war es aber auch, wo sich die unerschöpfliche Liebe meiner Mutter, ihre Umsicht, ihre Geistesstärke, ihre fromme Treue auf eine Weise geoffenbart hat, die nach Verdienst zu rühmen, wenn hier der Ort dazu wäre, mir ihre eigne Gegenwart verböte.

Die Leiden meines Vaters dauerten volle drei Jahre. In einer Nacht – wir Kinder schliefen schon – rief man uns unvermutet an sein Bett; er lag bewußtlos da, und man erwartete sein Ende; wir knieten um ihn auf dem Boden, die Mutter betete, und noch höre ich den Ton, womit das Lied von ihr gesungen wurde: „Gott der Tage, Gott der Nächte, unsre Seele harret dein!“ Hierauf entfernte man die Kinder, da sich die Auflösung noch länger zu verzögern schien. Am andern Morgen, bei unserem Erwachen, sagte man uns das ganz unfaßliche Wort, daß wir jetzt keinen Vater mehr hätten. Dies war am 22. September des Jahres 1817. Beim Leichenbegängnis trat der Oheim, dessen ich oben gedachte, der würdige, nunmehr auch heimgegangene Präsident Georgii, dessen Namen kein Vaterlandsfreund ohne Hochachtung nennt, mit der Erklärung hervor, er wünsche mich zu sich nach Stuttgart zu nehmen und meine Bildung zu fördern, ein Anerbieten, das meine Mutter mit Dank, ich selbst mit Begierde ergriff.

Noch kann ich nicht umhin, bei diesem Zeitpunkt eines andern, innig geliebten Oheims zu gedenken, des Herrn Pfarrers M. Neuffer zu Bernhausen, früher zu Benningen bei Ludwigsburg. Von jeher hatte zwischen ihm und den Meinen ein steter vertraulicher Verkehr bestanden; in seinem gastfreundlichen Hause war die reinste Anmut eines heiteren, geselligen Familienlebens zu finden, und so wie er mit seiner lieben Gattin einst in Tagen unsers ungetrübten Glücks als Freund uns unzertrennlich nahe geblieben, erwies er sich auch jetzt, da sich so viel und immer mehr veränderte, als sorgsamster Berater einer Witwe und der von ihm in Pflegschaft genommenen Waisen.

Ich war nunmehr in Stuttgart und besuchte vom Hause jenes Verwandten aus, wo ich gleich einem Sohn gehalten wurde, das Gymnasium. Mit wenig

Der Marktplatz in Stuttgart zu Mörikes Zeit

Worten kann ich meinen Wohltäter als einen Mann bezeichnen, welcher durch manchen Zug seines entschiedenen Charakters an die fromm kräftigen Gestalten aus dem Altertum, wie sie durch Schilderungen uns überliefert sind, erinnern mußte. Mit einer gründlichen Gelehrsamkeit verband er die strengsten rechtlichen Grundsätze, die feurigste Liebe zum Vaterlande, und wenn in dieser Richtung sein Eifer oft an Härte streifte, so war sein Wesen doch im ganzen durch eine große Herzensgüte, vorzüglich aber durch den Geist eines lebendigen Christentums und einer wahrhaft demütigen Gottesfurcht gemildert.

Von meinen Stuttgarter Lehrern erwähne ich mit besonderer Achtung und Anhänglichkeit den damaligen Herrn Professor Roth, jetzigen Rektor in Nürnberg. Seine Behandlung war derart, daß ich zum ersten Male in meinem Leben ohne Zwang zu lernen anfing. – Nun kam der Tag der Konfirmation heran, nachdem ich als Vorbereitung dazu den herzgewinnenden Unterricht des Herrn Präsidenten von Flatt, damaligen Stiftspredigers, zu genießen das Glück gehabt hatte. Sein Segensspruch erinnerte mich mit rührenden Worten an meinen vollendeten Vater, und ich fand mich in meinem Innern zu dem stillen Gelübde bewogen, von nun an ernsthafter, frommer, fleißiger zu werden.

Sofort nach bestandener letzter Schulprüfung, dem sogenannten dritten Landexamen, war mein Beruf zum Prediger entschieden ausgesprochen; im Oktober 1818 wurde ich mit mehr als 30 Zöglingen in die neuerrichtete Klosterschule zu Urach aufgenommen. Mein Einstand war insofern nicht erfreulich, als mich gleich in der ersten Woche das Scharlachfieber in die Krankenstube brachte, worin ich über einen Monat zuzubringen hatte. Übrigens fand ich mich bald in das Geleise meiner neuen Studien, die mir nach und nach einen deutlichen Blick auf den letzten Zweck all dieses Lernens und Übens gewährten. Die prachtvolle Gebirgsgegend, das schöne Tal, worin wir wohnten, das engere Zusammensein mit einer Menge junger, nach Art und Begabung höchst verschiedener Menschen, die Eigentümlichkeit der Lehrer, die Bekanntschaft mit Büchern, die nicht unmittelbar auf meinen Beruf hinwiesen – dies alles gab dem nun zum Jüngling erwachsenen Knaben in einer abgeschlossenen und einförmigen Lage die mannigfaltigste Anregung. Die Begriffe gewannen nun schnell einen größeren Umfang, Gesinnungen und Meinungen bestimmten sich; mit Überraschung sah ich eine reiche Welt des Geistes vor mir aufgetan, deren Widersprüche bereits auf mich zu wirken begannen, so daß ich das, was ich mein Eigen nennen konnte, was vom Empfangenen mit meinem innersten Bedürfnisse zusammentraf, nur immer heimlicher und fester an mich zog.

In hohem Grade wuchs freilich die Bewegung, als ich im Jahre 1822 auf die Universität in Tübingen gelangte. Wenn ich mich dort in einem kleinen Kreise von gleichgesinnten Freunden zurückgezogen hielt, so wurde ich dadurch vielleicht von einer

Rechts: Urach

Seite vor manchen Abwegen bewahrt, von der andern aber waren mir solche doch nicht abgeschnitten; denn meine geistigen Bestrebungen, obwohl ich damit auch nur das Beste, was in meiner Natur gelegen schien, auf eigne Hand und Rechnung zu entwickeln, unwiderstehlich angetrieben war, drohten mich von meiner Bestimmung eher ab- als ihr entgegenzuführen. Daß ich aber diesem Studium dennoch niemals entfremdet, vielmehr ihm in der Folge wieder völlig zugewendet wurde, verdanke ich, nächst der Beschränkung meiner äußeren Verhältnisse, nächst den wiederholten Mahnungen jenes Stuttgarter Oheims, vorzüglich dem Umgang und der leisen Leitung eines vertrauten Freundes, an welchem späterhin die Kirche einen von Jesu Evangelium innigst durchdrungenen Diener durch seinen frühen Tod verlor.

Von Männern, deren öffentlicher Unterricht in Tübingen mir zugute kam, nenne ich die verehrten H. H. Professoren Eschenmaier, Tafel, Steudel, Schmied, Haug und zugleich mit den Empfindungen persönlicher Dankbarkeit den Herrn Prälaten von Bengel.

Zunächst sei aber jetzt noch zweier trauriger Familienereignisse gedacht, wovon das eine in die Mitte meines Tübinger Aufenthalts, das andere in meine erste Vikariatszeit fällt. Ein junger Bruder, herrlich blühend an Leib und Seele, mit ungemeinen Gaben ausgestattet, eine ältere Schwester, von der das gleiche gilt, nur mit dem Unterschiede, der sie zugleich vor so vielen ihres Geschlechts und Alters ausgezeichnet, daß bei ihr die geistigen

Das Rathaus in Tübingen

Kräfte bei aller Heiterkeit des Gemüts durch einen großen, ja, ich darf es sagen, himmlischen Ernst verdeckt und gereift im schönsten Gleichgewichte standen – beide Geschwister wurden uns in einem Zeitraum von drei Jahren nach des Allmächtigen Willen entrissen. Den Bruder tötete die Überfülle der Gesundheit, ohne irgendeinen Vorboten der Gefahr; die Schwester welkte sichtbar längere Zeit dahin. Von ihr darf ich bekennen, daß sie mir in vorzüglichem Sinne angehörte; von wie mancher Torheit, mancher Übereilung hielt sie mich zurück;

wie sehr war ihre ruhige Klarheit, ihre liebliche Hoheit geeignet, auch über die jüngeren Geschwister eine wohltätige Herrschaft auszuüben und sich in jeder häuslichen Pflicht an die Seite der Mutter zu stellen!

Ich sage nichts vom Gram der letzteren und nichts von meinem Schmerz bei diesem doppelten Verlust, wodurch mein ganzes Dasein umgewälzt und für die Zukunft jede Lebensfreude voraus von mir genommen schien.

Im Herbst 1826 wurde mir das Vikariat zu Oberboihingen bei Nürtingen gegeben, das ich jedoch sehr bald mit dem zu Möhringen auf den Fildern vertauschte. Von da kam ich als Pfarrgehilfe nach Köngen im Dekanat Nürtingen. Das herzliche Wohlwollen des dortigen Herrn Pfarrers Renz, eines vielseitig gebildeten, feindenkenden Greises, wird mir für immer im dankbarsten Gedächtnis eingeschrieben bleiben. Doch dauerte mein Aufenthalt auch hier nicht lange. Meine ganze innere Verfassung in jener Übergangsperiode, der bisher unterdrückte Zweifel, ob ich denn auch wirklich zum Geistlichen tauge, dabei ein angegriffener Gesundheitszustand, drängte notwendig zu dem Entschluß, auf einige Zeit dem kirchlichen Dienst zu entsagen. Ein Jahr etwa brachte ich teils bei Verwandten in Oberschwaben, teils in Stuttgart zu, wo ich für mich arbeitete und einigen Anteil an öffentlichen Blättern nahm. Auch fand sich günstige Veranlassung, eine kleine Reise nach Bayern zu machen.

1829 kehrte ich mit neugestärktem Mute zu dem

mir immer lieb und teuer gebliebenen Beruf zurück. Ich kam als Pfarrverweser nach Pflummern bei Riedlingen an der Donau, hierauf in ebendieser Eigenschaft nach Plattenhardt auf den Fildern, von dort nach Owen bei Kirchheim an der Teck als Gehilfe des seligen Herrn Pfarrers Brotbeck, dessen Haus eine meiner freundlichsten Erinnerungen bleibt. Im Jahre 1831 ward mir die Amtsverweserei zu Eltingen im Dekanat Leonberg übertragen, sodann auf meine Bitte das unveränderliche Pfarrvikariat zu Ochsenwang bei Kirchheim, welches, obwohl auf einem hohen Vorsprung der Alb gelegen, doch einen wünschenswerten und bis zu meiner anderwärtigen förmlichen Anstellung bleibenden Aufenthalt bot, der sich auch wirklich um so günstiger anließ, da ihn meine Mutter, welche ihren Wohnplatz in Nürtingen genommen, mit mir teilen konnte. Ich habe bei dieser Gemeinde, die sich im ganzen durch ein treuherziges und vergleichungsweise mit andern unverdorbenes Wesen vorteilhaft auszeichnete, meine Pflicht als Seelsorger mit besonderer Liebe geübt und während fast zwei Jahren manchen Beweis der Zuneigung und des Vertrauens erfahren. Allein es zeigte sich das dortige Klima, je länger je mehr, als unvereinbar mit meiner Gesundheit, so daß ich mich im Herbst 1833 von einem mir so wert gewordenen Orte loszureißen genötigt sah. Nun wurden mir ganz in der Nachbarschaft und schnell nacheinander die Diakonatsverweserei in Weilheim, hierauf die gleiche Stellung in dem mir schon bekannten Owen, endlich die Pfarrverweserei in Othlingen erteilt, an welch letzterem Orte mich die erste Nachricht von der erledigten Pfarrei Cleversulzbach traf. Nachdem meine augenblickliche Neigung für dieses mir sogar dem Namen nach bisher ganz fremd gebliebene Dorf durch freundschaftliche Schilderung der hiesigen Verhältnisse entschieden war, so wagte ich ein untertäniges Gesuch, ohne sonderliche Hoffnung auf einen besseren Erfolg, als früher ähnliche Versuche hatten. Wie sehr war ich daher überrascht und gerührt durch meine wirkliche Ernennung! Wie neu und erhebend war mir der Gedanke, daß ich nunmehr gewürdigt sein sollte, von einer Gemeinde vollkommen Besitz zu nehmen!

Ludwig Egler

Geschichte des Kurortes Imnau

Die ältesten Nachrichten, die man über die Mineralquelle zu Imnau findet, gründen sich auf Tradition. Ein Arzt namens Kaspar, der im Jahre 1694 nach Sulz kam, hörte unter anderm auch von einem Sauerbrunnen zu Imnau und nahm sich vor, denselben zu besuchen. Wirklich fand er, als er dahin gekommen, daß, wie er sich selbst ausdrückte, „dies Wasser neben seinem annehmlichen Geschmack auch recht geistreich sei". Bei seinen Nachforschungen über das Alter dieser Quelle hörte er von den ältesten Leuten des Dorfes, daß sie zwar schon seit vielen Jahren bekannt, aber weniger beachtet gewesen sei, weil eben im Dorfe noch ein viel besserer Sauerbrunnen sich befunden habe, indessen, nachdem auch diese gute Quelle durch Naturereignisse, Platzregen und Wolkenbrüche zerstört worden, hätten sich die Dorfbewohner erst des am Mühringer Wege befindlichen Sauerbrunnens allgemein bedient. Auch diese Quelle war nie vorsorglich eingefaßt, und Dr. Kaspar fand sie nur nachlässig mit Holz und Rasen überdeckt. Auf seine Anregung scheint es geschehen zu sein, daß diese Quelle mit Steinen zisternenartig eingefaßt und mit einem schützendem Häuschen überbaut wurde. Das Wasser, dessen Menge, aller Witterungseinflüsse ungeachtet, weder zu- noch abnahm und immer hell und klar blieb, wurde mit Eimern heraufgezogen, und mehrere Leute im Dorfe Imnau bedienten sich desselben in jener Zeit zum Trinken und Baden mit gesegnetem Erfolge. Bei Augenkrankheiten, Fiebern und verschiedenartigen Körperleiden nahmen die Bewohner der ganzen Umgegend ihre Zuflucht zu dieser Quelle, und Dr. Kaspar selbst versuchte deren Heilkraft bei einem eigenen chronischen Leiden und füllte an der Quelle, um das Wasser nach Hause bringen zu lassen, 7 Glasflaschen, welche gut verpfropft und mit gedoppelter Rindsblase verbunden wurden. Unterwegs zersprangen fünf dieser Flaschen, was dem Arzte die bedeutende Kraft des Wassers bewies und worauf er nun häufig den in seiner Behandlung stehenden Kranken, welche der Quelle nahe waren, deren Gebrauch verordnete.

Für Fernerwohnende war es indessen sehr schwierig, die Heilkraft des Imnauer Brunnens zu genießen, da sich im ganzen Ort kein Haus fand, das geeignet gewesen wäre, Gäste wirtlich aufzunehmen. So kam es, daß, nachdem der Ruf der heilkräftigen Quelle schon weit gedrungen war, Kranke und Gäste wirklich herbeikamen, welche die notwendigsten Lebensmittel, ja Küchengeschirr und Betten mitbrachten und die Kur gebrauchten. Mitglieder der Raumerschen Familie aus Augsburg bezogen ihr nahe gelegenes Schloß zu Mühringen und besuchten von dort aus täglich die Quelle. Zu gleichem Zwecke hatten sich auch im Wirtshause in Mühringen damals viele Gäste eingemietet.

Da nun die Notwendigkeit es so dringend erforderte, ließ endlich der Wirt zu Imnau sich (1728) bewegen, ein paar Zimmerchen für Gäste und eine kleine Einrichtung zum Baden herzustellen, und so mangelhaft auch diese erste Anstalt war, wurde dieselbe dennoch von Personen hohen und niederen Standes nicht verschmäht und nicht selten mit auffallend gutem Erfolge benutzt. Freilich konnte nicht bei jedermann die Kur die erwünschte Wirkung haben, „doch“, wie Dr. Mezler treffend bemerkt, „verbreitet die Heilung eines einzigen Kranken den Ruf eines Kurortes mehr als ihm die üblen Erfolge bei zehn andern schaden können“.

Es war die Leitung der Kur am Bade selbst noch unter keinen erfahrenen Arzt gestellt, und so wurde der Brunnen größtenteils nur auf gut Glück gebraucht; zudem war das Wasser noch nicht analysiert, was eine um so dringendere Notwendigkeit wurde, als von Jahr zu Jahr die Zahl der Kurgäste sich vermehrte, und der Gebrauch des Wassers nach medizinischen Grundsätzen doch eine notwendige Bedingung war. Zudem ward das Bedürfnis besserer Wohnungen und einer bequemen Einrichtung der Badeanstalt immer fühlbarer.

Da war es nun Fürst Joseph von Hohenzollern-Sigmaringen, welcher dem Bade Imnau große Aufmerksamkeit zuwandte und nicht nur den Mängeln desselben abzuhelfen, sondern auch demselben diejenige Einrichtung zu verschaffen beschloß, die zur Hebung eines Kurortes als notwendig und zweckdienlich erschienen. Dieser edle Fürst ließ zunächst durch den schon vorher um das Bad Imnau verdienten Dr. Kaspar in Sulz und Apotheker Gmelin in Tübingen die Mineralquelle untersuchen und durch erstern eine Beschreibung des Kurortes verfassen, welche im Jahre 1733 zu Ulm bei Wagner erschien und verbreitet wurde. Gleichzeitig ließ auch Fürst Joseph in der Nähe der Quelle ein sehr schönes Haus erbauen und dieses zur Bequemlichkeit der Kurgäste einrichten. Man badete in hölzernen, auf die Zimmer gebrachten Wannen, nachdem das Wasser in einem kleinen Waschhäuschen gewärmt worden war. Unter diesen Verhältnissen wurde der ganze Kurort in Pacht gegeben.

So vieles nun auch bei den neuen Einrichtungen der Anstalt noch zu wünschen übrigblieb, so vermehrte sich gleichwohl die Zahl der Kurgäste bedeutend, ja es war Imnau nicht zu gering, von geistlichen und weltlichen Würdenträgern besucht zu werden. Der Arzt von Sulz erschien wöchentlich zweimal, um medizinischen Rat zu erteilen, so daß auch in dieser Hinsicht Vorsorge getroffen war.

Leider waren die Pächter dem Emporkommen des Bad-Institutes oftmals hinderlich, da sie größtenteils selbstsüchtige Zwecke verfolgten. So war längere Zeit ein Chirurg der Pächter zu Imnau, und dieser trieb, wie Dr. Mezler sagt, „mit dem Mineralwasser sein Wesen, wie ihm es eben seine wenigen chirurgischen Kenntnisse und seine häuslichen Umstände zuließen, die natürlicherweise sein Mine-

ralwasser zum Universalmittel gegen alle Krankheiten, gegen Stechen und Hauen erhoben“. Unter solchen Verhältnissen war es denn nicht zu verwundern, daß bald Klagen und Vorurteile entstanden, die dem Ruf des Kurortes schadeten, und sich die vornehmeren Gäste für immer von dem Besuche desselben abschrecken ließen. Zu all dem kam noch der Umstand, daß das Wasser der Heilquellen gegen seine Natur behandelt wurde, was den Glauben allgemein machte, daß es seine Kraft verloren habe. Auf den Rat solcher, welche Sachverständige sein wollten, dabei aber jedenfalls wissenschaftlicher Kenntnisse gänzlich entbehrten, wurde die Quelle abgedeckt und dem Zutritt der Luft und den Sonnenstrahlen vollständig preisgegeben. Diese mißlichen Verhältnisse dauerten zum Nachteile der Quelle und der Anstalt fort bis zum Jahre 1790, in welcher Zeit man es endlich unternahm, die Quelle besser zu fassen und die zuströmenden süßen Wasser abzusondern und fernzuhalten. Mehrmals brachten die Grabarbeiten den Sauerbrunnen dem Versiegen nahe, und es mußte bei allen weitern Unternehmungen die größte Vorsicht beobachtet werden. Nach vielfachen Versuchen gelang es endlich, als man die Quelle schon für verloren glaubte und deren Wasser lange Zeit ungenießbar war, ihre ehemalige Reichhaltigkeit und Stärke wiederzugewinnen.

Nun erwachten wieder bessere Tage für die Heilquellen zu Imnau. Der für alles Schöne und Nützliche besonders eingenommene damals regierende Fürst Anton Aloys von Hohenzollern-Sigmaringen erkannte weislich die Wichtigkeit des Gesundbrunnens und übertrug seinem kenntnisreichen und erfahrenen Leibarzte Dr. Mezler im Jahre 1791 die Untersuchung des Mineralwassers, veranlaßte auch denselben zu einem Berichte darüber, welche

Anstalten und Einrichtungen notwendig seien, den Kurort in Blüte zu bringen. Da sich indessen Dr. Mezler zur gründlichen Untersuchung des Wassers in der Scheidekunst nicht erfahren genug glaubte, sandte er in gutverschlossenen Krügen von dem Mineralwasser an den damals sehr berühmten Chemiker Professor Klaproth in Berlin, welcher die chemische Analyse mit größter Bereitwilligkeit und sehr genau vornahm. Das Resultat war ein ganz ausgezeichnetes und wurde in mehreren medizinischen Journalen und Zeitschriften gewürdigt. Hiernach konnten nun auch die Krankheiten bestimmt werden, gegen welche sich die Heilkraft des Wassers offenbaren mußte.

Nach diesen Vorbereitungen wurde sofort die Leitung des Kurortes Imnau von Seite des Fürsten dem trefflichen Arzte Dr. Mezler im Jahre 1794 übergeben. Mit großem Eifer widmete sich der in seinem Berufe unermüdliche Mann der bestmöglichen Erfüllung seiner Aufgabe, und es darf unumwunden die Behauptung ausgesprochen werden, daß Dr. Mezler es ist, dem Imnau seinen eigentlichen Charakter als Kurort zu verdanken hat. Unter der Leitung dieses Arztes wurde es auch unternommen, die Quelle oben im Dorfe, die man fast nur mehr der Sage nach kannte und welche seit 1732 nur wenig mehr berücksichtigt wurde, wiederzugewinnen.

Unter Dr. Mezlers trefflicher Leitung wurden nunmehr auch die notwendigen Gebäulichkeiten angelegt und aufgeführt und mit den freundlichen Spaziergängen umgeben. Rasch mehrte sich die

Zahl der Kurgäste, besonders da der leutselige Fürst Anton selbst sehr gerne die Sommermonate in seinem heimatlichen Bade zubrachte. Es war neben den besten äußern Einrichtungen der Anstalt auch stets für eine angenehme Unterhaltung Sorge getragen, da „Munterkeit, sanfte Freude, und das sukzessive Einmischen in die Vergnügungen gesunder, heiterer Menschen es ist, was Kranken und Siechen ihre Leiden vergessen macht, ihre Kräfte hebt und ihren Geist ermuntert".

So erhielt Imnau alles, was in so bescheidenen Verhältnissen nur wünschenswert war und ein niedergedrücktes Gemüt zu erheitern vermochte. Frühmorgens erweckte eine gute Musik die Gäste vom Schlummer und rief sie zur frischen heilkräftigen Quelle. Hierauf folgten die Spaziergänge in der kühlen erquickenden Morgenluft im grünen Tale oder die Pfade der waldbekränzten Abhänge empor, während auch ein Teil der Gäste unter den Bäumen der Anlagen vor dem Badehause in Partien frühstückte. Bis zur Mittagstafel war im Gesellschaftszimmer immer die beste Unterhaltung zu treffen.

Der Nachmittag wurde zu Ausflügen in die landschaftliche Umgebung verwendet, um mit untergehender Sonne wieder zurückzukehren, während der Abend unter Spiel und Tanz oder sonst in heiterer Gesellschaft zugebracht wurde. Vorzüglich kam auch den abendlichen Vergnügungen der rüstigeren Kurgäste der Besuch des nahen Mühringen zustatten, wo der Besitzer, der gastfreie und generöse Baron von Münch, immer ein gutes

Orchester und ein kleines Theater unterhielt und mit großer Freude die Kurgäste Imnaus daran teilnehmen ließ. Regelmäßiger Ball war nur sonntags und dauerte oft von abends 7 Uhr bis in den lichten Tag hinein. Nicht selten erschienen bei diesen Gelegenheiten aus der Nachbarschaft so viele Gäste, daß die Pferde derselben kaum mehr im Dorfe unterzubringen waren.

So frisches, fröhliches Leben waltete zu Imnau mehrere Jahrzehnte hindurch, so daß man füglich diese Periode „das goldene Zeitalter" des Kurortes nennen kann. Außer der fürstlichen Herrschaft waren sehr viele Familien aus der Schweiz, aus dem Elsaß, aus den Städten Augsburg, München, Nürnberg, wie auch aus den benachbarten badischen und württembergischen Landen den größten Teil des Sommers anwesend, wodurch Imnau jenen heiteren und gesellschaftlichen Charakter erhielt, der es vor andern kleinen Bädern so vorteilhaft auszeichnete. Diese glücklichen Verhältnisse verloren sich leider allmählich, nachdem das Bad von seiten der fürstlichen Verwaltung verpachtet und später verkauft wurde. Doch ist seit neuerer Zeit wieder die erfreuliche Wahrnehmung zu machen, daß Imnau noch nicht vergessen ist und daß die Frequenz eines Kurortes auch davon abhängt, wie derselbe verwaltet und gepflegt wird. Der gegenwärtige Besitzer, ein Mann, der dem Aufblühen der Brunnenanstalt sein ganzes Interesse widmet, hat bis jetzt nichts außer acht gelassen, was geeignet sein konnte, den Aufenthalt zu Imnau für jeden Besucher nützlich und angenehm zu machen.

Schon jetzt ist es dem tätigen Badinhaber vergönnt, die Früchte seiner anerkennenswerten Bemühungen zu ernten, da in den letzten Perioden die Zahl der Kurgäste jene der bisher blühendsten Zeiten nicht nur erreicht, sondern sogar bedeutend überstiegen hat.

David Friedrich Strauß

Christian Märklins Herkunft und Knabenalter

Aus: Christian Märklin. Ein Lebens- und Charakterbild aus der Gegenwart (1851)

Begünstigt freilich vor vielen andern war unser Freund dadurch, daß er der Sohn und Zögling eines Vaters war, welcher mit der hellen Denkart der neuen Zeit noch die ganze Sittenstrenge der alten verband. Als Sohn eines kirchenrätlichen Beamten im Jahre 1771 in Stuttgart geboren, war Jakob Friedrich Märklin (der Vater) in der Einfachheit und ernsten Zucht aufgewachsen, wie sie damals noch den mittleren Ständen eigen war; und von dem altertümlichen Zuschnitte des Unterrichts, den er genoß, wird man sich eine Vorstellung machen können, wenn ich sage, daß er unter seinen Papieren noch eine „Spezialgeschichte der Enakim" bewahrte, die er auf dem Stuttgarter Gymnasium nachgeschrieben hatte. Aber in derselben Schule wurde damals Hegel gebildet, mit welchem zugleich Märklin hernach auch in das Stift zu Tübingen aufgenommen wurde. Noch bis in seine letzten Lebensjahre pflegte sich der berühmt gewordene Philosoph bei Württembergern, die ihn in Berlin besuchten, mit Anhänglichkeit nach seinem Altersgenossen Märklin zu erkundigen, mit dem er die dortigen Bildungsanstalten durchlaufen und der noch in Tübingen an Kenntnissen und Tüchtigkeit mit ihm gewetteifert hatte. Hier hatten sich beide Jünglinge, wie alle bessern Köpfe in jener Zeit, mit besonderem Eifer auf die Kantische Philosophie geworfen, und so wenig Märklin, seinem damaligen Studiengenossen gleich, berufen war, dieselbe wissenschaftlich weiterzubilden, so drückte sie ihm doch für das ganze fernere Leben jenes Gepräge auf, das uns an ihren echten Zöglingen so hell und kräftig anspricht. Sittlich streng, aber dogmatisch liberal; unerschrocken im Kampfe für Freiheit und Recht, doch innerhalb fest bestimmter Grenzen; ebensosehr gegen transzendentes Schwärmen ihrer eigenen Vernunft auf der Hut als gegen die Zumutung der Autorität, unverständliche Glaubenssätze anzuerkennen: so war das Geschlecht jener Männer, und in diesem Geiste hat auch Märklin der Vater während eines langen Lebens gewirkt.

Als am 23. Juni des Jahres 1807 unser Freund dem Vater geboren wurde, bekleidete dieser die Stelle eines Klosterprofessors in Maulbronn. Er war seit fünf Jahren mit Friderike, einer Tochter des verstorbenen Professors der Rechte Hoffmann in Tübingen, verheiratet, welche in dem Hause des Professors und Prälaten J. F. Flatt, des bekannten Theologen, ihres Stiefvaters, erzogen worden war.

Rechts: Bebenhausen, Anfang des 18. Jahrhunderts

Sie hatte dem Gatten schon in Bebenhausen, wo er früher im gleichen Amte gestanden, zwei Kinder geboren; unsern Christian Märklin gebar sie kurz nach dem Umzuge nach Maulbronn. Von den drei Geschwistern, die mit ihm heranwuchsen, sah sich dieser später zwei, einen älteren Bruder und eine jüngere Schwester, kurz nacheinander im schönsten Jugendalter durch den Tod entrissen; mit besonderem Schmerze die Schwester, die um der Zusammenstimmung ihrer beiderseitigen Empfindungs- und Denkweise willen ihm das liebste Geschwister gewesen war.

Es war ein recht heimliches, stilles Asyl, in welchem Märklin die ersten sieben Jahre seines Lebens zubringen sollte. Der gute Maulesel hätte sich an keiner Stelle niederlegen können, die zur Gründung eines Klosters geeigneter gewesen wäre. Ein kleines, abgeschiedenes Tal, von bewaldeten Hügeln umgeben; von einem Bache durchflossen, an dem sich eine Perlenschnur von Seen, zur Gewinnung der nötigen Fastenspeisen für die ehrwürdigen Väter, anlegen ließ; und die Krone von allem, ein Gelände in der Nähe, auf welchem die gefällige Sonne einen Wein reifte, der noch heute unter die auserwählten des Landes gerechnet wird. Hier war im 12. Jahrhundert das Zisterzienser-Kloster gegründet worden, das im Verlaufe der Zeit manche Erweiterung und Umgestaltung erfuhr, so daß es, wie auch seine große, herrliche Kirche, alle Abstufungen des Baustils, von dem Rundbogen und viereckigen Pfeiler des romanischen bis zur reichsten Ausbildung des gotischen Säulenbündels und Spitzbogenfensters zeigt. Die Klostergebäude samt den Wohnungen seiner Beamten und Dienstleute wurden mit einer hohen, von einem Zwinger umgebenen und durch ein einziges Tor geschlossenen Mauer umzogen, so daß auch die später angelegte Landstraße von Stuttgart nach Bretten und Bruchsal, ohne Störung für die klösterliche Stille, außerhalb vorbeizog. Damals freilich, als unser Freund hier aufwuchs, hatte das Kloster schon längst tief eingreifende Veränderungen erfahren. Nach 400jährigem Bestehen war es um die Mitte des sechzehnten Jahrhunderts reformiert, seine Besitzungen zum Kirchengut eingezogen, sein Abt, der bis dahin unter württembergischer (früher pfälzischer) Schirmvogtei ein kleiner Landesherr gewesen war, zum württembergischen Kirchenbeamten gemacht worden; statt klösterlicher bewohnten von da an herzogliche (später königliche) Angestellte die Nebengebäude des Klosters; in diesem selbst aber, dessen ursprüngliche Gestalt nach und nach durch manchen modernen An- und Umbau beeinträchtigt war, hauste statt der Mönche eine Anzahl 14- bis 18jähriger junger Leute, welche von einem Prälaten unter strenger Klausur und Aufsicht gehalten und mit Hilfe zweier, gleichfalls im Kloster wohnenden Präzeptoren, später Professoren, deren einer eben Märklin der Vater war, zur Aufnahme in das theologische Stift in Tübingen vorbereitet wurden.

Von den gesunden Erziehungsgrundsätzen der zweiten Hälfte des 18. Jahrhunderts durchdrungen, ließ Vater Märklin den kleinen Sohn die meiste

Zeit im Freien zubringen, wozu der geräumige Klosterhof mit seiner Lindengruppe, der zum Garten umgeschaffene Zwinger und, als der Knabe heranwuchs, vor allem die herrlichen Buchenwälder, die ihren kühlen Schatten beinahe bis an das Klostertor erstrecken, die geeignetsten Plätze boten. Als die Jahre des Lernens herankamen, nahm er an dem Unterrichte teil, den ein freundlicher Schullehrer aus einem benachbarten Dorfe wöchentlich zweimal seinen älteren Geschwistern im Lesen, Schreiben und Rechnen gab, wozu der Vater selbst leichte Übungen in den Anfangsgründen des Französischen fügte. Märklin war ein folgsamer, leicht zu erziehender Knabe; besonders vor dem Vater hatte er von früh an tiefen Respekt; er war bescheiden, liebreich und von allen, die ihm näher kamen, wiedergeliebt. Für einen so gutartigen Knaben war die Zucht des Vaters vielleicht allzu streng, die Unterwürfigkeit, in welcher der Sohn gehalten wurde, zu schroff; zwar der dankbaren Liebe des letzteren konnte sie keinen Eintrag tun, auch schloß sie in späteren Jahren die edelste Offenheit im Verhältnis des Sohnes zum Vater nicht aus: Doch pflegte Märklin für eine gewisse Schüchternheit, sich andern gegenüber geltend zu machen, die Ursache in einer „allzu streng subordinierenden Erziehung“ zu suchen. Auch in folgendem Satze, der sich in den von ihm aufgezeichneten „Lebenserfahrungen und Ansichten“ findet, ist eine Hindeutung auf die Art, wie er selbst erzogen worden, nicht zu verkennen. „Man kann“ – sagt er hier – „die verschiedenen Arten der häuslichen

Erziehung etwa so klassifizieren: entweder ist sie eine konventionelle, damit die Kinder gut in die Welt und Gesellschaft taugen; oder eine moralische, welche sie zwar gewissenhaft, aber gerne unzufrieden mit der Welt macht und den Humor nicht zuläßt; oder eine religiöse, die sie zu Christen, aber nicht zu Menschen bildet. Die wahre Erziehung, die humane, welche Menschen zu bilden strebt, ist so selten, daß man der Laterne des Diogenes bedürfte, sie zu finden."

Im Jahre 1814, dem siebenten des Knaben, erfuhr er die erste Ortsveränderung, indem sein Vater als Dekan nach Neuenstadt versetzt wurde. Neuenstadt, obwohl sein noch stehendes Schloß über anderthalbhundert Jahre einer Nebenlinie des württembergischen Fürstenhauses zur Residenz gedient hat, ist doch ein sehr unbedeutendes Städtchen, und so mochte das Leben im dortigen Dekanathause nicht minder still und eingezogen sein, als es das in der Professorenwohnung zu Maulbronn gewesen war. Doch mehr altersgleiche Kameraden traf hier der junge Märklin an; statt der schlammigen Seen einen klaren Fluß, den Kocher, in dem er sich baden, statt der Wälder, die hier entfernter lagen, vor dem obern Stadttor die uralte riesige Linde, unter deren auf hundert Säulen ruhenden Ästen er spielen und, was die Hauptsache war, eine lateinische Schule, die er besuchen konnte. Nach einiger Vorbereitung durch den Vater trat er in dieselbe ein und fand sich durch den Unterricht des tüchtigen Präzeptors Schuler, dem der Vater zu Hause nachhalf, und durch die Anregung, welche ihm aus dem gesellschaftlichen Lernen erwuchs, in kurzem so weit gefördert, daß er mit seinen Kameraden Schritt halten konnte, nach und nach immer mehrere derselben überholte. Oft blieb er jetzt nach der Abendschule noch da, um seinen weniger fähigen Mitschülern nachzuhelfen, und bisweilen soll er geäußert haben, wenn er Präzeptor wäre, so wäre es ihm nicht bang um seine Schüler; er würde ihnen keine Ruhe lassen, bis sie etwas gelernt hätten. Das war nämlich genau die Art, wie er es lebenslänglich mit sich selber hielt: manche Aufgabe des Denkens und Wissens wurde ihm schwer; aber er ließ nicht ab, setzte ihr von allen Seiten zu, bis er sie endlich bemeistert hatte. Gutta cavat lapidem, war ein Spruch, den er nicht bloß im Munde führte. – In dieser Zeit war es auch, daß sich, ohne Schwanken und Bedenken, die Wahl des Berufs bei dem Knaben entschied: Vater und Sohn waren einverstanden, daß es der geistliche Beruf sein sollte, welchen schon vor unserem Freunde auch sein älterer Bruder gewählt hatte, der im Herbst 1819 in das Kloster oder, wie es jetzt hieß, in das niedere Seminar Maulbronn aufgenommen wurde, an welchem der Vater früher als Lehrer angestellt gewesen war.

Im wesentlichen war Märklins Schulunterricht vollendet, er hatte namentlich im Lateinischen, Griechischen und Hebräischen einen tüchtigen Grund gelegt, war auch im Frühling 1821 konfirmiert worden, als zu Anfang Juni desselben Jahres der Vater als Prälat und Generalsuperintendent nach Heilbronn befördert wurde. Dies war eine

Der Marktplatz in Heilbronn

auch für den Knaben bedeutende Veränderung. Nicht nur, daß die Familie eine höhere, gewissermaßen vornehme Stellung erhielt; Märklin kam jetzt zum erstenmal in eine größere, lebhaftere und nicht altwürttembergische Stadt. Zwar ist, nach großländischem Maßstabe gemessen, Heilbronn mit seinen 10.000 Seelen selbst nur ein kleiner Ort; doch zählt es nicht bloß in Württemberg zu den größten Städten des Landes, sondern es ist auch, vermöge seiner Lage am Neckar, durch Schiffahrt, Handel und allerlei Fabriken ein sehr gewerbsamer Platz. Der muntere, lebenslustige Sinn der Bevölkerung, welche, obgleich Heilbronn seit dem 16. Jahrhundert zu Schwaben gerechnet wird, doch nach Sprache und Naturell der fränkischen Art verwandter ist, hatte sich in der lachenden, fruchtbaren, insbesondre weinreichen Gegend, unter günstigen Handels- und Gewerbeverhältnissen, während des wohlgeführten reichsstädtischen Regiments, ungehindert entfalten können, und auch die Vereinigung mit Württemberg im Jahre 1802 brachte, bei der besondern Sorgfalt, welche die Regierung auf den Flor der neuen Erwerbung wandte, hierin keine Änderung hervor. Für Märklins strenge, gründliche, echt schwäbische Natur war es eine wohltätige Ergänzung, daß er fortan eine Reihe von Jahren, als Seminarzögling, Student und Repetent, seine Ferien großenteils in einer Stadt zubrachte, wo eine leichtere Geselligkeit zu Hause war als in den altwürttembergischen Städtchen und selbst Städten, die aus einem gedrückten schwerfälligen Wesen nicht leicht herauskommen.

Den Rest jenes Sommers besuchte Märklin noch das Gymnasium in Heilbronn, um im Herbste die Prüfung zu bestehen, welche ihm die Aufnahme in das Seminar Blaubeuren zuwege bringen sollte. An diesem war diesmal die Reihe; denn, nach allerlei im Laufe der Zeit vorgenommenen Veränderungen, war neuerdings in Württemberg die Einrichtung dahin festgestellt worden, daß vier niedere Seminare in Maulbronn, Schöntal, Blaubeuren und Urach bestehen, von denen, bei vierjährigem Studienkurse, sich abwechselnd jedes Jahr eines in das theologische Stift zu Tübingen entleeren und in

Blaubeuren

das geleerte, nach vorgängiger Prüfung, 40 (jetzt nur noch 30) neue 14jährige Zöglinge, eine Promotion genannt, aufgenommen werden sollten. Diese Prüfung, echt altwürttembergisch, als ob das ganze Land ein geistliches wäre, Landexamen genannt, war zu jener Zeit eine dreifache (jetzt nur noch zweifache) Sichtung, welche in drei aufeinanderfolgenden Jahren jedesmal im Herbst mit den zum Kirchendienste sich bestimmenden Knaben vorgenommen wurde. Das erste Jahr hießen die zwölfjährigen Kandidaten Petenten, im zweiten Exspectantes prima vice, im entscheidenden dritten Examen endlich Exspectantes secunda vice. Lateinische, griechische, im letzten Treffen auch hebräische Komposition und Exposition, etwas Geschichte und Rechnen waren die Prüfungsfächer; die lateinischen Verse nicht zu vergessen, welche über das Thema des lateinischen Exerzitiums gemacht werden mußten. Der Kandidaten bei diesem Examen waren und sind noch jetzt gewöhnlich so viele, daß die Hälfte und mehr zurückgewiesen werden muß; denn die Vorteile, welche die Aufgenommenen genießen, sind beträchtlich. Sie hatten zu jener Zeit Wohnung, Heizung, Kost, Beleuchtung, Bedienung, auch einen Teil der Kleidung und des Schreibmaterials frei und bekamen noch für den Tischwein, der nicht getrunken wurde, weil er nicht trinkbar war, eine Entschädigung, welche als Taschengeld dienen konnte. Nur für Unterricht und Bücher, einen Teil der Kleidung, Leibwäsche und etwaige Nebenausgaben war Aufwand aus eigenen Mitteln erforderlich; und dieselbe Einrichtung besteht noch jetzt, nur daß in mehreren Stücken die Naturallieferung in eine Geldzahlung verwandelt ist.

Im September 1821 bestand Märklin das Landexamen zum drittenmal und wurde sofort, als einer der Vorzüglichsten, in das Seminar Blaubeuren aufgenommen.

Max Eyth

Der Flug des Schneiders von Ulm

Wenn je das ehrwürdige altschwäbische Ulm Gefahr lief, in eine fieberhafte Aufregung zu geraten, so war es am 31. Mai 1811. Schon am Vormittag kam nicht nur das Landvolk aus den benachbarten Dörfern herbei, das von den Ereignissen des vorigen Tags nichts erfahren hatte, auch aus weiter Ferne, aus Ehingen, Günzburg, Geislingen, zu Wagen, zu Pferd und zu Fuß strömten sie heran, um sich zu überzeugen, daß der Mensch nun auch König der Lüfte geworden war. Aus Blaubeuren erschien – ein fast ebenso unerhörtes Ereignis – eine kleine schwarze Schar, fast die ganze „Promotion" der Klosterschule, an ihrer Spitze der Prälat und frühere Professor Gaum, der im Lauf der Jahre wunderbar mild geworden war; alle sehr durstig und bestaubt, um den früheren Alumnus Berblinger, der dem gesamten Lehrerkollegium so viel Sorge und Verdruß bereitet hatte, fliegen zu sehen. Unterwegs teilte der Herr Prälat einer gierig lauschenden Jugend manches aus der Vergangenheit Berblingers mit, indem er eindringlich darauf hinwies, wie auch in diesem Falle die humanistische

Erziehung und eine streng klassische Bildung selbst bei einem weniger begabten Schüler die höchsten Bestrebungen der Menschheit gefördert habe und zu erstaunlichen Erfolgen führen könne. Indirekt – nun ja! Aber wo wäre Berblinger jetzt, wenn er nicht durch die Klosterschule gelaufen wäre? Niemand vermochte hierauf zu antworten.

Gegen Nachmittag erreichte die Erregung einen bedrohlichen Grad. Der Mißerfolg von gestern trug nur dazu bei, das Interesse an den kommenden Versuchen zu steigern. Alles strömte nach der Donau; die meisten, die entdeckt hatten, daß der Flug vom jenseitigen Ufer, wo man die Adlerbastei mit dem Holzturm vor sich hatte, am besten gesehen werden konnte, durch das Herbeltor hinüber auf bayerisches Gebiet. Die Zeit des Versuchs war durch Ausschellen zugleich mit der Warnung bekanntgegeben worden, sich in Gegenwart Seiner Königlichen Hoheit des Herzogs Heinrich von

Württemberg alles ungebührlichen Tumults zu enthalten. Schon eine Stunde zuvor stand die Volksmenge Kopf an Kopf auf der Spitze der benachbarten Insel und entlang dem jenseitigen Ufer, die einen geduldig wartend, die andern nach rechts und links mit derben, altbewährten Witzen um sich werfend, die ihre Wirkung nie verfehlten, wieder andre ernsthaft das Für und Wider des Gelingens erwägend oder in volkstümlichen, deshalb aber nicht weniger tollen Phantasien die Folgen der neuen Erfindung ausmalend. Einer der unruhigsten war ein Mann, der im gewöhnlichen Leben zu den ruhigsten gehörte und sonst nie in einem ähnlichen Volksgewühl gesehen wurde: Professor Zeller. Auch er hatte während des Vormittags versucht, Berblinger zu sprechen und womöglich abzuhalten, das tolle Wagnis zu wiederholen, war aber von zwei Stadtsoldaten zurückgewiesen worden, die der Bürgermeister zum Schutz des Erfinders vor dessen Notwerkstätte aufstellen ließ. Jetzt erwartete er wie tausend andere das vermutlich Unvermeidliche mit einer Ungeduld, die ihm nicht gestattete, drei Minuten lang ruhig auf einem Platz zu stehen. Das Los seines jungen irregeführten Freundes ging ihm tief zu Herzen, nicht minder aber der peinliche Gedanke, daß, wenn Berblinger wirklich fliegen sollte, die ganze herrliche Theorie der Statik elastisch-flüssiger Körper, deren Gesetze er teilweise selbst gefunden und aufgestellt hatte, als vernichtet anzusehen wäre. Zuerst unterhielt er sich eine Zeitlang mit Prälat Gaum, der sich vergeblich bemühte, seine junge schwarze Schar im Zaum zu halten, von welcher bereits etliche entwichen waren, um im „Roten Ochsen“ hinter Bierkrügen die Fortschritte des Jahrhunderts zu vergessen. Er war erstaunt und erschreckt, in Gaum einen begeisterten Freund des menschlichen Flugs zu finden und als einzige Begründung das „Tempora mutantur et nos mutamur in illis“ hören zu müssen. Überdies sei es durchaus nicht zu verwundern, daß ein Alumnus der Klosterschule zu Blaubeuren an der Spitze dieser großartigen Bewegung stehe und daß auf diese Weise die Ahnungen der Alten, wie sie sich in Sage und Geschichte erhalten haben, zur Wirklichkeit geworden seien. Er könne nicht umhin, an Ikarus zu erinnern, obgleich diese mythische Persönlichkeit mit unserm Berblinger aus vielen Gründen, vornehmlich auch wegen des durch den Sonnengott herbeigeführten tragischen Endes des älteren Luftseglers, nicht verwechselt werden dürfe.

Lebhaft Zustimmung nickend, da er kein Wort einzuschieben vermochte, verließ Zeller den beredten Prälaten und wurde von einer größeren Gruppe aufgehalten, die sich um ein altertümliches Fähnlein geschart hatte und in besonders freudiger Erregung zu sein schien.

„Ich sage, es ist der stolzeste Tag, den die Zunft seit Jahrhunderten erlebt hat“, rief der Bannerträger sehr laut. „Sobald wir seiner habhaft werden können, muß eine Feier vor offener Lade veranstaltet werden. Schon längst sollte ein Komitee ernannt sein, das Vorschläge macht, wie das Ereignis gemeinsam mit unserm großen Zunftgenossen

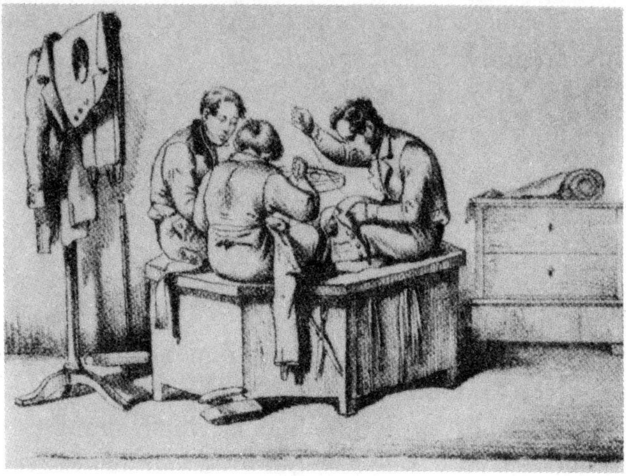

würdig gefeiert werden kann. Die silberne Schere genügt nicht!"

Es waren die Schneidermeister, die heute nach langer Zeit wieder einmal mit ihrem Fähnlein ausgerückt waren. Zeller hörte ihnen eine Zeitlang zu.

„Ich bin für einen großartigen Festtrunk, wie er im ‚Wilden Mann' noch nie kredenzt wurde", sagte Meister Bockelhardt.

„Die Veranlassung ist so ganz eigenartig", meinte Knöppel nachdenklich, „daß ich nichts von altem Handwerksbrauch zu verwerten wüßte. Ich tu's ungern, aber wir müssen an etwas Neues, noch nie Dagewesenes denken."

„Wie wär's", sagte Glöcklen, „wenn ihn die Zunft nach einem opulenten Mahle zum Geheimen Ehrenschneidermeister ernennen würde? Das war noch nie da. Herr Geheimer Ehrenschneidermeister – sapperlot, es klingt nicht schlecht."

Zeller drängte sich durch und blieb hinter einigen freundschaftlich streitenden Leuten stehen. Ein großer breitschultriger Mann hatte sich zweier anderer zu erwehren. Der eine, eine lange hagere Gestalt mit einem Bocksbart und stechenden schwarzen Augen, hätte für einen Franzosen gelten können; der andere, kaum mittelgroß, mit einem gutmütigen rosigen Kindergesicht und veilchenblauen Augen, war zweifellos ein Schwabe, obgleich er nach Kleidung und Benehmen aus weiter Ferne kommen mochte.

„Ich glaube an festen Boden", sagte der Breitschultrige. „Wir sehen genug Wunder in unserer Zeit und brauchen dazu nicht in der Luft herumzuflattern. Eisen und Stahl, Kohlen und Dampf – das ist's, was mir behagt. Er hat auch die Augen weit aufgerissen, euer Berblinger, als wir zusammen, weit hinten in Schlesien, die erste Feuermaschine sahen."

„Dabei seid ihr zusammengetroffen?" fragte der Blauäugige. „Donnerwetter, wie sich alles begegnet. Er erzählte mir selbst davon in Wien. Keßler heißt du?"

„Keßler heiß ich", versetzte der andere nickend, „und Feuermaschinen will ich bauen, sobald ich meine Schmiede in dem alten Nest aufgetan habe, drunten am Neckar. Die Schlesier sollten den Schwaben nicht zu weit voranlaufen, und ihr sollt mir die Augen ebensoweit aufreißen, wie wenn einer in der Luft herumvagabundiert. Ich bin auch für den Fortschritt, aber festen Boden will ich unter den Füßen haben, auf dem ich dabei stehen kann."

„Es gibt überall Spatzen und Schnecken, jedes nach seiner Art", brach jetzt der Lange mit großer Lebhaftigkeit los. „Ich sage, Fortschritt, Zivilisation, Freiheit! Dazu brauchen wir Luft und müssen lernen, uns darin zu bewegen. Mir gefällt der Berblinger, ich hätt es ihm nie zugetraut. Er denkt wie ich und hat recht. Je höher, je lieber. Wie eine Rakete müssen wir aufsteigen, so kommt man in die Höhe."

„Und wie ein verbrannter Stecken herunter!" lachte der Rotbackige. „Sieh dich an! Wie wir dich angestaunt haben bei Bockelhardt vor zehn Jahren. Du hast's weit gebracht, alter Kunde!"

Der Lange strich seinen grauen Bocksbart heftig.

„Sacrebleu! Ich hab die Welt gesehen, Enderle, und mein Pläsier gehabt ab und zu. Es hat jeder seine Fasson, und wenn der Berblinger heute fliegt, bin ich der erste, der zu ihm in die Lehre geht. Du kannst schneidern und du schmieden, Keßler, solang ihr Lust habt. Ich flieg über all eure Köpfe weg, sobald mir euer Prätle, der Malfizkerl, zeigt, wie's gemacht wird. Fortschritt, Freiheit! Der greift's am rechten Ende an. Hurra!"

Da und dort erhob sich ein Jubelgeschrei, verstummte aber wieder unter lautem Gelächter; es war wieder einmal ein blinder Lärm gewesen. Die Spitze des Gerüsts, die mit roten Tüchern geschmückt war, blieb noch immer leer, nur die zwei Flügel hingen dort wie gestern und bewegten sich leise im lauen Sommerwind.

Zeller trat ans Ufer. Auf der anderen Seite des Flusses waren jetzt auch die Zinnen der Bastei dicht besetzt. Das waren die Plätze für die Honoratioren der Stadt. Unter dem Königszelt, in dessen Inneres man sehen konnte, war es ein beständiges Knicksen und Verbeugen: Der Herzog mußte schon angekommen sein. An der Mauer der Bastei lag ein Nachen, in dem ein einzelner Schiffer saß. Der Kahn war angebunden, und der Mann hatte sein Ruder quer über das Boot gelegt, stützte das Kinn auf die Hand und den Ellbogen aufs Knie, die einzige Gestalt in dem bunten Bild, die ruhig und fast trübselig dreinsah. Dies fiel Zeller und wohl manchem andern auf, namentlich nachdem man den trübseligen Schiffer erkannt hatte. Es war Hans Schwarzmanns Art nicht, in dieser Weise stillzusitzen und zu brüten, wenn sich alles andre lustig umhertrieb.

Unterhalb der Bastei lag ein zweiter Nachen, ebenfalls nur von einem Mann besetzt, der aber lachend mit den Leuten am Ufer verkehrte. Es war der Günzburger Stromer, der Schneider Nickel, den man seit dem letzten Fischerstechen kannte. Hatte der Kerl noch nicht genug von damals? Was hatte er wieder in Ulm zu schaffen, der Taugenichts? Den Leuten am Ufer, die ihm derartige Fragen zuriefen, erklärte er, er sei Berblingers Freund und Kumpan und bestellt, den Vogel aufzugabeln, wenn er sich in einen Fisch verwandeln sollte. Den Ulmern sei alles möglich, seit ihre Schneider flügge geworden seien. Einige machten Anstalt, den frechen Bengel zu verhauen. Er stieß aber lachend vom Ufer und legte erst wieder an, nachdem sie sich beruhigt hatten.

Jetzt hörte man Paukenschläge, dann Musik, einzelne Takte eines lustigen Marsches. Alles geriet in Bewegung. „Sie kommen, sie kommen!“ schrie es herüber und hinüber. Nun gewann die Musik Zusammenhang und klang laut und voll über den Fluß; dann schwieg sie plötzlich. Auf der Bastei schien sich alles nach einem Punkt zu drängen, soweit dies möglich war. Vom rechten Ufer starrten sie gierig herüber, hoben Kinder in die Höhe und da und dort ein schreiendes Frauenzimmer, das zu ersticken behauptete. Vier, fünf Personen wurden von der drängenden Menge in den Fluß gestoßen und unter schallendem Gelächter wieder herausgezogen, und jetzt brauste ein „Hurra“ – ein „Vivat“ – ein „Da ist er! Da ist er!“ durch die Luft, wie es in den letzten Tagen dem König nicht zuteil geworden war. Berblinger stand oben auf dem Gipfel des turmartigen Holzgerüsts und grüßte ruhig und nicht ohne Anstand seine jubelnden Mitbürger.

Eine ganze Anzahl Herren hatten ihm am Fuße des Turms die Hand gedrückt. Auch sie! Diesmal aber mochte er es kaum bemerkt haben, denn er fühlte sich jetzt wundervoll ruhig und kühl, wie geistesabwesend für alles, das nicht zur Sache gehörte. In wenigen Minuten mußte sich das Schicksal seines Lebens entscheiden, und doch hatte er keinen andern Gedanken als die Aufgabe, die unmittelbar vor ihm lag. Er wunderte sich selbst darüber und dankte Gott, daß es so war. Bei der Aufregung von gestern wäre er sicher nicht über den Fluß gekommen.

Seine beiden Begleiter, der Stadtsoldat und der

Turmwächter, kamen diesmal hinter ihm herauf und machten sich auf seinen Wink sofort an die Arbeit. Die Flügel waren diesmal in tadelloser Ordnung. Er schlüpfte ohne Schwierigkeit mit den Armen in die Ringe, die, den Griffen eines Schildes ähnlich, an der Unterseite der mächtigen Schwingen befestigt waren. Die Riemen über Brust und Rücken, die sinnreiche Verbindung durch Zugbänder, mittels deren er durch das Anziehen und Strecken der Beine das Heben der Flügel unterstützen konnte, all das schien wie von selbst seinen Platz zu finden. Etwas fester hier, etwas loser dort, das war alles, was er den Leuten zu sagen hatte, während das tausendstimmige Brausen allmählich erstarb und ein erwartungsvolles, fast banges Schweigen eintrat. Trotz seines Widerspruchs hatte Schwarzmann angeordnet, daß auf ein Zeichen von oben eine schmetternde Fanfare geblasen werden solle, bei deren letztem Ton sich Berblinger in die Lüfte zu schwingen hatte. Er hätte viel darum gegeben, dies in aller Ruhe und Stille tun zu dürfen, aber bei aller Entschiedenheit, die er in wesentlichen Dingen an den Tag legte, war er in andrer Beziehung gleichgültig und ließ mit sich machen, was den Leuten gut dünkte. So blieb es bei der Fanfare.

Jetzt war er bereit und sah hinaus in das freie, uferlose Luftmeer. Ein leiser Schauder, ein kleines Zaudern rieselte ihm durch Leib und Seele. Es war nicht die Furcht vor dem Sturz, nur das Gefühl

Rechts: Ulm zu Anfang des 19. Jahrhunderts

gespannter Erwartung, was die nächste Minute aus den Hoffnungen und Sorgen und der Arbeit eines ganzen Lebens machen würde.

Er sah mit seinem scharfen Auge vom jenseitigen Ufer Gesicht an Gesicht auf sich gerichtet; eines, auf das gerade ein Sonnenstrahl fiel, besonders deutlich, ein gutes, rosiges Gesicht. Es drückte nichts anderes aus als die hundert andern: die Angst vor der Entscheidung... Da plötzlich erkannte er es: Er hatte es in einem andern entscheidenden Augenblick seines Lebens schon einmal gesehen, gerade mit demselben Ausdruck. Irmas letzter, mutiger, zürnender Blick schoß ihm durch die Seele. Dort unten stand er wieder – Enderle!

„Zweimal sollst du mich nicht zum Feigling machen!" sagte er halblaut zu sich. Dann rief er laut: „Die Flagge hoch!"

Dies war das Zeichen für die Fanfare. Der Turmwächter hob das schwarzweiße Fähnchen, und vier Trompeten schmetterten von unten herauf. Er nahm einen Anlauf, soweit es die Plattform gestattete, und flog hinaus.

Was in den nächsten fünf Sekunden geschah, läßt sich schwer in Minuten erzählen. Im ersten Augenblick fühlte er die Tragkraft der Flügel, aber gleich darauf auch das Sinken. Mit aller Kraft schlug er nach unten, und wirklich – er hatte das Gefühl des Sichhebens. Aber im nächsten Moment knackte etwas, der hebende Druck auf der linken Seite war plötzlich geschwunden, der Flügel bäumte sich in die Höhe, sein Körper machte eine

Ulm, Blick zum Münster

drehende Bewegung, und alles Halten war vorüber. Dann kam der Sturz – drei Sekunden – eine halbe Ewigkeit. – Sausen und leises Krachen um ihn her, aber kein Schmerz. Er sah Lucinde mit jenem höhnischen, zornigen Lachen auf dem sonst so lieblichen Gesicht, das er zum erstenmal am Struden gesehen hatte; er sah die schöne, tapfere Irma, wie sie kopfüber aus der Höhe von dreitausend Fuß auf die Erde niederschoß; er sah Gretle, die Augen voll Tränen, wie sie die Arme nach ihm ausstreckte – das alles in der ersten Sekunde. Dann sah er sein ganzes Leben: wie er an der Hand seines Vaters den Vögeln nachgeblickt hatte, wie er in Blaubeuren unter dem brennenden Kirchendach gestanden, wie er in der Lehre davon geträumt hatte, im Flug allem Elend zu entrinnen, wie er Gotthilf hatte sterben sehen, wie sein Freund im Elend allem Jammer nun wirklich entrann und wie er neben Gretle stand und sie zum erstenmal küßte – auch ein Entrinnen. Und dann, wie ihn Lombard angezogen und weitergelockt hatte – weiter – weiter –

Das waren wieder zwei Sekunden.

Und dann glaubte er die schrille Stimme Lucindens zu hören, die, außer sich, an die Brüstung der Bastei gestürzt war und mit ausgestreckten Armen und in kreischenden Tönen, den Schreckenssturm der Menge überschreiend, gerufen hatte: „Narr! Narr! Narr!" und dann ohnmächtig umgesunken war.

Im gleichen Augenblick schlugen die Wasser der Donau über ihm zusammen.

Nur auf eine Viertelminute verlor er die Besinnung. Dann fühlte er, wie ihn die reißende Strömung flußabwärts wirbelte und drehte und drehte. Die Reste der Flügel, die an ihm hingen, hinderten ihn am Schwimmen. Aber eine kleine Weile später fühlte er sich von kräftigen Händen ergriffen. Er öffnete die Augen und sah in Hans Schwarzmanns Gesicht, der sich tief über die Kante seines Nachens beugte und ihn festhielt. Und jetzt packte ihn ein zweites Händepaar an den Fetzen seiner Flügel. Ein zweiter Nachen trieb neben dem ersten her, er noch immer im Wasser zwischen beiden.

„Laß ihn mir", sagte der zweite Retter, „er ist mein Kamerad!"

„Laß los, Günzburger!“ schrie Hans wütend, „oder ich schlag dich tot!“

Sie rissen beide an Berblinger; die steuerlosen Kähne begannen sich zu drehen, als wären sie in einen Wirbel geraten. Vom Ufer tönten Warnungsrufe.

Nickel, der wie immer nichts weiter beabsichtigt hatte, als sich einen Spaß zu machen, gab nach. Hans zog den jetzt halb Ertrunkenen in sein Boot und legte ihn sanft und vorsichtig auf den Boden des Nachens. Dann griff er nach dem Ruder und arbeitete sich dem Ufer zu, das sie ziemlich weit unterhalb der Stadtmauer erreichten.

Berblinger richtete sich auf, betäubt, aber unverletzt, und sah um sich.

„Lauf, ehe sie dich erwischen!“ sagte Hans grimmig. „Ich war dir einen Dienst schuldig, wegen gestern. Jetzt hab ich dir das Leben gerettet. Du kannst zufrieden sein, wir sind quitt. Aber lauf, lauf! Dort kommen sie schon!“

Mit den Ulmern ist nicht zu spaßen, wenn sie zornig werden. Von der Bastei her brauste ein tausendstimmiges Geschrei der Wut, des Hohns.

Berblinger riß die Riemen ab, an denen die Reste seiner Flügel hingen, sprang ans Ufer und lief.

Gebückt, an Hecken und Zäunen hin, über die „Untere Bleiche“ weg, gegen den Gaisberg – er wußte selbst nicht, wohin er wollte, nur hinweg von dem Gebrüll, das hinter ihm schwoll und sank. Er hatte einen Arm der Blau zu kreuzen, die dort, in moorige Wiesen eingesenkt, alte Weidenbäume an beiden Ufern, langsam nach der Donau schleicht.

Ein Sprung, wie er ihn in seinem Leben noch nie gewagt hatte, brachte ihn hinüber; doch glitt er aus, stürzte und blieb liegen. Das war besser als Laufen. Niemand konnte ihn von den benachbarten Wegen aus in der Versenkung sehen, und das Geschrei kam nicht näher, wurde sogar schwächer. Alles um ihn her erschien ihm jetzt wie ein toller, stiller werdender Traum und dann wie Nichts, aber ein Nichts voller Qual und sinnloser Angst.

Friedrich Theodor Vischer

Mein Lebensgang

Ich bin den 30. Juni 1807 in Ludwigsburg, der damaligen zweiten Residenzstadt des Königreichs Württemberg, geboren. Den Charakter der Stadt, wie er sich lange erhielt und erst jetzt allmählich schwindet, hat Justinus Kerner in seinem „Bilderbuch aus meiner Knabenzeit“ geschildert; es sind mir noch einige der Originale in Erinnerung, die das köstliche Buch aufführt. Mein Vater war Archidiakonus („Oberhelfer“), ein freigesinnter Theologe, Rationalist nach damaligem Stande der Wissenschaft, ein klarer und wohlwollender Mensch und fester Mann, der seine Kinder mit liebender Strenge erzog und namentlich zur Pünktlichkeit anhielt; eine tüchtige Tracht Schläge für eine versäumte Bestellung ist mir in dankbarem Gedächtnis geblieben. Er ist früh, erst 45 Jahre alt, in seinem Dienste gestorben; der Lazarettyphus raffte ihn weg, er hatte sich durch den Schauer vor Ansteckung und den Rat besorgter Freunde nicht abhalten lassen, an Kranken- und Sterbebetten im überfüllten Militärhospital seine Pflicht zu tun. Es war im Januar 1814; ein Todfeind Napoleons (ich bewahre noch ein Gedicht voll flammenden Grimmes), vom tiefsten Schmerz erfüllt über die

Schmach des Rheinbundes, hatte er noch die Schlacht bei Leipzig, das Ende des verabscheuten Bündnisses, den Zug des deutschen (und russischen) Heeres nach Frankreich erleben dürfen. Russische Reiterei zog im Spätsommer durch; ein Teil nahm auf einige Zeit Standquartier in Ludwigsburg; ich sehe die Straßen meiner Vaterstadt noch von fremdartigen Gestalten belebt, Kosaken, Kalmuken, Kirgisen mit Köcher und Bogen reiten über den breiten Marktplatz, wir selber hatten zwei donische Kosakenoffiziere mit Gefolge im Hause; ich weiß noch, wie ihre Bedienten meiner Mutter den Teig des Weihnachtsgebäcks wegaßen. Dunkle Tage folgten bald auf diese Kinderfreuden. Nach des Vaters Tod wurde das Haus wegen der ansteckenden Krankheit abgesperrt, er mußte ohne jede Begleitung begraben werden. Geraume Zeit später folgte, nachdem das Grabdenkmal vollendet war, das die Stadt dem tiefbetrauerten Toten errichten ließ, die Bestattungsfeier am Grabe.

Die Mutter zog mit ihren drei Kindern, deren ich das jüngste war, nach Stuttgart, ihrer (wie des Verstorbenen) Heimat. Ich besuchte hier das Gymnasium; unter meinen Lehrern nenne ich Roth, später Gymnasialdirektor in Nürnberg, zuletzt als Prälat wieder in Württemberg; ich verdanke seiner Strenge eine feste Grundlage im Lateinischen; das Griechische wurde lässiger betrieben. Es war noch ganz die alte Lateinzeit, es herrschte die Kompositions-, die Hebdomadarmethode und alles war

Rechts: Blick aufs alte Stuttgart

eigentlich auf die Zustutzung zum „Landexamen“ gestellt. Den Stand des Realunterrichts zu charakterisieren genügt es, wenn ich anführe, daß mir nie ein Lehrer eine Landkarte gezeigt, mich auch nur mit den Himmelsgegenden bekannt gemacht hat; Geographie kam im letzten Kurs des mittleren Gymnasiums vor; sie bestand darin, daß ein Professor Oetinger, solider Philologe, widerwillig mit diesem Fach für unsere Klasse beauftragt, nach Ablauf der Hälfte der einzigen hierfür bestimmten Wochenstunde halb schläfrig im Lehrsaal erschien und uns aus Alexander von Humboldt einiges über die amerikanischen Prärien und Urwälder vorlas; wo Amerika liege, wie sollten wir es wissen, die wir nicht wußten, nicht erfuhren, was die deutschen Hauptströme seien, ja woher und wohin auch nur der Neckar fließe!

Ich habe das „Landexamen“ erwähnt, die damals noch so hochwichtige Angelegenheit des Landes Württemberg; es war die Prüfung zur Aufnahme ins „Kloster“. Ich bitte, über diese Dinge die niedliche Novelle von Hermann Kurz „Die beiden Tubus“ nachzulesen; übrigens ist es wohl bekannt, daß in unserem Lande die Theologie in ungemeinem Mißverhältnis zu anderen Fachwissenschaften durch Stipendien begünstigt ist; sie sind so reich, daß, wer das Landexamen besteht und in eines der Seminarien aufgenommen wird, seine Studien vom vierzehnten Jahre an fast ohne Zuschuß der Eltern vollenden kann. Es ist eine Schöpfung des edlen Fürsten, Herzogs Christoph, verdienstvoll, wohltätig für die alte, von weltentfremdender Wirkung für die neue Zeit; sie hat lange dem Lande ein theologisches Gepräge aufgedrückt, hat Talente gespornt, gepflegt, geleitet, aber auch so einseitig, in so engen Banden, daß viele derselben nur durch Kampf, Bruch, Sprengung zu ihrem wahren Ziele gelangten.

Mein Wunsch war eigentlich, Maler zu werden. Die Mutter, eine weiche, grundgute, empfängliche, begabte Frau, voll lebendigen Interesses für Kunst und Poesie, stand in freundschaftlicher Verbindung mit Künstlerfamilien, ich durfte mit ihr die Werkstätten Eberhard Wächters und Hetschs besuchen. Alles Bild entzückte mich. Ein Italiener hängte seine „Holgen“ (so hießen hier die Bilderbogen, der Name weist auf früheren holländischen Handel mit Heiligenbildern in Deutschland, die Schweizer sagen Helgen) im überbauten Gange des noch stehenden Restes der alten Stadtmauer auf („unter der Mauer“), das war die einzige Kunsthandlung des damaligen Stuttgart, hier stand ich täglich in staunende Betrachtung verloren. Auch Dannecker wurde besucht, ich sah sein schwächstes Werk, seinen Christus, entstehen; aber da stand die Schillerbüste, das Modell der Ariadne, und am nahen See des Parkes sein schönes Nymphenpaar. Weil ich eben von Kunst rede, so sei noch erwähnt, daß der Held des Stuttgarter Theaters damals Eßlair war, den ich in einigen seiner Hauptrollen bewunderte; von Poeten steht mir Uhlands Erscheinung aus jener Zeit noch klar vor Augen, wiewohl ich nicht ahnte, welcher Dichter in der ersten Blüte seines Talents sich jugendlich vor mir bewegte, als ich ihn im Garten eines nahen ländlichen Pfarrhauses auf den Platten der Beeteinfassung im blauen Frack mit gelben Metallknöpfen, in Suwarowstiefeln mit Zöttelchen balancieren sah.

Eberhard Wächter war es, der meiner Mutter am entschiedensten abriet, mich nach meinem Wunsche Maler werden zu lassen; er wußte es freilich aus bitter schwerer Erfahrung, was das Wort besagt: Kunst geht nach Brot. Allerdings konnte man nicht wissen, ob die Neigung des Knaben auch wirklicher Beruf sei; denn die Kritzeleien, die ich im Privatunterricht nach der alten Methode des Nachzeichnens von Vorlegeblättern fertigbrachte, lieferten keine Probe, und ohne Beweis vorauszusetzen, daß etwas vom Geiste Peter Vischers in mir stecke, wäre doch eine allzu kühne Hypothese gewesen – auch angenommen, die Tradition, daß wir von ihm abstammen, die allerdings mit einem kleinen silbernen Kruzifix als seinem Werk in der Familie überliefert ist, wäre urkundlich bewiesen, wie sie es nicht ist, da in Nürnberg die Zunftbücher verschwunden sind. Da war aber noch ein anderes Hindernis; hätte das Talent auch unzweifelhaft sich angekündigt: wie die Mittel für eine Künstlerlaufbahn erschwingen? Die Mutter war sehr arm; ich bin unter dem Drucke der Not aufgewachsen, und so ist es im Grunde einfach die Armut, die mich in die theologische Laufbahn führte; es waren die Klöster mit ihren Stipendien, welche die rettende Hand boten; wie mein Bruder wurde auch ich für das Seminar bestimmt. Ich schied nicht eben leicht von meinem Wunsche, doch auch nicht so schwer, daß ich von widerwilligem Gehorchen reden dürfte. Der geistliche Stand galt noch für den ersten und schönsten, der Vater war ja Geistlicher gewesen, und hinter unsern Großeltern, weltlichen Beamten, zählt der Stammbaum mehrere Seelenhirten; wir waren mit manchen Pfarrerfamilien verwandt, ich hatte ein gar freundliches Bild von der Idylle des Landpfarrerlebens in mich aufgenommen, und wie konnte ich etwas ahnen von künftigen Konflikten? So bestand ich denn mein „Landexamen" und ging mit vierzehn Jahren durch die dunkle Pforte in die dunkle Zukunft; die „Einlieferung" (so lautete die herkömmliche Bezeichnung) geschah im Herbst 1821; die Fahrt über die Schwäbische Alb wurde von meiner Mutter gemeinschaftlich mit Kaufmann Strauß von Ludwigsburg unternommen, der seinen Sohn Fritz hinführte, und bald empfingen uns die Räume des alten Klosters Blaubeuren.

Von den Licht- und Schattenseiten dieses Seminarwesens überhaupt, von dem Leben in Blaubeuren, der höchst malerischen Natur des Felstales, den Lehrern, dem Vorstand, den Kameraden hat Strauß in seinem „Christian Märklin, ein Lebens- und Charakterbild usw." eine gute Darstellung gegeben. Unterricht und Studienleitung in diesen Klöstern legen in unsern künftigen Theologen einen berühmt soliden Grund humanistischer Bildung, sind aber auch zu einseitig humanistisch; einer unserer Lehrer trug Mathematik vor, ein Repetent Geographie Deutschlands, ein anderer gab französische Lektionen, später ein dritter Physik; aber niemand sagte uns eigentlich mit der nötigen Eindringlichkeit, daß dies Dinge seien, die ein gebildeter Mensch wissen müsse; wir dachten eben, wir werden einmal Pfarrer und brauchen das nicht; es war bei der Mehrheit Mode, in diesen Stunden nicht acht zu geben, und der Unterricht war zu wenig dialogisch, um unsere Aufmerksamkeit zu überwachen. Wir lernten die alte Welt kennen, nicht die neue, nicht die unsere, nicht die Natur und ihre Gesetze; daß es an Intensität des Seelenlebens nicht fehle, dafür war durch unsere trefflichen Lehrer Baur und Kern gesorgt, aber daß der Geist nicht nur nach der Höhe, sondern auch nach der Nähe und Weite wachsen müsse, wurde nicht begriffen. Baurs Persönlichkeit ist oft geschildert; doch nur wer ihn mit großen Schritten auf und nieder gehend damals vortragen gehört hat, kennt ihn ganz; es kam, wenn er zu hohen Gegenständen überging, wenn er uns z. B. in der alten Geschichte vom Orient nach Griechenland herüberführte, etwas wie ein Wehen von oben über ihn, ein Schütteln, ein inneres Sausen, von dem seine klangvolle Stimme, seine Hand erzitterte, sein ernstes, stark gewölbtes Auge heller leuchtend rollte und seine hohe Gestalt höher erschien. Baur war eine anima candida im großen Stile; es war schwer, gemein zu werden, wenn man unter dem Einflusse dieser keuschen Mannesseele stand. Der Vorstand („Ephorus“) war, wie ich nur kurz berühre, ein seltsames Original, doch erfuhren wir durch seinen geschmacklos lebhaften Vortrag wenigstens etwas

Rechts: Blaubeuren im frühen 19. Jahrhundert

von der neueren Geschichte, auch hielt er fest darauf, daß wir fleißig turnten. Wir waren Teutoniker; Fels und Wald erklang von den Liedern Jahns, Follens, Arndts, Theodor Körners; man übersehe nicht, daß erst sechs Jahre seit den Befreiungskriegen verflossen waren. Wir trugen altdeutsches Haar, altdeutschen Rock und offenen Hals, am Sonntag freilich war uns im ersten Jahr noch Zylinderhut, Frack und kurze Hose vorgeschrieben: ich weiß noch den Tag, wo diese zopfige Kleiderordnung aufgehoben wurde: es war der 15. Juni 1821; wir feierten die Befreiung durch ein Autodafé, wobei die kurzen Beinhülsen auf einem Holzstoß verbrannt wurden. – Freundlich standen uns mehrere Häuser des Städtchens offen, unser starker Appetit wurde gastlich bedacht, wenn wir kamen, und seine reichliche Stillung hinderte uns nicht, für die Töchter, wo es solche gab, uns gefühlvoll zu erwärmen. Es wurde gesungen, getanzt, Pfänder gespielt und hierbei die Gelegenheit zu Küssen nicht versäumt: Die Zeit und Sitte war noch unschuldig wie wir. Es konnte nicht fehlen, daß Liebschaften daraus erwuchsen, und läßt sich denken, mit welchem Aufwand von Sehnen und Tränen sie geführt wurden; in einem Fall wurde ein bleibendes Band geknüpft, das zu einer glücklichen Ehe gediehen ist. Doch die Mehrzahl schwärmte für ein entferntes Ideal, meist irgendeine Pfarrtochter, am heißesten dann, wenn es ganz Ideal war, d. h. vom Verehrer gar nichts wußte. All dieses „Freudvoll und Leidvoll“ hielt uns im geringsten nicht ab, Fohlenmutwillen jeder Art zu treiben, aus kolossalen „Kloben“ verbotenerweise zu rauchen, unter Karzergefahr zu kneipen, nächtlichen Maskenball zu halten, Körners „Nachtwächter“ im Hörsaal zu spielen, kurz beständigen Krieg gegen die Klostergesetze zu führen, uns untereinander und vor allem unsern Ephorus höchst komisch zu finden und mimisch wiederzugeben, überhaupt im Elemente des Gelächters zu schwimmen. Doch genug, man kennt die Jugend.

Der Musik muß ich hier noch gedenken. Wir hatten nicht nur Gesangunterricht, es wurde eine Kapelle gebildet, die Instrumente wurden nach Auswahl des Musiklehrers verteilt, und an mich kam das Waldhorn. Die Lektionen des Unterlehrers begannen. Die erste fiel glänzend aus, ich fand den Ansatz leicht und blies nach wenigen Versuchen die Skala richtig. Die Probe guten musikalischen Gehörs war geliefert, ich wurde sehr gelobt. In der zweiten Stunde ging es an die Noten, ich sollte ihre Namen, die Zahlenverhältnisse ihres Wertes lernen; schlechthin verblüfft und verstockt stand ich vor der Entdeckung, daß so etwas auf Zahlen beruhe, fragte und fragte nach Gründen, statt das gegebene System als Tatsache hinzunehmen, und ärgerte mit meinem Grübeln den puren Praktiker so, daß er endlich Notenheft und Waldhorn hinwarf, mich aufgab, fortlief. Jahrzehnte später, als ich endlich ganz die traurige Lücke fühlte, nahm ich wieder Unterrichtsstunden bei dem trefflichen, der Welt durch seine Kompositionen und Verdienste um das Volkslied wohlbekannten Friedrich Silcher in Tübingen. Auch dies kam bald wieder ins Stocken, da sich erwies, daß ich über die Brücke der mathematischen Grundlagen schlechterdings nicht hinüberzubringen war. Dies ist die Geschichte meiner Bildung in der Musik. Ich bewahre noch als traurigkomisches Andenken das Waldhornmundstück. Ich bin denn für mein ganzes Leben auf einen fatal gespannten Fuß mit dieser Dame zu stehen gekommen; ich bin ihren Reizen gar nicht verschlossen, aber weil ich sehr wohl weiß, daß eine Kunst nur der ganz fühlt, der einiges von ihr versteht, so beunruhigt sie mich wie Fragen an einen Examinanden, der nichts weiß. Ein andermal, wenn sie einfach faßlich und rührend ist, packt sie mich zu stark, zu pathologisch. Musik, so viel Musik, als man braucht, um Musik zu verstehen, verstehend zu genießen, muß man in einem Alter zu lernen anfangen, wo man das Technische noch einfach als ein Gegebenes sich gefallen läßt und blind gehorsam, fraglos sich einprägt und befolgt, was vorliegt. Weit hätte ich es freilich nie gebracht; ich bin aufs Auge organisiert und halte es nicht lang in einem Element aus, das zwar an sich bestimmt, verglichen aber mit der sichtbaren Formenwelt (wie mit der Welt der Wortsprache) unbestimmt, schwebend ist. Wo man sich in Gespräch ergehen möchte, aber Musik sich aufdrängt und das Gespräch stört, wird sie mir wahrhaft hassenswert. Ganz unrecht werde ich jedenfalls nicht haben, wenn ich sage: ihr schönster Teil ist jedenfalls Kürze.

Im Jahre 1825 ging es nun ins „obere Seminar" nach Tübingen. Auch über die Universitätsjahre,

Am Markt in Tübingen, 1825

die äußeren Lebensbedingungen, unter welchen sich die Studien bewegten und die Erkenntnis fortschritt, die Studien selbst, die Lehrer und die Wege des Privatstudiums darf ich auf die oben genannte Quelle verweisen, die nur in einigen Punkten zu ergänzen ist. Überschaue ich das Ganze dieser Zeit, diese fünf Studentenjahre (denn so lange blieb damals eine Promotion, d. h. Altersklasse), so steht im Grund kein heiteres, steht ein Bild gedrückter Zustände vor mir.

Man lernte, aber es gab keine wahre Jugendheiterkeit. Wir waren eben in einem Kloster und hiermit doch eine Art von Mönchen. Dieses Kloster hielt nicht wie die alten Räume in Blaubeuren eine auf 42 beschränkte Zahl heiterer Knaben zusammen, unser brüderlicher Humor, unser sentimentaler Herzensaustausch zerfuhr und zerstäubte im Gedränge von drei älteren Promotionen, mit denen wir kasernenhaft zusammenlebten. Die Räume waren nicht eben düster, aber unsauber, unreinlich, und die Zusammensperrung von Söhnen gebildeter Familien mit unerzogenen, roheren Naturen war in dieser Mischung verschiedener Altersklassen und dieser größeren Anzahl von Ställen fühlbarer und von schlimmerer Wirkung als in dem stillen Kloster, dem „niederen Seminar". Ich hätte gern den Studenten gemacht; immerhin konnte damals das Verbindungswesen der deutschen Universitäten noch einen Reiz üben. Aber meine Armut, die Klausur und die übrigen Klostergesetze sperrten mir die Wege; es war uns z. B. durch ein Verbot der Hauboden verschlossen; was ein Mann können soll, reiten, fechten, schießen, mußte ich spät im Mannesalter nachlernen; das Bewußtsein, als „Stiftler" von den „Stadtburschen" über die Achsel angesehen zu sein, lastete wie Blei auf uns. Wir suchten dagegen einen Halt in dem Bewußtsein des wissenschaftlichen Ernstes unserer Studien, und so entstand jene Mischung von Gefühl des Drucks und von gesteigertem Selbstgefühl, den man das Stiftlersgeschmäckchen nennt. Nun war schon in den letzten Zeiten meines Aufenthalts in Blaubeuren jener Zustand über mich gekommen: die Melancholie, die nicht auszubleiben pflegt, wo ein tieferes Seelenleben in dunkel gärender Entwicklung begriffen ist. Ich bewahre noch manche Gedichte aus jener Zeit, voll Klagen über Verlust des kindlichen Glaubens, über das allgemeine Nichts, voll Sehnsucht nach dem Tode. Dieses Schwarz wurde nun unter der Düsterheit der neuen Umgebungen noch schwärzer, und ich ging fleißig mit dem Gedanken des Selbstmords um. Ich hatte keine Ahnung, daß mein Brüten über dem Nichts als ein dunkles, tiefes Sichregen des Denktriebs zur Grundfrage der Philosophie führe und somit die Anforderung zur philosophischen Arbeit enthalte. Ich habe vorgegriffen, als ich soeben vom stolzen Gefühl unseres geistigen Strebens als einem Gegengewicht gegen die Trübheit unserer Verhältnisse sprach.

So kamen wir in die Theologie hinüber. Mein erstes Wort muß eine Klage sein, wenn ich die drei Jahre übersehe, die ich in dieses Studium gebannt war. Mein größter Schaden war die Gewissenhaftigkeit der Legalität. Ich muß ein gutes Drittel der besten Jugendzeit als verloren betrachten, vergeudet in dummem Fleiß an Stoff, der meinem Geist und Leben keine Frucht getragen hat. Ich habe bei dieser Klage natürlich nicht die Theologie im Auge, wie sie unzweifelhaft wissenschaftliche Elemente enthält, sondern als eine Qualbemühung, zu halten, was nicht mehr zu halten ist, und brauche nur zu erwähnen, daß ich sogar unter der Marter der Vorlesungen des redlichen und beschränkten Dr. Steudel über Dogmatik ausgehalten, ja nachgeschrieben habe! Hätte ich in derselben Zeit neuere Sprachen getrieben, ja nur Romane gelesen, wieviel besser hätte ich getan!

„Ein Drittel“ – wenn es nicht allzu komisch ist, Unberechenbares auf Zahlen zu bringen –: so blieben also schöne zwei Drittel übrig; von diesen ist das eine negativer, das andere positiver Gewinn. Der negative: ich habe durch das Studium der Theologie hinter die Kulissen, ich habe der Kirche und dem Dogma in die Karten gesehen; dies ist ein Vorteil, der durch keine andere Art wissenschaftlicher oder weltmäßiger Befreiung des Denkens ganz ersetzt wird. Wer recht zusieht, wie die Kirche geworden ist, muß auch begreifen, daß sie einst vergehen wird, und die Geschichte der Dogmen ist die Geschichte ihrer Auflösung wie ihrer Entstehung. Jedes Dogma ist ein Konvolut aus einem Gedanken, der ein Problem der Philosophie ist und einem Stück Mythos; der erste Bestandteil löst nach und nach den zweiten auf und schält sich heraus. Die Theologie besteht auf den Universitäten als Fakultät und wird noch lange bestehen. Sieht man sie näher an, so fallen ihre Teile an Zweige einer andern Fakultät auseinander. Die Exegese gehört zur Philologie, die Kirchengeschichte zur Geschichte, Dogmatik und Dogmengeschichte zur Religionsphilosophie, die christliche Moral, da es doch nicht zweierlei sittliche Wahrheit geben kann, zur Ethik. Lauter Aufgaben der Philosophie. Die

Theologie scheint eine eigene Fakultät zu fordern, nur weil die falsche Unterscheidung zwischen geoffenbarter und natürlicher Wahrheit so hartnäckig festsitzt, und sie sitzt so fest, weil mit ihr der magische Nimbus des Priesters, die Anmaßung der Zaubermacht steht und fällt. Kommt je eine Zeit, wo die falsche Unterscheidung sich auflöst, so ist der „Geistliche" einfach ethisch-religiöser Volksredner und Volkspädagoge oder einfach das letztere, denn das erstere ist darin einbegriffen. Die Pädagogik ist aber ebenfalls ein Zweig der Philosophie, und soll von dem, was jetzt noch als Theologie eine Fakultät für sich bildet, noch etwas Besonderes übrigbleiben, so ist es die Aufgabe, künftige Volkserzieher heranzubilden; dies Besondere begründet aber keine eigene Fakultät, sondern eine Sektion der philosophischen. Darf eine Zukunft gehofft werden, die begriffsgemäß ordnet, so wird diese Fakultät drei Sektionen haben: die naturwissenschaftliche, die eigentlich philosophische (mit der philologischen und historischen) und die pädagogische. So, wie es jetzt noch steht, lernt der Theologe gerade von dem, was er vor allem lernen soll, am wenigsten; die „Pastoraltheologie" ist das fünfte Rad an dem Wagen, worin er zum Examen fährt.

Dies ist ein Traum von einer ungewissen Zukunft. Doch ist schwer zu glauben, daß sich die Menschheit ewig mit dem Gegensatz von Staat und Kirche, d. h. mit dem unheilbaren Zwist im Körper der Gesellschaft schleppen werde.

In der Zeit, von der die Rede ist, war ich natürlich noch weit entfernt, so weit zu denken, sondern stak selbst noch fest in dem Konvolut von geahntem Gedanken und geglaubtem Bilde, woraus das Dogma besteht; brauchte ja selbst unser verehrter Baur, der nun mit Kern nach Tübingen versetzt war und diese Fächer vortrug, noch lange Zeit, bis ihm das Auge kritisch frei und hell wurde, und stritt er noch mehrere Jahre später, als wir die Universität schon verlassen hatten, mit Möhler nicht bloß um den ethischen Kern des Protestantismus, sondern gut theologisch auch um seine Dogmen. Das jetzige Geschlecht – ich meine den Teil, der klar sieht – weiß gar nicht mehr, wie fest die Vorstellungen saßen, wie schwer und langsam das Herauswachsen vor sich ging und welcher Unterschied ist zwischen der Zeit, da Strauß die freie Anwendung des Mythosbegriffes auf das Neue Testament entdeckt hatte, und jener, da dies ungemeine Hilfsmittel noch nicht gefunden war. Wir waren Pantheisten geworden, aber, wie gesagt, im Stile Schellings; daß aus dem Prinzip des Pantheismus mit eiserner Konsequenz die Ausschließung des Wunders aus dem Gange alles Geschehens, die Gesetzmäßigkeit desselben als unzerreißbare Kette sich ergebe: wie konnten wir das erfassen, da es der geniale Philosoph selbst nicht erfaßte? Da seine Geisteslehre eine mystische Physik und seine Naturlehre eine mystische Psychologie war und sein Absolutes sich vorbehielt, in beliebigen Momenten geisterhaft in den Naturzusammenhang einzubrechen? Allein still und unbewußt ging doch etwas in uns vor sich, worin die spätere Losschälung sich vorbereitete; ein leise wachsendes Merken mußte sich doch einstellen, und was noch nicht Einsicht war, rührte sich wenigstens als humoristisches Vorgefühl, wenn z. B. die Welt von Absurdität und geistloser Künstlichkeit in den rationalistischen wie den supernaturalistischen Wundererklärungen und Widersprüchevertuschungen in der Exegese und Harmonistik an uns vorüberging.

Der andere große Gewinn war die stetige Rückkehr zur Philosophie, welche die theologischen Fragen als Nötigung mit sich führten. Insbesondere gab das Studium Schleiermachers Anstoß zu erneuter Beschäftigung mit dem nicht phantastischen Pantheisten, mit Spinoza. Wir sind, wie bekannt, in die Zeit gefallen, da jener scharfe und feine Geist das große Werk der unvermerkten Auflockerung der Theologie durch dialektische Einschmuggelung der spinozischen Philosophie vollzog. Ich darf sagen, daß ich ihm bald auf die Schliche kam, und zwar erinnere ich mich namentlich, daß mich die subtilen Verhüllungen seiner wahren Ansicht, welche die persönliche Fortdauer nach dem Tode ausschloß, in der Lehre seiner Dogmatik von den letzten Dingen nicht zu täuschen vermochten. Ich gestehe, daß, so fleißig ich ihn studierte, so viel ich aus ihm lernte, er doch nie eigentlich mein Mann war. Seine Dialektik übte keine Illusion auf mich, weil ich einsah, daß sie als eine von außen arbeitende Schraube zur Befestigung von Denkresultaten diente, die er auf anderem Wege gefunden; in seinen Reden und Monologen widerstand die Selbstbespiegelung des göttlich autonomen Ich meiner Art zu fühlen, und sein gräzisierender Stil ist mir immer affektiert erschienen. Darum verkannte ich natürlich seine Bedeutung nicht, er war auch mir eine Größe, aber keine angenehme; die Mischung herrnhutisch angewehter Frömmigkeit mit diesen Elementen, mit griechischer und spinozischer Philosophie und mit der narzißartigen Selbstbeschauung des Ich war eben gar nicht meine Liebe.

Ludwig Uhland

Inzwischen war Uhland Professor geworden und las Geschichte der altdeutschen Dichtung, leitete auch praktische Übungen in Poesie, Stil, Beredsamkeit. Es war zu spät für mich, ich hospitierte, so oft ich konnte; die Vorbereitung auf das nahe Examen ließ nicht zu, daß ich im Zusammenhang hörte, und so floß der gesunde Quelltrank, gereicht in körniger Granitschale von diesem Grund- und Kernmanne, nur in unterbrochenen Schlücken in die dürstende Seele. Die damals moderne Poesie hatte uns natürlich nicht stumpf gefunden; Tieck war in neuer Gestalt, als Novellist, aufgetreten, Heine hatte der Romantik neue Glut und zugleich zersetzendes Gift eingegossen, er packte uns wie

Friedrich Hölderlin

alle Welt, von einem Abschluß des Urteils war natürlich noch keine Rede. Den wahnsinnigen Hölderlin habe ich einigemal besucht, ohne noch ganz zu erkennen, welch ein Geist in ihm zertrümmert vor mir stand.

Das Examen wurde flott bestanden: I a; ein früher errungener Predigtpreis, eine Silbermedaille, war mir – ich muß meine Schmach bekennen – vom guten Universitätspedell – Payer hieß der Unvergeßliche – aus ihrer Kunstform hilfreich in brauchbares Silber für die immer leere Börse umgetauscht worden.

Ich wurde nun Vikar im Dorfe Horrheim. Es war ein Original von Pfarrer, in dessen Dienst ich trat, herzensgut, gastfrei, rechtgläubig ohne allen Fanatismus, Freund des Scherzes, soweit nicht seine Kränklichkeit, mehr noch Hypochondrie ihn abhielt. Diese gab ihm unter anderm ein, er könne die Berührung der Haut mit Stahl nicht ertragen, daher er sich wochenlang nicht rasierte und mir beim ersten Eintritt in das Haus mit einem Kinn voll starker Bartstoppeln entgegenkam, was zu der Pudelkappe mit viereckigem Boden und großem Blechschild, die er aufhatte, seltsam genug erschien. Er behauptete, Erstickungsanfälle zu bekommen, und bekam sie daher auch richtig, wenn er im Freien gehend Gewitterwolken aufsteigen sah. Meine Jahresbesoldung (neben Wohnung und Kost) betrug 90 Gulden – splendid, denn das Gewöhnliche war nur 80. Eines Tages unternahmen zwei seiner Töchter einen Gang nach einem benachbarten, etwa zwei Stunden entfernten Ort, ich erbot mich zum Kavalier, und sie nahmen die Begleitung unbefangen an, nicht ahnend, was dabei in meinem Innern vorging im Bewußtsein, daß meine Barschaft ganze 6 Kreuzer betrug, während ich doch am Reiseziel nicht konnte zulassen wollen, daß sie auf Erfrischung verzichteten oder solche selbst bestritten. Ich beredete den Vater, ein Stück mitzugehen; wir waren nicht ganz halbwegs, als Wolken aufstiegen, er wurde es nicht sogleich gewahr, ich bot eine demosthenische Beredsamkeit auf, ihn über die Hälfte der Wegstrecke hinüberzuplaudern, bald aber merkte er und wollte umkehren; nun sagte ich ihm, er habe ja jetzt weiter zurück als vorwärts zu unserm Ziele, allein es blieb noch der Anstand, daß er mit seinem Bartstoppelfeld und seiner polnischen Sackkappe doch nicht wohl in eine fremde Ortschaft einziehen könne; ich riet, durch eine Hintergasse daselbst einzudringen und sich in einem abgelegenen Wirtshaus zu bergen, er ließ sich's gefallen, die Töchter machten ein paar Einkäufe, fanden sich dann mit uns zusammen, der Alte ließ munter auftragen, und man war recht heiter. Abends wieder zu Hause, fand ich ein Päckchen vor, worin mir eine gute Tante ein Pfund Rauchtabak und 48 Kreuzer schickte, die in meine Börse fielen wie Regen auf vertrocknetes Land. Ich könnte auch noch vom Geiste erzählen, der im Pfarrhaus umging; der Pfarrer glaubte daran wie die ganze Gemeinde; von unerklärlichen mitternächtlichen Geräuschen hätte ich zu berichten, müßte aber das Wunder trocken rational aus Scharrbewegungen des Spitzhunds auf einem wackligen Stuhl erklären.

Ich predigte, katechisierte, reichte das Abendmahl, taufte, traute. Noch im Jahre 1870 hat mich ein altes Ehepaar mit Rührung begrüßt, das ich kopuliert habe. Mein Morgenstudium war, wenn ich die Enten und Hühner aus dem Fenster gefüttert hatte, Hegel und immer Hegel; der Abend aber wurde den Musen geweiht, ich bekenne verschämt diesen geheimen Umgang; doch er wurde später der Welt eingestanden; unter den Gedichten, die unter dem Namen Treuburg im Jahrbuch schwäbischer Dichter 1836 erschienen, stammen ein paar aus jener Zeit (so „Pfarrers Abendspaziergang"), und die zwei Novellen, die ebendaselbst stehen, Geschöpfe kindlicher Unreife, sind damals begonnen.

Berthold Auerbach

Der Tolpatsch

Ich sehe dich vor mir, guter Tolpatsch, in deiner leibhaftigen Gestalt, mit deinen kurzgeschorenen blonden Haaren, die nur im Nacken eine lange Schicht übrig hatten; du siehst mich an mit deinem breiten Gesicht, mit deinen großen blauen Glotzaugen und dem allweg halboffenen Munde. Damals, als du mir in der Hohlgasse, wo jetzt die neuen Häuser stehen, einen Lindenzweig abschnittst, um mir eine Pfeife daraus zu machen – damals dachten wir nicht daran, daß ich einst der Welt etwas von dir vorpfeifen würde, wenn wir so weit, weit auseinander sein werden. Ich erinnere mich noch wohl deiner ganzen Kleidung: Freilich ist sie leicht zu behalten, denn Hemd, roter Hosenträger und für alle Gefahren schwarzgefärbte leinene Hosen waren ja alles. Am Sonntag, ja da war es anders, da hattest du deine Pudelkappe, dein blaues Wams mit den breiten Knöpfen, die scharlachrote Weste, die kurzen gelben Lederhosen, die weißen Strümpfe und die klapsenden Schuhe so gut wie ein anderer, ja sogar meist noch eine frisch gepflückte Blutnelke hinterm Ohr stecken. Aber es war dir nie recht wohl in dieser Pracht. Drum bleib' ich bei dir in deinem Alltagskleide. –

Jetzt aber, nimm mir's nicht übel, lieber Tolpatsch, und mach dich wieder fort. Ich kann dir deine Geschichte nicht so ins Gesicht hinein erzählen; sei ruhig, ich werde dir nichts Böses nachsagen, wenn ich auch per „er“ von dir spreche.

Der Tolpatsch trägt ein ganzes Geschlechtsregister in seinem Namen, denn er heißt eigentlich „des Bartels Basches Bua“ und sein Taufname ist Aloys. Wir tun ihm den Gefallen und bleiben bei seinem rechten Namen. Das freut ihn, da außer seiner Mutter Marei und uns wenigen Kindern ihn fast niemand so nannte; jeder hatte die Frechheit, Tolpatsch zu sagen. Darum ging auch unser Aloys, obgleich er schon siebzehn Jahre alt war, am liebsten mit uns Kindern um. An versteckten Orten spielte er Häufchens mit uns oder rannte mit uns im Felde umher, und wenn der Tolpatsch oder besser der Aloys bei uns war, waren wir geborgen gegen jeden Angriff der Kinder von der Leimgrube; denn die ganze Dorfjugend war fast immer in zwei feindliche Parteien geteilt, die sich auf allen Wegen und Stegen scharf befehdeten.

Die Altersgenossen unseres Aloys begannen aber schon eine Rolle im Dorfe zu spielen. Sie rotteten sich allabendlich zusammen und zogen, gleich den großen Burschen, singend und pfeifend durch das Dorf oder standen schäkernd vor dem Wirtshause zum Adler an der großen Holzbeige und neckten die vorübergehenden Mädchen. Das vornehmste Kennzeichen eines großgewordenen Burschen ist aber die Tabakspfeife. Da standen sie dann mit ihren silberbeschlagenen und mit silbernen Kettchen behangenen Ulmer Maserköpfen, sie hatten sie kalt im Munde; manchmal aber wagte es einer, bei des Bäckers Magd in der Küche eine glühende Kohle zu holen, und dann machten sie fröhliche Gesichter zu ihrem Rauchen, wenn ihnen auch noch so übel davon wurde.

Auch unser Aloys hatte schon zu rauchen angefangen, aber nur ganz im verborgenen. Eines-Sonntagabends wagte er es, die Pfeifenspitze aus seiner Brusttasche herausgucken zu lassen und sich so zu seinen Altersgenossen zu gesellen. Einer von ihnen zog ihm mit Hallo die Pfeife aus der Tasche, Aloys forderte sie zurück, sie wanderte aber unter Jubel und Lachen von Hand zu Hand, und als sie Aloys mit immer größerem Ungestüm forderte, da war sie verschwunden, keiner wollte sie mehr haben. Aloys zerrte nun an allen herum und forderte mit Weinen seine Pfeife, aber alles lachte; da packte er die Mütze des ersten, der ihm die Pfeife genommen, und rannte damit davon in des Schmieds Jakob Haus. Der Mützenlose brachte nun die Pfeife, die in der Holzbeige versteckt war, zu Aloys hinauf.

Das Haus des Schmieds Jakob Bomüller, das war der „Ausgang" des Aloys. Hier war er nämlich immer, wenn er nicht zu Haus war, und er blieb nie zu Haus, sobald er seine Arbeit darin fertig hatte. Die Frau des Schmieds Jakob war seine Base, und außer seiner Mutter und uns wenigen Kindern nannte ihn auch noch die Frau Aplon (Apollonia) und ihre älteste Tochter Marannele bei seinem rechten Namen Aloys. Des Morgens stand der

Aloys früh auf, und wenn er seine zwei Kühe und seine Kalbe gefüttert und getränkt hatte, ging er nach des Jakobs Haus, klopfte, bis ihm das Marannele aufmachte, und nach einem einfachen „guten Tag“ ging er durch den Stall in die Scheune. Die Tiere kannten ihn, sie brummten jedesmal freundlich und wendeten die Köpfe nach ihm; er aber ließ sich dadurch nicht lange aufhalten, sondern ging in die Scheune und steckte den beiden Ochsen und den beiden Kühen Futter auf. Besonders freundlich stand Aloys mit der Bleßkuh. Er hatte sie vom Kalb an aufgezogen, und wenn er so bei ihr stand und ihrem Fressen mit Behagen zusah, dann leckte sie ihm oft die Hände, was seinem Morgenanputz zugute kam. Wenn er dann die Türe des Stalles öffnete und die Sauberkeit darin wieder herstellte, pflog er manches trauliche Wort mit den Tieren, indem er sie bald rechts, bald links stellte. Kein Dünger im ganzen Dorfe war so schön breit und so schön viereckig geschichtet wie der an des Schmieds Jakob Haus, denn das bildet eine Hauptzierde eines echten Bauernhauses. Dann wusch und striegelte Aloys die Ochsen und die Kühe, daß man sich darin spiegeln konnte. Drauf lief er hinaus an den Brunnen vor dem Hause und pumpte den Trog voll; er ließ dann die Tiere hinausspringen, und während sie draußen soffen, machte er ihnen frische Streu. Wenn nun das Marannele in den Stall kam, um die Kühe zu melken, war alles sauber und aufgeräumt. Oft, wenn eine Kuh „streitig“ war, d. h. ausschlug und sich nicht melken lassen wollte, stellte sich Aloys zu ihr und hielt seine Hand auf

das Rückgrat der Kuh gelegt, damit das Marannele besser melken konnte; meist aber machte er sich sonst noch etwas zu schaffen. Und wenn dann das Marannele sagte: „Aloys, du bischt e braver Bua“, da schaute er nicht auf nach ihr, sondern kehrte mit dem Stallbesen so heftig, als wollte er die Pflastersteine aus dem Boden kehren. Drauf schnitt er in der Scheune Futter für den ganzen Tag, und wenn er die niedere Arbeit vollendet hatte, stieg er die Treppe hinauf, holte Wasser für die Küche, hackte Kleinholz und ging endlich in die Stube. Das Marannele brachte die Suppenschüssel, stellte sie auf den Tisch, faltete die Hände, ein jeder tat desgleichen, und nun betete sie vor. Nachdem man darauf das Zeichen des Kreuzes gemacht, setzte man sich mit einem „G'segn' es Gott“ zu Tisch. Alles aß aus einer Schüssel, und Aloys holte sich oft einen Löffel voll von dem Platze, wo das Marannele sich schöpfte. Still und ernst, wie bei einer heiligen Handlung, saß man bei Tische; nur äußerst selten wurde ein Wort gesprochen. Als aufgegessen und abermals gebetet war, trollte sich Aloys nach Hause.

So lebte unser Aloys bis in sein neunzehntes Jahr, und als ihm zum Neujahr das Marannele ein Hemd schenkte, zu dem es den Hanf selber gebrochen, das es selber gesponnen, gebleicht und genäht hatte, da war er ganz selig; es tat ihm weh, daß er nicht „hemdärmelig“ über die Straße gehen konnte, es hätte ihn trotz der grimmen Kälte gewiß nicht gefroren, aber die Leute hätten ihn ausgelacht, und Aloys wurde immer empfindlicher gegen den Spott der Leute.

Daran war besonders des alten Schultheißen Knecht schuld, der seit der Ernte in das Dorf gekommen war. Es war ein schöner, schlanker Bursch mit einem trotzigen Gesicht, das durch den rötlichen Schnurrbart noch eine besondere Auszeichnung hatte. Jörgli, so hieß der Knecht, war

Kavallerist und trug fast immer seine Soldatenmütze. Wenn er sonntags in seiner geraden, kecken Haltung, die Füße auswärts setzend und die Sporen klingen lassend, die Soldatenmütze auf dem Kopfe, mit den lederbesetzten Reithosen angetan, das Dorf hinaufging, da sagte sein ganzes Wesen „Ich weiß, daß sich alle Mädle in mich vergucken"; oder wenn er seine Pferde zur Tränke an des Jakobs Brunnen ritt, da wollte dem guten Aloys fast das Herz springen, weil er sah, wie das Marannele jedesmal zum Fenster hinauslugte. Er wünschte, daß es gar keine Milch und Butter auf der Welt gäbe, damit er auch Pferdsbauer wäre.

So unerfahren auch unser Aloys war, so waren ihm doch die Unterschiede der drei Stände wohl bekannt. Da standen zuunterst die Kühbauern, die von ihren Zugtieren auch noch Milch und Kälber ziehen müssen; dann kamen die Ochsenbauern, deren Zugtiere man doch noch mästen und schlachten kann, zuoberst aber standen die Pferdsbauern, deren Zugtiere weder Milch noch Fleisch geben und die doch das beste Futter fressen und oft am meisten gelten.

Ich glaube nicht, daß Aloys hierbei an den Nähr-, Lehr- und Wehrstand dachte.

Heute am Neujahrstag zeigte sich ein Vorsprung, den der Jörgli als Pferdsbauer hatte. Er führte nach der Morgenkirche des Schultheißen Tochter und ihr „Gespiel", das Marannele, im Schlitten nach Empfingen spazieren, und so sehr auch unserm Aloys darüber das Herz im Leibe zitterte, so folgte er doch dem Wunsche des Jörgli und half ihm die

Pferde einstweilen im Schlitten einprobieren. Er fuhr mit ihm im Dorfe umher und dachte nicht daran, welch eine schlechte Figur er neben dem stattlichen Soldaten machte. Als die Mädchen eingestiegen waren, führte Aloys die Pferde noch einige Schritte, bis sie recht angezogen hatten, rannte so neben den Pferden her und ließ sie dann los. Und als darauf der Jörgli unter Peitschenknallen und Rollengeklingel und dem Zuschauen der halben Gemeinde mit den beiden Mädchen dahin fuhr, da schaute ihnen Aloys noch lange nach, als man sie längst nicht mehr sehen konnte; er schalt dann den dummen Schnee, der ihm das Wasser aus den Augen trieb, und ging traurig nach Hause. Es war ihm, als ob das ganze Dorf ausgestorben wäre, da das Marannele den ganzen Tag darin nicht zu finden sein sollte.

Überhaupt war Aloys schon seit dem Beginne dieses Winters oft sehr betrübt. Im Hause seiner Mutter kamen die Mädchen oft in die Karz oder, wie man es hier nennt, „zu Licht". Die Mädchen wählen zu diesen abendlichen Zusammenkünften immer am liebsten eine jung verheiratete Gespielin oder eine freundliche Witwe; die älteren Hausherren stören das harmlose Treiben doch zu sehr. So kamen die Mädchen auch oft zur Mutter Marei, und die Bauernburschen kamen wie immer uneingeladen dazu. Früher hatte sich Aloys gar nicht daran gekehrt, wenn man sich nicht um ihn kümmerte, er saß in einer Ecke und – tat gar nichts; jetzt sagte er sich immer in Gedanken: „Aloys! Beim Teufel, du bist doch jetzt neunzehn

Jahre vorbei, du mußt dich jetzt auch vornhin stellen", und dann sagte er wieder: „Wenn nur der Teufel den Jörgli lotweise holen tät'." Der Jörgli war das Endziel seines Unmutes, denn er hatte bald, ungeachtet er ein Knecht war (wie das überhaupt hier wenig Unterschied macht), die Oberhand über alle Burschen des ganzen Dorfes gewonnen, und sie mußten alle nach seiner Pfeife tanzen; und wie prächtig konnte er ihnen pfeifen und singen und jodeln und Geschichten erzählen wie ein Hexenmeister. Er lehrte die Burschen und Mädchen neue Lieder und besonders das Reiterlied: „Morgenrot usw."

Als er zum erstenmal den Vers sang:

„Tust du stolz mit deinen Wangen,
die wie Milch und Purpur prangen",

da stand der Aloys plötzlich hoch auf, er schien größer als sonst, er ballte die beiden Fäuste und biß die Zähne vor innerer Freude knarrend aufeinander. Es war, als ob er das Marannele mit seinen Blicken an sich zöge, als ob er sie erst jetzt recht sähe, denn gerade so wie es im Liede stand, sah sie ja aus.

Die Mädchen saßen im Kreise, ein jedes hatte seine Kunkel mit dem goldschaumbedeckten Knaufe vor sich stehen, an der der Hanf mit einem farbigen Bande befestigt war; sie netzten den Faden aus ihrem Munde und spannen mit der Spindel, die sich lustig auf dem Boden drehte. Es war dem Aloys immer wohl, wenn er „etwas zum Annetzen", eine Schüssel voll Äpfel oder Birnen, für die Mädchen auf den Tisch stellen konnte, und er stellte die

Schüssel immer nahe zu Marannele, damit sie auch tapfer zugreifen konnte.

Anfangs Winter tat Aloys den ersten mutigen Schritt seiner Großjährigkeit. Das Marannele hatte eine neue mit Zinn eingelegte schöne Kunkel bekommen. Als es nun zum erstenmal damit in die Spinnstube kam und sich zum Spinnen gesetzt hatte, trat Aloys vor, erfaßte die Kunkel oben und sagte den alten Spruch:

„Jungferle, derf i Eu' bitte:
Lent mi Euere Engerle schüttle,
Die kleine wie die große
Auf dere Jungfere Schoße.
Jungfer, warum seind Ihr so stolz?
Eure Kunkel ischt doch nau von Holz,
Wenn sie wär' mit Silber b'schlage
No wett' i Eu' was andres sage."

Mit einer ungewohnten Festigkeit, wenn auch mitunter mit Zittern, hatte Aloys den Spruch vorgebracht. Das Marannele schlug zuerst die Blicke in den Schoß aus Scham und aus Angst, der Aloys möchte in seiner Rede steckenbleiben; jetzt aber sah es ihn mit glitzernden Augen an. Nach alter Sitte ließ es darauf Spindel und Wirtel auf den Boden fallen, der Aloys hob beide Gegenstände auf, und das Marannele mußte ihm für die Spindel ein Knöpfle und für den Wirtel ein Fastnachtsküchle versprechen. Das Beste aber kam zuletzt. Aloys gab die Kunkel frei, und als Ablosung gab ihm das Marannele einen rechtschaffenen Kuß. Der Aloys schmatzte so laut, daß man ihn in der ganzen Stube hörte und die andern Burschen ihn darum beneide-

ten; er aber setzte sich wieder in eine Ecke, rieb sich die Hände und war mit sich und der Welt zufrieden. Das dauerte aber nicht lange, denn der Jörgli war sein Störenfried.

Eines Abends bat der Jörgli das Marannele – das die erste Vorsängerin in der Kirche war –, das Lied vom „schwarzbraunen Mädchen“ zu singen. Es begann ohne langes Zaudern, und der Jörgli setzte die zweite Stimme mit so kräftigem Wohllaute ein, daß alle anderen, die anfangs mitgesungen hatten, nacheinander stille wurden und den beiden zuhörten, die so schön sangen. Marannele, das sich von den Gefährtinnen verlassen sah, sang anfangs mit zitternder Stimme und stieß die anderen neben sich an, doch mit weiter zu singen; als ihm aber niemand folgte, sang es keck weiter, als könne es gar nicht aufhören, und es war, als ob die Stimme Jörglis es frei und fest emporhielte wie gewaltige Arme. Sie sangen:

„Es sind zwei Sternlein am blauen Himmel,
Glänzen heller als der Mond!
Einer scheint aufs schwarzbraun Mädchen,
Einer scheint auf grünen Grund.

Jetzt lad’ ich meine zwei Pistolen,
Tu vor Freuden einen Schuß,
Meinem Schätzelein zum Gefallen,
Weil es mich geliebet hat,
Vor allen meinen Feinden zum Verdruß.

Geh’ ich ’naus auf fremde Straßen,
Schönster Schatz vergiß nicht mein;
Und wann du trinkst ein Gläslein Weine
Zur Gesundheit mein’ und deine,
Weil ich von dir scheiden muß.

Morgens früh müssen wir marschieren
Wohl zum obern Törle 'naus;
O du wunderschöns schwarzbrauns Mädchen,
Wohl zum obern Törle 'naus.

Kauf ich ein Bändelein an meinen Degen
Und ein Sträußelein auf meinen Hut,
Und ein Tüchelein in meine Taschen,
Meine Äugelein abzuwaschen,
Weil ich von dir scheiden muß.

Gib ich meinem Pferd die Sporen,
Reit ich zu dem Tor hinaus,
Gib ich acht aufs schwarzbraun Mädchen,
Weil ich von ihm scheiden muß."

Als ein jedes der Mädchen seine vier bis fünf Spindeln voll gesponnen hatte, wurde der Tisch in die Ecke gerückt und auf dem freien Raume von kaum drei bis vier Schritten, den man dadurch gewonnen, begann nun eines nach dem andern zu tanzen; die Sitzenden sangen den anderen dazu. Als der Jörgli mit dem Marannele tanzte, sang er selber einen Ländler und tanzte dabei wie eine Spindel; ja er brauchte fast nicht viel mehr wie eine Spindel, denn er behauptete, darin zeige sich ein echter Tänzer, daß man sich auf einem Teller gewandt und flink drehen könne. Als er nun endlich mit dem Marannele einhielt und es dabei nochmals so heftig schwenkte, daß der faltige Rock hoch aufwallte, da ließ ihn das Marannele schnell stehen, wie wenn es sich vor ihm flüchtete, es sprang in die Ecke, wo der Aloys trübselig zuschaute, und seine Hand fassend, sagte es: „Komm, Aloys, du mußt auch tanzen."

„Laß mich, du weißt ja, daß ich nicht tanzen kann. Du willst mich nur foppen."

„Du Tol –", sagte Marannele, es wollte „du Tolpatsch" sagen, aber es hielt schnell inne, denn es sah sein Gesicht, auf dem die Wehmut ausgegossen war, daß ihm das Weinen näher stand als das Lachen, es sagte daher freundlicher: „Nein, g'wiß nicht, ich will dich nicht foppen; komm, und wenn du auch nicht tanzen kannst, so mußt du's lernen, und ich tanz' so gern mit dir als wie mit einem."

Sie tanzte nun mit ihm herum, aber Aloys schlenkerte seine Füße, so daß die anderen vor Lachen nicht mehr singen konnten.

„Ich lern' dir's ganz allein, Aloys", sagte das Marannele, ihn beruhigend.

Die Mädchen zündeten nun ihre Laternen an und wanderten nach Haus. Aloys ließ es sich nicht nehmen, sie noch zu begleiten; er hätte um alles in der Welt das Marannele nicht allein mit den anderen gehen lassen, wenn der Jörgli dabei war.

In der stillen, schneeweichen Nacht schallte das Schäkern und Spaßen der Mädchen und Burschen weithin durch das Dorf. Das Marannele aber war still und wich dem Jörgli sichtbar aus.

Als die Burschen die Mädchen alle nach Hause begleitet hatten, sagte der Jörgli zu Aloys: „Tolpatsch, du hättest heut' nacht beim Marannele bleiben sollen."

„Halunke", sagte Aloys schnell und lief davon. Die anderen aber lachten ihm nach. Der Jörgli jodelte noch allein durch die Gassen bis nach Hause, daß es einem jeden, außer den Schlafenden und Kranken, das Herz im Leibe erfreuen mußte.

Des andern Morgens, als Marannele die Kühe melkte, sagte Aloys zu ihm:

„Guck, ich könnt' den Jörgli grad vergiften, und du mußt ihn auch in Grundsboden 'nein verfluchen, wenn du brav sein willst."

Das Marannele gab ihm recht, suchte ihn aber auch zu überzeugen, daß er sich Mühe geben müsse, auch so ein flinker Bursch zu werden wie der Jörgli. Da stieg in Aloys ein großer Gedanke auf, er lachte vor sich hin, er warf den steifen alten Stallbesen fort und steckte einen neuen biegsamen an den Stiel, dann sagte er laut: „Ja, ja, du wirst Maul und Augen aufsperren, gib nur acht." Er mußte nun sogar dem Marannele versprechen, „gut Freund" mit dem Jörgli zu bleiben, und er versprach es endlich nach langem Widerstreben, aber er mußte ja immer tun, was sie wollte.

Darum hatte Aloys heute dem Jörgli mit dem Schlitten geholfen, darum trieb ihm der Schnee das Wasser aus den Augen, als er den Wegfahrenden nachsah.

Abends, so „zwischen Licht", trieb der Aloys seine Kühe zur Tränke an des Jakobs Brunnen. Ein Rädchen junger Burschen, darunter auch der Jörgli und sein alter Freund, ein Jude, des langen Herzles Kobbel genannt, der mit dem Jörgli im gleichen Regimente diente, hatte sich dort zusammengesellt; das Marannele lugte zum Fenster heraus. – Der Aloys machte den Gang des Jörgli nach. Er ging ganz steif, wie wenn er einen Ladstock geschluckt hätte, und hielt die Arme strack am Leibe herunter, wie wenn sie von Holz wären.

„Tolpatsch“, sagte der Kobbel, „was krieg' ich Schmusgeld, wenn ich mach', daß dich das Marannele heiratet?“

„Eine tüchtige Trachtel auf dein Maul“, sagte der Aloys und trieb seine Kühe heim. Das Marannele schob das Fenster zu, und die Burschen lachten aus vollem Halse, die Stimme Jörglis tönte aus allen vor.

Aloys wischte sich mit dem Ärmel den Schweiß von der Stirne, so viel Anstrengung hatte ihn die Äußerung seines Unmutes gekostet. – Auf dem Futtertrog in seinem Stalle saß er dann noch lange, und sein Plan reifte unwiderruflich in ihm. –

Aloys war in das zwanzigste Jahr getreten und kam zur Rekrutierung. Am Tage, als er mit den anderen Burschen nach der Oberamtsstadt Horb gehen sollte, kam er in seinem Sonntagsstaate nochmals in Maranneles Haus und fragte, ob er nichts aus der Stadt mitbringen solle. Als er fortging, folgte ihm das Marannele nach, und auf dem Hausflur wendete es sich ein wenig ab, zog ein blaues Papierchen aus der Brust, wickelte einen Kreuzer heraus und gab diesen dem Aloys. „Da, nimm ihn“, sagte es, „das ist ein Glückskreuzer, sieh, es sind drei Kreuz' darauf; weißt du, wenn nachts so Sternfunken vom Himmel fallen, da fällt allemal ein silbern Schüssele auf den Boden, und

aus den Schüsseln hat man die Kreuzer gemacht, und wenn man so einen Kreuzer im Sack hat, hat man Glück; nimm ihn zu dir, und du spielst dich frei."

Aloys nahm den Kreuzer. Als er aber über die Neckarbrücke ging, langte er in seine Tasche, drückte die Augen zu und warf den Kreuzer hinab in den Neckar: „Ich will nicht frei sein, ich will Soldat sein; wart nur, Jörgli!" so sagte er vor sich hin; seine Faust ballte sich, und er warf sich keck in die Brust.

Im Wirtshause zum Engel wartete der Schultheiß auf seine Ortskinder, und als sie alle beisammen waren, ging er mit ihnen nach dem Oberamt. Der Schultheiß war ein ebenso dummer als anmaßender Bauer. Er war früher Unteroffizier gewesen und bildete sich große Stücke auf seine „Charge" ein; er behandelte gern alle Bauern, ältere und jüngere, wie Rekruten. Auf dem Wege sagte er zu Aloys: „Tolpatsch, du ziehst gewiß das größte Los, und wenn du auch Numero 1 ziehst, du brauchst nicht bang sein, dich kann man nicht zum Soldaten brauchen."

„Wer weiß", sagte Aloys keck, „ich kann noch so gut Unteroffizier werden wie einer; ich kann so gut lesen und schreiben und rechnen wie einer, und die alten Unteroffiziere haben auch nicht allen Verstand gefressen."

Der Schultheiß sah ihn grimmig an.

Als Aloys vor das Rad hinging, war seine Haltung fast herausfordernd keck. Mehrere Lose kamen ihm in die Hand, als er in das Rad griff; er drückte die Augen fest zu, gleich als wolle er nicht sehen, was er nehme, und zog eines heraus; zitternd reichte er es hin, denn er fürchtete, daß es eine hohe Nummer sein könne. Als er aber den Ausrufer „Numero 17“ rufen hörte, da johlte er so laut auf, daß man ihn zur Ruhe verweisen mußte.

Die Burschen kauften sich nun Sträuße aus gemachten Blumen mit roten Bändern daran, und nachdem sie noch einen tüchtigen Trunk genommen, zogen sie heimwärts. Unser Aloys johlte und sang am lautesten.

Oben an der Steige harrten die Mütter und viele Mädchen der Ankömmlinge, auch Marannele war darunter. Aloys, mehr vom Lärmen als vom Weine trunken, ging etwas unsicher Arm in Arm mit den anderen. Diese Zutraulichkeit war noch nie vorgekommen, aber heute waren sie alle gleich. Als die Mutter die Nummer 17 an der Mütze ihres Aloys stecken sah, da weinte sie und rief einmal über das andermal: „Daß Gott erbarm! Daß Gott erbarm!“ Das Marannele fragte den Aloys beiseite: „Wo hast du denn meinen Kreuzer?“ – „Ich hab’ ihn verloren“, sagte Aloys, aber trotz seiner halben Unbewußtheit schnitt ihm diese Lüge doch tief in die Seele.

Die Burschen zogen nun singend in das Dorf, und die Mütter und Mädchen der mutmaßlich „Gezogenen“ gingen weinend hinterdrein und trockneten sich mit den Schürzen die Tränen. –

Es waren noch sechs Wochen bis zur Visitation, und darauf kam ja eigentlich alles an. Mutter Marei nahm einen großen Ballen Butter und einen Korb voll Eier und ging zu der Frau Doktorin; die Butter schmierte sich trotz des kalten Winters doch recht gut, Mutter Marei erhielt die Versicherung, daß ihr Aloys frei werden solle. „Denn“, sagte der gewissenhafte Arzt, „der Aloys ist ja ohnehin untauglich, er sieht ja nicht gut in die Ferne, und darum ist er ja manchmal so tappig.“

Der Aloys aber kümmerte sich gar nicht um all diese Geschichten, er war ganz verändert, schwenkte sich und pfiff immer, wenn er das Dorf hinaufging.

Der Tag der Visitation kam, die Burschen gingen diesmal etwas stiller nach der Stadt.

Als Aloys in das Visitationszimmer gerufen wurde und er sich entkleiden mußte, da sagte er keck: „Kusperet mich nur aus, ihr werdet kein Untätele an mir finden; ich hab' keinen Fehler, ich kann Soldat sein.“ Er mußte sich unter das Maß stellen, und da er es vollauf hatte, wurde er als Soldat eingetragen; der Arzt vergaß Kurzsichtigkeit, Butter und Eier bei der kecken Rede des Aloys.

Jetzt, als es Ernst geworden und er unwiderruflich Soldat war, jetzt wurde es dem Aloys so bang, daß er hätte weinen mögen. Als er aber vom Oberamte herabkam und seine Mutter sich weinend von den steinernen Stufen erhob, da richtete sich sein Stolz wieder auf, und er sagte: „Mutter, das ist nicht recht, Ihr müsset nicht greinen; bis in einem Jahr bin ich wieder da, und unser Xaver kann schon dieweil das Sach' im Feld schaffen.“

Nach der erlangten Gewißheit ihres Soldatenstandes brachten die Burschen mit Trinken, Singen

und Johlen ein, was sie zuvor zu wenig getan zu haben glaubten.

Als der Aloys heimkam, gab ihm das Marannele weinend einen Rosmarinstrauß mit roten Bändern daran und nähte ihm denselben auf seine Mütze. Aloys aber zog seine Pfeife heraus, rauchte flott durch das ganze Dorf hinauf und zechte mit seinen Kameraden bis tief in die Nacht.

Noch ein dritter schmerzlicher Tag war zu überwinden, es war der Tag, wo die Rekruten nach Stuttgart einrücken mußten. Aloys ging früh in des Jakobs Haus, das Marannele war im Stall, es mußte jetzt selber alle Arbeit verrichten; Aloys sagte:

„Marannele, gib mir dein' Hand." Sie gab sie ihm, und er sagte wieder: „Versprich mir, daß du nicht heiratest, bis ich wieder komm'." – „Gewiß nicht", beteuerte sie, und er sagte: „So, jetzt bin ich fertig, aber halt – komm, gib mir auch noch einen Kuß." Marannele küßte ihn, und die Kühe und Ochsen sahen verwundert zu, als wüßten sie, was hier vorging.

Aloys klopfte nun noch jeder Kuh und jedem Ochsen auf den Bug und nahm so auch Abschied von ihnen; sie brummten vor sich hin.

Der Jörgli hatte seine Pferde an den Wagen gespannt, um die Rekruten einige Stunden weit zu führen, und so fuhren sie nun singend durch das Dorf; des Bäckers Konrad, der die Klarinette blies, saß mit auf dem Leiterwagen und begleitete die Liederweisen. Man fuhr im Schritt. Von allen Seiten drängten sich noch die Freunde herbei und reichten eine Hand oder auch einen Abschiedstrunk.

Das Marannele schaute zum Fenster heraus und grüßte noch freundlich. Man näherte sich dem Ende des Dorfes, und nun wurde nochmals „das Gesätz" gesungen:

„'Naus, 'naus, 'naus und 'naus,
Zum Nordstetter Törle 'naus etc."

Als man aber das Dorf verlassen hatte, wurde der Aloys plötzlich mäuschenstille. Er schaute mit nassen Augen überall umher; hier neben auf der Heide, „Hochbux" genannt, hatte das Marannele das Tuch gebleicht, von dem er das Hemd anhatte; es war ihm, als ob alle Fäden brannten, so heiß war es ihm. Er sagte allen Bäumen an der Straße und allen Feldern wehmütig ade. Drüben im Schießmauernfeld, dort liegt sein bester Acker; er hat ihn so oft „umgeackert“, daß er jedes Steinchen kennt. Dort neben hat er noch vorigen Sommer mit dem Marannele Gerste geschnitten, weiter unten im „Hennebühl“ liegt sein Kleeacker, er hat ihn gesät, er sollte ihn nicht wachsen sehen. So schaute Aloys lange umher, und als man die Steige hinabfuhr, blickte er vor sich hin und sprach kein Sterbenswörtchen. Als man über die Brücke fuhr, starrte er hinab in den Fluß; wer weiß, ob er jetzt noch so keck seinen Glückskreuzer hinabgeworfen hätte? –

Durch die Stadt ging zwar das Singen und Johlen wieder von neuem an, aber erst als man jenseits auf der Spitze der Bildechinger Steige angekommen war, da atmete Aloys wieder frei auf: Vor ihm stand ja sein liebes Nordstetten, man meinte, man könnte hinüberrufen, so gleichauf lag es mit dem Berge, obgleich es fast eine Stunde fern war. Er sah das gelb angestrichene Haus des Schmieds Jörgli mit den grünen Läden, und zwei Häuser davon wohnte das Marannele. Er schwenkte seine Mütze und begann nochmals:

„’Naus, ’naus, ’naus und ’naus etc.“

Der Jörgli führte die Rekruten bis Herrenberg, von dort an gingen sie zu Fuß. Beim Abschied fragte Jörgli den Aloys: „Soll ich nichts ausrichten ans Marannele?“

Aloys schoß alles Blut in den Kopf. Der Jörgli war ihm gerade der unrechteste Botenmann, und doch hatte er eben den Mund geöffnet, um einen

Gruß zu sagen. Unwillkürlich aber brach er in die Worte aus: „Du brauchst gar nichts mit ihm zu schwätzen, es kann dich auch für den Tod nicht ausstehen."

Der Jörgli fuhr lachend davon.

Unterwegs hatten die Rekruten noch ein bemerkenswertes Abenteuer: Sie zwangen nämlich im Böblinger Walde einen Holzbauern, sie den zwei Stunden langen Wald zu fahren; Aloys war der Ärgste dabei; er hatte den Jörgli so oft von verwegenen Soldatenstreichen erzählen hören, und er wollte auch so sein. Er war aber auch der erste, der am Ende des Waldes seinen ledernen Beutel öffnete und dem wieder umkehrenden Bauern etwas gab.

Vor dem Tübinger Tore wurden die Ankömmlinge von einem Feldwebel in Empfang genommen. Mehrere Nordstetter Soldaten waren ihren Landsleuten entgegengegangen; der Aloys biß die Zähne übereinander, als sie alle „Grüß Gott, Tolpatsch!" sagten. Das Johlen und Singen hatte nun ein Ende, still wie eine Herde Schafe wurden die Rekruten in die Legionskaserne geführt. Aloys sagte seinen Landsleuten, daß er als Freiwilliger zur Kavallerie gehen wolle, denn er wollte es dem Jörgli nachmachen. Als er aber hörte, daß er dann wieder nach Hause müsse, da das Exerzieren der Kavallerie erst im Herbste beginne, da dachte er: „Nein, das geht nicht, ich muß als ein ganz anderer Kerl heimkommen, dann soll mir noch einer Tolpatsch sagen, ich will euch schon tolpatschen."

Aloys wurde nun in das fünfte Infanterieregiment eingereiht, er war gegen alle Erwartung anstellig und gelehrig. Leider hatte er auch hier ein Mißgeschick, denn er bekam einen Zigeuner als seinen „Schlaf". Der Zigeuner hatte einen absonderlichen Widerwillen vor dem Wasser. Aloys mußte ihn auf Befehl des Rottenmeisters jeden Morgen an den Brunnen hinabführen und ihn tüchtig waschen. Anfangs machte das dem Aloys Spaß, nach und nach wurde es ihm aber sehr zur Last; er hätte lieber sechs Ochsen die Schwänze als dem Zigeuner das Gesicht gewaschen.

In der Kompanie unseres Aloys war auch ein verlorener Maler. Er spürte bei Aloys manchen Mutterpfennig, und nun begann er ihn zu malen, in ganzer Uniform mit Ober- und Untergewehr und der Fahne neben ihm. Das war aber auch alles, was man erkennen konnte, denn das Gesicht war eben ein Gesicht und weiter nichts. Darunter stand jedoch mit schönen lateinischen Buchstaben: „Aloys Schorer, Soldat im fünften Infanterieregiment".

Aloys ließ das Bild unter Glas und Rahmen bringen und schickte es mit dem Boten seiner Mutter. In dem Briefe, der dabei war, schrieb er: „Mutter! Hänget das Bild in der Stube auf, zeiget es auch dem Marannele, hänget es über dem Tisch auf, aber nicht zu nah am Turteltaubenkäfig, und wenn das Marannele das Bild haben will, so schenket es ihm, und mein Kamerad, der es gemacht hat, sagt, Ihr solltet mir auch ein Bällele Butter und ein paar Ellen reisten Tuchs für meinem Feldwebel seine Frau, wir heißen sie nur die Feldwebelina, schicken.

Ich hab' auch von meinem Kameraden tanzen gelernt, ich geh sonntags zum erstenmal nach Häslach zum Tanz. Brauchst nicht maulen, Marannele, ich will mich nur probieren. Und das Marannele soll auch schreiben. Hat der Jakob seine Ochsen noch, und hat die Bleßkuh noch nicht gekalbt? Es ist doch kein recht Geschäft das Soldatenleben, man wird hundsrackermüd' und hat doch nichts geschafft."

Die Butter kam, und diesmal half sie besser; der Zigeuner wurde einem andern zugewiesen. Bei der Butter aber war auch ein Brief, den der Schullehrer geschrieben, darin hieß es:

„Unser Mathes hat aus Amerika fünfzig Gulden geschickt. Er hat auch geschrieben, wenn Du nicht Soldat wärst, könntest Du jetzt zu ihm, er wollte Dir dreißig Morgen Acker schenken. Halt Dich nur brav und laß Dich nicht verführen, der Mensch ist gar leicht verführt. Das Marannele trotzt so halb und halb mit mir, ich weiß nicht warum; als es Dein Bild gesehen hat, hat es gesagt, das wärst Du gar nicht." – Bei diesen Worten schmunzelte der Aloys, denn er dachte: „So ist's recht, ja, ich bin auch jetzt ein ganz anderer Kerl; hab' ich dir's nicht gesagt, Marannele? Gelt du?"

Monate waren vorüber. Der Aloys wußte, daß nächsten Sonntag Kirchweih in Nordstetten sei; er erhielt durch seinen Feldwebel auf vier Tag Urlaub, er durfte in ganzer Uniform, mit Säbel und Tschako nach Haus.

O du Glücklicher! Wie selig warst du, als du Samstagmorgen dein Putzzeug in den Tschako legtest und mit einem „Bhüt's Gott“ bei deinem Feldwebel Abschied nahmst!

So selig aber auch unser Aloys war, so sprach er doch mit der Wache am Kasernentor und mit der Wache am Tübinger Tor; er mußte es allen sagen, daß er heim ging, sie sollten sich mit ihm freuen, und ihn dauerten die Kameraden, die so mir nichts dir nichts auf einem kleinen Fleck zwei Stunden lang herumwandeln mußten, während er in dieser Zeit schon seiner Heimat um vieles, vieles näher war.

Erst vor Böblingen machte er halt und trank auf der Waldburg einen Schoppen. Er konnte aber nicht ruhig auf dem Stuhle sitzen, sondern ging alsbald wieder fürbaß.

In Nufringen begegnete ihm der Kobbel wieder, der ihn einst so geneckt hatte; sie reichten sich freundlich die Hand. Aloys hörte viel von der Heimat, aber kein Wort von Marannele, und er scheute sich, danach zu fragen.

In Bondorf endlich zwang er sich zur Rast; er hätte sich sonst noch den „Herzbengel“ eingerennt, wenn er so fortgelaufen wäre. Er streckte sich auf eine Bank hin und überdachte, wie alles aufgucken werde, wenn er heimkomme; dann stellte er sich wieder vor den Spiegel, setzte den Tschako etwas nach dem linken Ohre, drehte die Locke auf der rechten Seite und nickte sich Beifall zu.

Es war Abend geworden, als er wieder auf der Anhöhe vor Bildechingen stand, ihm gegenüber seine liebe Heimat; er johlte nicht mehr, er stand ruhig und fest und machte seinem Geburtsorte den militärischen Gruß, indem er die Hand an den Tschako legte.

Immer langsamer ging Aloys, er wollte absichtlich bei Nacht nach Hause kommen, um dann des andern Morgens alle zu überraschen. Sein Haus war eines der ersten im Dorfe, es war Licht in der Stube, er klopfte an das Fenster und sagte: „Ist der Aloys nicht da?"

„Jesus Maria Joseph, ein Schandarm!" rief die Mutter.

„Nein, ich bin's, Mutter", sagte Aloys, und nachdem er wegen der niedrigen Türe den Tschako abgenommen, ging er hinein und reichte der Mutter die Hand.

Bald nach den ersten Begrüßungen äußerte die Mutter ihre Bekümmernis, daß nichts mehr zu essen da sei, sie ging aber hinaus in die Küche und schlug ihm ein paar Eier ein. Aloys stand bei ihr am Herde, und nun erzählte er alles. Er fragte nach Marannele und warum sein Bild noch draußen hänge.

Die Mutter erwiderte: „Ich bitt' dich, ich bitt' dich, schlag dir das Marannele aus dem Sinn, das ist ein unnützes Ding."

„Mutter, redet mir nimmer davon, ich weiß, was ich weiß", sagte der Aloys; sein vom Feuer auf dem Herde rot überschienenes Antlitz hatte einen gewaltigen trotzigen Ausdruck. Die Mutter schwieg, und in die Stube zurückgekehrt, sah sie mit Herzensfreude, was ihr Aloys für ein prächtiger Bursch geworden war. Jeden Bissen, den er schluckte, schmeckte sie ihm in ihrem leeren

Munde nach; den Tschako aufhebend, jammerte sie über seine grausame Schwere.

Des andern Morgens stand der Aloys früh auf, fummelte seinen Tschako, putzte das Behäng' am Säbel und die Knöpfe, mehr als wenn er zur Ordonnanz gemußt hätte. Als es zum erstenmal zur Kirche läutete, stand er fix und fertig da; als es zum zweitenmal zusammenläutete, ging er das Dorf hinein.

Auf dem Wege hörte er zwei Buben miteinander reden.

„Ist das nicht der Tolpatsch?" sagte der eine.

„Nein, er ist's nicht."

„Ja, er ist's", sagte der erste wieder.

Aloys schaute die Buben grimmig an, und sie rannten mit ihren Gesangbüchern davon. Aloys schritt, von allen Kirchgängern freundlich begrüßt, der Kirche zu. Er kam vor dem Hause Maranneles vorbei, niemand schaute heraus, er ging den Berg hinan, oft zurückschauend, und trat, als es eben zum drittenmal läutete, in die Kirche. Er zog seine weißledernen Handschuhe aus und besprengte sich mit Weihwasser. Er blickte überall in der Kirche umher, er sah nirgends das Marannele, er blieb an der Türe stehen, auch unter den Ankömmlingen war es nicht. Der Gesang begann, die Stimme Maranneles war nicht darunter; er hätte sie ja aus Tausenden heraus erkannt. Was nützte ihn nun das Staunen aller? Sie sah ihn ja nicht, für sie allein war er den weiten Weg gerannt und stand er da, so fest und stramm wie gegossen. Als aber nach der Predigt der Pfarrer die Marianne Bomüller von hier und den Georg Melzer von Wiesenstetten als Brautpaar verkündete, da stand der Aloys nicht mehr da wie gegossen, da zitterten seine Knie, und seine Zähne klapperten. Aloys war der erste aus der Kirche. Er rannte Hals über Kopf nach Haus, warf Säbel und Tschako auf den Stubenboden und versteckte sich im Heu und weinte. Einmal über das andere kam ihm der Gedanke, sich zu erhängen, aber er konnte nicht aufstehen vor Wehmut und Weinen; alle seine Glieder waren ihm wie zerschlagen, und dann dachte er auch wieder an seine Mutter, und dann weinte er wieder und schluchzte wieder.

Die Mutter kam endlich und fand ihn im Heu, sie tröstete ihn und weinte mit. Er erfuhr nun, daß der Jörgli das Marannele verführt hatte, und daß es hohe Zeit sei, daß sie zusammengegeben würden. Er weinte von neuem, dann aber folgte er seiner Mutter wie ein Lamm in die Stube. Als er hier seines Bildes ansichtig wurde, riß er es von der Wand und schmetterte es auf den Boden. Lange saß Aloys dann hinter dem Tische und hielt sich das Gesicht mit beiden Händen bedeckt, endlich stand er auf, pfiff ein lustiges Lied und ließ sich zu essen geben; er konnte aber nicht essen, er zog sich an und ging in das Dorf. Die Nachmittagskirche war vorüber, aus dem ‚Adler' tönte die Musik zu ihm herab. Die Augen niederschlagend, gleich als müßte er sich schämen, ging er an des Jakobs Haus vorbei; als er aber vorüber war, hob er seinen Blick stolz empor. Nachdem er beim Schultheiß seinen Urlaubspaß abgegeben, ging er nach dem Tanzboden. Er schaute überall umher, ob Marannele nicht da sei, und doch wäre ihm nichts unlieber gewesen als das. Der Jörgli aber war da; er trat auf Aloys zu, reichte ihm die Hand und sagte: „Grüß Gott, Kamerad!" Der Aloys sah ihn an, als ob er ihn mit seinen Blikken vergiften wollte; dann drehte er sich um, ohne ihm eine Hand oder Antwort zu geben. Er dachte jetzt, daß es eigentlich gescheiter gewesen wäre, wenn er gesagt hätte: „Was Kamerad! Der Teufel ist dein Kamerad, aber ich nicht." Es war indes zu spät zu dieser Antwort.

Von den Tischen brachten es nun alle Buben und Mädchen unserm Aloys zu, er mußte aus jedem Glas trinken, aber es schmeckte ihm alles wie Galle so bitter. Er setzte sich dann auch an den Tisch und ließ sich eine „Bouteille vom Besten" geben, und obgleich es ihm nicht schmeckte, trank er doch ein Glas nach dem andern. Die Mechtilde, die Tochter seines Vetters, des Mathes vom Berg, stand nicht weit von ihm; er brachte es ihr zu. Das Mädchen tat ihm herzlich Bescheid und blieb bei ihm stehen, denn es kümmerte sich niemand um sie, sie hatte keinen Schatz und darum heute noch keinen Reihen getanzt, da jeder fast fort und fort mit seinem Schatze tanzte oder mit der Gespielin des Schatzes und dem Schatz eines andern wechselte. Aloys fragte:

„Mechtilde, möchtest du nicht auch tanzen?"

„Ja, komm, wir wollen einmal." Sie faßte Aloys bei der Hand, er stand auf, zog seine Handschuhe an, schaute sich nochmals um, als suche er etwas und tanzte dann so flink, daß alle staunten. Aus

Höflichkeit bot Aloys nach dem Tanze der Mechtilde Platz neben sich an; er lud sich damit eine Last auf, denn sie blieb nun den ganzen Abend bei ihm sitzen. Er kümmerte sich indes wenig um ihre Unterhaltung, er schob ihr nur bisweilen das Glas hin, daß sie trinken solle. Die Zornesblicke des Aloys waren fast immer auf den Jörgli geheftet, der sich nicht weit von ihm gesetzt hatte. Als man denselben fragte, wo das Marannele sei, sagte er, es sei „unbaß“ und lachte dabei. Aloys biß so mächtig auf seine Pfeife, daß ihm ein Gelenk der Spitze im Munde blieb, er spie es mit „Pfui!“ aus; der Jörgli sah ihn wütend an, denn er glaubte, das Pfui gelte ihm. Als aber Aloys ruhig blieb, zuckte Jörgli nur verächtlich mit den Achseln und begann allerlei Schelmenlieder zu singen. Sie hatten meist einerlei Weisung und fast alle nur einen Text wie:

„Und a lustiger Bua
Verreißt allbot e Paar Schua;
Und a trauriger Narr
Der hot lang am e Paar.“

Es war schon bald nach Mitternacht, als Aloys wiederum seinen Säbel von der Wand nahm und nach Hause gehen wollte. Da sang der Jörgli mit seinen Kameraden das Fopplied, sie schlugen dabei mit den Fäusten auf den Tisch:

„Hoan, hoan, hoan gang i net,
Wer will schaun hoame gaun,
der muaß koan Geld mei haun;
Hoan! hoan! hoan gang i net.“

Aloys kehrte nochmals mit einigen seiner Kameraden um und ließ sich noch zwei Flaschen Wein geben. Sie sangen nun andere Lieder drein, während Jörgli mit seinen Kameraden sang; Jörgli stand auf und rief: „Halt 's Maul, Tolpatsch." Da ergriff dieser eine volle Flasche und warf sie dem Jörgli ins Gesicht, drauf sprang er über den Tisch und packte ihn an der Gurgel, die Tische fielen um, die Gläser klirrten auf dem Boden, die Musik hielt ein, eine Weile war alles still, es war, als wollten sich die beiden Kämpfenden still erwürgen; dann aber entstand wieder allgemeines Hallo, Pfeifen, Schreien und Toben untereinander. Die Freunde wehrten ab, indes nach einer alten Bauerntaktik hielten sie beim Abwehren nur den Gegner ihres Freundes fest, damit dieser um so tüchtiger drauf klopfen konnte. Die Mechtilde aber riß den Jörgli so wacker am Kopf, daß sie ihm ein ganz Büschel Haare ausraufte. Stuhlbeine wurden nun abgeknickt, die Parteien, die sich um die beiden Kämpfenden gebildet hatten, zerbläuten einander nach Herzenslust. Aloys und Jörgli aber hielten sich, wie wenn sie sich ineinander verbissen hätten. Endlich nach langem Ringen hob sich Aloys in die Höhe und warf den Jörgli auf den Boden, daß man meinte, er hätte das Genick gebrochen, dann kniete er auf ihn nieder, und es war, als ob er ihn erdrosseln wollte. Der Dorfschütz trat ein und machte dem Lärmen ein Ende. Die Musik mußte nun für heute aufhören, die beiden Hauptkämpfer mußten in das Gefängnis des Rathauses wandern.

Mit einem zerrauften, blaumäligen Gesicht, bleich und abgehärmt, verließ Aloys des andern Tages das Dorf. Sein Urlaub war erst morgen zu

Ende, aber was sollte er noch zu Hause? Er ging so gern wieder fort ins Soldatenleben, er wäre am liebsten in den Krieg gezogen. Der Schultheiß hatte ihm die Rauferei in den Paß geschrieben, Aloys ging einer harten Strafe entgegen. Er schaute sich nicht mehr um, er ging fort, ohne es zu wissen, und wünschte nie mehr wiederzukehren. Als er in Horb den Wegweiser nach Freudenstadt sah, von wo aus man nach Straßburg geht, hielt er eine Weile still, er gedachte nach Frankreich zu desertieren. Da

grüßte ihn unversehens Mechtilde und fragte: „Ei, Aloys, gehst du schon wieder nach Stuttgart?"

„Ja", antwortete dieser und schlug den Weg dahin ein. Die Mechtilde war wie ein Wegweiser vom Himmel erschienen. Mit einem freundlichen „B'hüt Gott" schied er von ihr.

Auf dem Wege summte ihm immer das Lied im Kopfe, das der Jörgli einst zuerst gesungen hatte; jetzt konnte es der Aloys auch singen, und jetzt paßte es erst ganz auf das Marannele. Er summte immer, ohne daß er es wußte, vor sich hin:

„Ach wie bald, ach wie bald
Schwindet Schönheit und Gestalt.
Tust du stolz mit deinen Wangen,
Die wie Milch und Purpur prangen,
Ach, die Rosen welken all."

In Stuttgart angelangt, sprach er nicht mehr mit der Wache am Tübinger Tor und der an der Kaserne, er schaute wie ein Verbrecher kaum auf. Acht Tage mußte er im „dritten Grad", in einem finstern Gefängnis, seine Rauferei abbüßen. Oft war er so ungeduldig und wild, daß er sich an der Wand den Kopf entzwei rennen wollte, dann aber lag er wieder fast Tag und Nacht im halben Schlaf.

Als er aus dem Gefängnis kam und auf sechs Wochen in die Strafklasse eingereiht wurde, die sich keine Stunde von der Kaserne entfernen darf, sondern immer zum Appell bereit sein muß, da verfluchte er seinen Vorsatz, daß er zum Militär gegangen war und sich so noch auf sechs Jahre an die Heimat gebunden hatte. Er wäre gern fort, fort, so weit als es ging.

Da kam eines Tags Mutter Marei mit einem Briefe von ihrem Mathes aus Amerika. Er hatte vierhundert Gulden geschickt, damit sich der Aloys einen Acker kaufe, oder wenn er zu ihm wolle, sich mit dem Gelde vom Militär losmache.

Der Aloys, der Mathes vom Berg mit seiner Frau und seinen acht Kindern, darunter auch die Mechtilde, wanderten noch diesen Herbst gemeinschaftlich nach Amerika aus.

Als Aloys auf der See war, da summte er oft die Strophe des allbekannten Liedes vor sich hin, er verstand sie erst jetzt recht:

„Das, das, das und das,
Das Schifflein hat den Lauf;
Der, der, der und der,
Der Schiffmann steht schon drauf,
Spür' ich einen rechten Sturmwind weh'n
Als wollt' das Schiff zugrunde geh'n,
Da stehen meine Gedanken
Zu wanken."

In seinem letzten Briefe, vom Ohio, schreibt der Aloys an seine Mutter:

„... Es drückt mir oft schier das Herz ab, daß ich all das viele Gut so allein genießen soll. Ich wünsch' mir oft ganz Nordstetten herbei: den alten Zahn, das blinde Konradle, das Schackerle von der Steingrub, den Soges, den Sauerbrunnenbasche und das Maurizele vom Hungerbrunnen, die sollten sich alle bei mir satt essen, bis sie nimmer weiter können. Was hab' ich davon, wenn ich so allein da bin? Da könntet ihr dann auch sehen, wie der Tolpatsch jetzt seine vier Ross' im Stall und zehn Fohlen im Felde hat. Wenn's dem Marannele nicht gut geht, schreibet mir's auch, ich will ihm was schicken; es darf aber nichts davon erfahren, von wem es ist, es dauert mich ins Herz hinein. Der Mathes vom Berg wohnt eine Stund' von mir. Die Mechtilde ist eine tüchtige Schafferin, aber sie ist doch kein Marannele. Wenn es ihm nur auch gut geht. Hat es schon Kinder? Auf der Überfahrt ist auch ein studierter Landsmann, der Doktor Stäberle von Ulm, bei uns gewesen, der hat mir an einer Weltkugel gezeigt, daß, wenn in Amerika Tag, es in Nordstetten Nacht ist, und so umgekehrt; ich hab nicht mehr daran gedacht, aber jetzt, wenn ich als im Feld bin und so denk: ‚Was machen sie denn jetzt in Nordstetten?', da fällt mir's ein: ‚Potz Blitz, die schlafen ja jetzt, und des Schackerle's Hannes, der Nachtwächter, ruft sein: B'hüt' uns Gott und Maria.' Am Sonntag ist mir's am ärgsten, daß in Nordstetten jetzt Samstag zu Nacht ist. Das sollt' nicht sein, es sollt' alles einen Tag haben. Am letzten Sonntag haben wir aber doch beim Mathes auf dem Berg getanzt, da war ja Kirchweih in Nordstetten. Ich vergess' das nie, und wenn ich hundert Jahr alt werde. Ich möcht' nur auch einmal wieder eine Stund' in Nordstetten sein, da wollt' ich auch dem Schultheiß zeigen, was ein freier Bürger von Amerika ist." –

Hermann Kurz

Denk- und Glaubwürdigkeiten

Erstes Buch

Erstes und einziges Kapitel

Nicht allein die Großen haben ihre Denkwürdigkeiten, auch die Kleinen haben sie. Beginnen wir also, weil es die Laune des Schicksals will, denkwürdige Begebenheiten und nachdenkliche Erinnerungen eines kleinen deutschen Reichsbürgers an das Licht zu stellen, von dessen Leben und Taten, Freuden und Leiden wir schon in den vergangenen Winterabenden ein langes und auch ein breites, wie man sagt, zu reden unternommen haben.

Dieser kleine Biedermann wurde eines Tages, zum erstenmal ohne elterliche Begleitung, im alten Postwägelein nach der buckligsten aller Universitätsstädte gesendet, nicht um allda zu studieren, was für seine dritthalb Fuß Höhe zu hoch gewesen wäre, sondern sich von den mütterlichen Großeltern ein wenig hätscheln zu lassen. War er doch als erster Enkel dort ein vielgeehrter Gast; der Großvater versah ihn freigebig mit Taschengeld, damit er sich seinen Nachtisch nach Gefallen besorgen

könnte, falls die Großmutter es je einmal daran hätte fehlen lassen, die jüngeren Schwestern der Mutter erzählten ihm nachts vor dem Einschlafen schöne Märchen vom Schneeweißchen und Aschenbrödel, und wenn er morgens die Augen auftat, so bemühte sich eine Windmühle, die im Fenster surrte, ihn aufs gemütlichste zu unterhalten.

Das Leben, das ihn hier umgab, war zwar nichts weniger als neumodisch, aber doch viel moderner als das Leben in der vormaligen Reichsstadt, in welcher er zu Hause war; denn da trug alles einen tief altertümlichen und, trotz der hohen finstern Mauern, etwas ländlichen Schnitt. So behaupteten wenigstens die benachbarten Universitätsbürger, die ihr Deutsch mit überfließendem Latein vermischt sprachen und sich nachts durch die „Pauper“, wie sie einen Chor von armen Kurrendeschülern nannten, aus dem Schlaf wecken ließen.

Diese neue Welt, die ihm aufgegangen war, stimmte ihn sehr unternehmend, so daß er bald noch höher und weiter trachtete. Es ging ihm nämlich im großväterlichen Hause zu stille her; auch hatte er noch keine Gespielen in der fremden Stadt. Da wurde es ihm auf die Länge immer länger, und eines schönen sonnigen Nachmittags war es ihm ganz eng um die Brust. Ehe er selbst recht wußte, was er eigentlich im Schilde führe, war er schon vor der Stadt draußen. Dort führt ein hoher hölzerner Steg über den Neckarfluß. Man ersteigt ihn auf steinernen Stufen, kann sich bequem an das Geländer lehnen und zusehen, wie die graue Stadt, eitel auf ihre Runzeln, sich im Neckar spiegelt. Auf der andern Seite geht's wieder einige Stufen hinab. Ein kecker Student ist einmal darüber geritten.

Unser junger Herr marschierte frischweg über den Steg und dann weiter auf einem sanften Pfade unter breiten, uralten Linden fort. Wohin? In die Welt. Die Spaziergänger, die ihm begegneten, schienen sich über ihn zu wundern, getrauten sich aber nicht, ihn zu fragen noch zurechtzuweisen, so martialisch sah er aus. Er trug nämlich ein blaues Wämschen mit mächtigen Puffärmeln und blaue rotgestreifte Höschen, welche, in das Wämschen eingeknöpft, bis über die Brust heraufgingen, auf dem Kopfe aber ein stattliches Samtbarett. Ferner hatte er sich einen Bandelier umgeschnallt, an welchem ein gewaltiger Säbel hing. Man hatte die Wahl, ob man ihn für einen Ritter oder Räuber halten wollte.

Wo die Lindenallee zu Ende ging, da kam eine breite mit Pappeln besetzte Fahrstraße daher, die bequem und lustig zu wandeln war. Unser Held bedachte sich lang, fand sie aber endlich zu breit für seine kleine Person, und da er bemerkte, daß

der Fußpfad jenseits in den Feldern fortlief, so schritt er getrost über die Straße hinüber und verfolgte den eingeschlagenen Weg. Der Fußpfad ging gerade mitten in die Welt hinein, und in geringer Entfernung war bereits ein Dorf zu sehen. Wenn der kleine Herr größer gewesen wäre, so hätte er es schon von der Lindenallee aus erblickt; so aber mußte er noch eine Strecke gehen, bis es ihm zuletzt ganz vor der Nase lag. Auch hatte er die Gewohnheit, die Augen abwechselnd auf den Boden und an den Himmel zu werfen, weshalb er oft das Allernächste übersah, so zum Beispiel den Stock mit der Tafel, worauf der Name des Dorfes geschrieben war. Den entdeckte er erst, als er ihm so nahe kam, daß er mit dem Kopf dagegen stieß und das Samtbarett verlor. Er hob das Barett vom Boden auf und blickte den Stock verwundert an. Zwar merkte er wohl, daß auf der Tafel etliche Hühnerfüße gemalt waren, aber er hatte seine

Gründe, sich nicht um diese zu kümmern. Auf einmal sah er das Dorf, welches gar nicht weit von dem Stocke stand. Wer konnte froher sein als er? Jetzt hatte er schon die erste Station auf seiner Weltreise erreicht, und alsbald beschloß er in seinem Sinne, das sei Ofterdingen.

O ihr, der Heimat dunkelste und verlorenste Sagen, flüstert es leise, was ihn dort halt zu machen bewog! Wollte er etwa nach dem großen Unbekannten, nach dem nie erforschten Heinrich von Ofterdingen spähen? Nein, der war ihm noch viel verborgener, als er es den gelehrten deutschen Männern, der deutschen Sprache Kennern bis zur Stunde geblieben ist. Sein Dichten und Trachten war nicht auf den Heinrich, sondern auf das „Appele" von Ofterdingen oder vielmehr auf ihren Vater gerichtet, denn sie selbst hatte er daheim zurückgelassen an seinem elterlichen Herd, wo sie in Treuen und Ehren den Besen führte. Eigentlich hieß sie Apollonia; aber dieser schöne Name wurde ihr nicht gegeben, sondern man nannte sie in der Volkssprache die Appel oder etwas zarter das Appele. Da man nicht immer sicher war, ob sie das Gesicht im Morgentau gewaschen hatte, und da ihre Hände meist die Farbe der Küche trugen, die nicht vorherrschend weiß ist, so hieß er sie wohl auch zuweilen seine Schmutzappel. Er mochte sie jedoch ungemein gut leiden, denn sie tat alles, was sie ihm an den Augen absehen konnte. Nur küssen durfte sie ihn nicht. Dagegen ließ er sich gern von ihr versprechen, daß sie ihn, wenn sie einmal auf ein paar Tage Urlaub erhalte, nach Ofterdingen zu ihrem Vater mitnehmen und mit Butterbrot, Honig und Kirchweihkuchen bewirten wolle.

Somit hatte der kleine Mann gewiß triftige Gründe zu wünschen, daß das vor ihm liegende Dorf die Heimat seines guten Hauskobolds sei. Vom Wünschen aber zum Glauben ist es oft nur ein Schritt. Er ging also fürbaß und hielt mit majestätischem Säbelklirren seinen Einzug in das Dorf. Die Leute machten große Augen über den angehenden Wandersmann, er aber fragte keinen. Hie und da rief ihm ein unartiger Bube ein Spottwort nach, aber er achtete nicht darauf. Sorgsam musterte er die Häuser, eines nach dem andern, und erwog, welches wohl das rechte sei. Leider jedoch war dies den Häusern nicht anzusehen. Auch stand an keinem geschrieben: „Hier wohnt des Appeles Vater", und wenn das auch der Fall gewesen wäre, so würde es ihm doch nichts geholfen haben, da er, wie schon bemerkt, sich aus Geschriebenem nicht viel machte. Und hätte auch der bewußte Vater in Lebensgröße zu einem Fenster herausgesehen, so wäre dem kleinen Forscher abermals im geringsten nicht gedient gewesen; denn er kannte denselben ja nur aus Appeles Erzählungen, aber nicht von Angesicht.

So war er nach und nach durch das ganze Dorf gewandert und stand bei den letzten Häusern, an welchen ein Bach vorüberfloß. Das Bächlein war so hell; er weidete die Augen an dem unaufhörlichen Geriesel und konnte sie nicht abwenden. Endlich kam ein Mann, kniete hin und wusch etwas im Wasser. Er erblickte den jungen Herrn und sah von

Zeit zu Zeit mit neugieriger Teilnahme an ihm hinauf. Der junge Herr wurde ebenfalls aufmerksam auf ihn, sein Gesicht flößte ihm Zutrauen ein, und er beschloß daher ohne Zaudern, dies müsse der Mann sein, den er suche.

Er ging auf ihn zu und redete ihn an: „Seid Ihr meines Appeles Vater?"

„Wer ist das Appele?" fragte der Mann.

„Das Appele von Ofterdingen!" erwiderte der junge Herr, indem er sich auf den Säbel stützte.

„Ich bin keines Appeles Vater", sagte der Mann, „und hier ist auch kein Ofterdingen. Das liegt noch drei starke Stunden von da."

Über diese Rede wurde der junge Herr nachdenklich. Er hatte schon so einen großen Weg gemacht, und nun sollte er noch drei starke Stunden wandern? Ein dunkles Gefühl sagte ihm, daß hinter diesem Zeitmaß ein ziemliches Stück Unendlichkeit stecken möge. Und dann von Ofterdingen erst noch vollends in die Welt hinein! Er hatte sich die Welt nicht so weitläufig vorgestellt.

Der Mann fragte ihn nun, woher er sei und was er vorhabe. Der junge Herr gab ihm hierüber einen zwar mangelhaften, aber in der Hauptsache vollkommen deutlichen Bescheid. Da erschrak der Mann und schüttelte den Kopf und hieß ihn geschwind wieder umkehren; die Welt sei viel zu groß für seine dreijährigen Beine; er solle froh sein, daß er Eltern und Verwandte habe, die für ihn sorgen. Endlich gab er ihm zu bedenken, daß die Seinigen wahrscheinlich schon jetzt in großer Angst um ihn seien.

Dem jungen Herrn leuchtete das ein. Der gutherzige Mann brachte ihn auf den Weg, der ihn hergeführt hatte, wünschte ihm glückliche Heimkunft, und so pilgerte er denn in Gottes Namen wieder nach der Stadt zurück, aber nicht so stolz, wie er von ihr ausgezogen war.

Ein Student hätte den ganzen Weg hin und her in weniger als einer Stunde gemacht. Unser Held brauchte den ganzen Nachmittag dazu; denn er blieb alle Augenblicke stehen, um den Wolken und den Vögeln nachzuschauen. Auch wurde er oft müde und mußte dann immer wieder ausruhen. Als er zu dem Stege kam, der über den Neckar führt, da war es schon ziemlich dunkel, und als er das großväterliche Haus erreichte, war es sinkende Nacht.

Er hatte die Zeit zum Ausfliegen zweckmäßig gewählt. Seine Mutter war diesen Nachmittag angekommen, um nach ihm zu sehen, und hatte sich mit der Neuigkeit begrüßen lassen müssen, daß er spurlos verschwunden sei. Man schickte bei allen Bekannten in der Stadt herum: Niemand wußte etwas von ihm. Es wurde Abend und Nacht, schon sprach man von Austrommeln, der Großvater wollte ihn mit Fackeln im Flusse suchen lassen – da klirrte auf einmal, mitten in der größten Not, sein Säbel auf der Treppe, und herein trat er, der junge Herr!

Der Empfang war etwas stürmisch. Er gestand jedoch unbefangen, daß er eine Reise in die Welt hinein gemacht habe und beinahe nach Ofterdingen gekommen wäre. Die Mädchen fingen an zu lachen, und die Großmutter rief, er sei ein ganzer Held. Zwei aber verbargen ihre Freude, die Mutter und der Großvater. Der letztere ließ die Unterlippe tiefer und immer tiefer hängen, was, wie dem jungen Herrn nicht unbekannt war, böses Wetter bedeutete. Endlich sagte er: „Du kleiner Landstreicher, wart, ich will dir nachträglich das Viaticum verabreichen, damit du in Zukunft weißt, wo es zu haben ist, wenn du wieder in die Fremde gehen willst."

Er faßte ihn am Fittich, und – das war aber grobe Münze, dieses Reisegeld. Nachdem er dasselbe eingestrichen, führte die Mutter den kleinen Abenteurer in die alte Reichsstadt zwischen den Bergen zurück, wo er hinter den hohen Mauern viele Wissenschaften und Tugenden, darunter auch im Lande zu bleiben und sich redlich zu nähren, lernen sollte.

So endete meine erste Ausfahrt – denn es wird nunmehr an der Zeit sein, die welthistorische dritte Person, in welcher ein Cäsar von seinen Taten reden durfte, mit dem in diesem Falle verhältnismäßig bescheideneren Ich zu vertauschen. Der alte Satz, daß das Reisen erfahrene Leute macht, hatte sich auch an mir bewährt; aber der Erfahrung war, mit jenem verstörten Grübler zu reden, „des Gedankens Blässe angekränkelt". Ich weiß nun zwar nicht, ob es mir in der Wiege gesungen war, durch heroische Fahrten, Abenteuer und Entdekkungen zwischen dem Nord- und Südpol die Zahl der großen Weltreisebilder zu vermehren, und ob ich somit, wie mancher hienieden, meinen Beruf verfehlt habe. Doch ist es vielleicht nur dem tragischen Ausgang meiner Reise nach Ofterdingen zuzuschreiben, daß ich oft von vielbewanderten Freunden hören muß, ich habe mich mehr als billig in die Heimat eingesponnen, und daß auch in der Tat alle meine Wanderungen auf diesem Erdenrunde bis jetzt nicht sehr weit über den zweiten deutschen Postkreis hinausgegangen sind.

Karl Gerok

Die Knabenzeit

Die ersten Schuljahre

Während ich als junger Diakonus in dem Landstädtchen Böblingen wenige Schritte vom Schulhaus wohnte, diente es meiner Frau und mir immer zu einem tragikomischen Schauspiel, wenn im Frühling die kleinen Schulrekruten, insbesondere die Knaben, von den sorgsamen Müttern eingeliefert wurden. Die einen marschierten mutig einher wie das Füllen, das zum erstenmal an der Wagendeichsel mitläuft, stolz auf die neue Fibel und Schiefertafel. Andere trippelten in ahnungsloser Ergebung, wie das Lamm, das zur Schlachtbank geführt wird, der verhängnisvollen Pforte entgegen. Noch andere wurden schreiend und sich sperrend gleich jungen Spanferkeln teils mit begütigenden Trostworten, teils mit festem Griff und scharfem Puff vorwärts getrieben und gezogen. Es ist gewiß etwas Nützliches um die Schule und etwas Weises um den Schulzwang. Und doch, ihr guten Jungen, konnte ich mich allemal eines herzlichen Mitgefühls mit euch nicht entschlagen. Denn euch schwante ganz richtig: mit dem Paradiese der ersten harmlosen Kindheit war's von jener Stunde an vorbei, und trug euch auch von nun an die Erde nicht bloß Dornen und Disteln und brachte euch die Schule nicht nur Schläge und Scheltworte, der Ernst des Lebens trat mit jenem Tag euch nahe, um euch nimmermehr loszulassen. Aus der Schule kommt, wer einmal drin, lebenslang nicht mehr heraus. Die Ferien bringt erst der Tod.

Auch unsereins betrat frühzeitig diesen Pfad. Ich wurde im Herbst 1820 mit dem blutjungen Bruder Theodor, er im fünften, ich im sechsten Jahr, der Schule übergeben. Ein paar Monate vorher schon

nahm mich Papa je und je in einer freien Viertelstunde auf sein Studierstübchen, um mich die Buchstaben zu lehren. Ein einziger Moment jenes Hausunterrichts ist mir noch im Gedächtnis. Es war eine der ersten Lektionen an einem Sommerabend, wo in Erwartung des Vesperbrots meine Aufmerksamkeit nicht mehr recht standhalten wollte. Nur noch ein Wörtchen sollte ich lesen, dann durfte ich laufen. Es war ein kleines Wort von drei Buchstaben, und doch wollte es nicht heraus. „Wenn du es herausbringst", sagte der Papa zur Ermunterung, „so bekommst du von mir das, was es heißt." Aber jetzt war der Karren vollends verfahren. Etwas Gutes mußte es demnach jedenfalls sein. Was sich auch der hungrige Abc-Schütz Gutes dachte und probierte, es paßte nicht. Das Wort hieß weder Brot noch Wurst, weder Obst noch Milch, noch etwas dergleichen. Der Vater, für diesmal verzweifelnd, mußte es zuletzt selbst aussprechen, und der Knabe erhielt es nicht. Das Wörtlein hieß: Lob.

Die Elementarschule, der wir zur Vorbereitung aufs Gymnasium anvertraut wurden, war die Privatanstalt des Präzeptors Schmid, zum Unterschied von anderen Trägern seines in Deutschland schon damals nicht ganz ungewöhnlichen Namens von der Jugend „Kosakenschmid" genannt, vermutlich wegen der kosakenartigen Halbstiefel, in denen er zu gehen pflegte. Er war ein untersetzter Mann mit gutmütigem Gesicht, kurzgeschorenem, gepudertem Haar und rundem Bäuchlein, auf welchem eine Uhrkette mit Berlocken baumelte, und trug gewöhnlich einen braunen oder blauen Frack und Kniehosen von gelbem Nanking oder grauem Tuche. Eine gewisse Bonhomie, ein behagliches Leben und Lebenlassen lag im Geist seines Instituts, das gegenüber der Stiftskirche „unter der Mauer“, im sogenannten Schlößle, einem uralten Gebäude voll Treppen und Treppchen, Galerien und Winkeln, angesiedelt war.

Der Vorstand wohnte als ältlicher Junggeselle mit drei oder vier unverheirateten Hilfslehrern zusammen, bedient von einer munteren Haushälterin, die vom Abfall der Küche, vom Nachtisch des Mittagsmahls gelegentlich auch den begünstigteren Schülern während der Lektionen etwas zusteckte. Vom zwanglosen Ton des Hauses ein weiteres Beispiel:

Wir saßen eines schönen Morgens in der lateinischen Stunde, als die Waschfrau mit ihrem Korb eintrat, frische Wäsche zu bringen, abgelegte zu holen. Der Klassenlehrer wechselte sofort, den Fuß neben mich auf die Bank stellend, seine Strümpfe, und als ich diesem Akt nicht ohne Verwunderung zusah, fragte er unwirsch: „Nun, hast du noch nie Strümpfe anziehen sehen?“ Die Antwort: „Jawohl, nur nicht in der Schule!“ kam mir zwar auf die Zunge, doch nicht über die Lippen.

Auch die Disziplin wurde höchst gemütlich gehandhabt, und bevorzugtere Schüler, zu denen neben zwei begabten Söhnen des Diakonus Köstlin auch wir beiden Brüder gehörten, durften sich gegen die Lehrer einen kameradschaftlichen Ton herausnehmen. Der Herr Präzeptor äußerte einmal mit Bezug auf uns vier vor der ganzen Klasse, er finde immer, daß die Schüler, welche das Schulgeld am pünktlichsten bringen, auch die besten Fortschritte im Lernen machen.

Von einer bestimmten Methode und einem festen Stundenplan ist mir kein Eindruck geblieben. Lesen und Schreiben, Zeichnen und Rechnen, Deutsch, Latein und Griechisch wechselten bunt durcheinander. Die lateinischen Deklinationen wurden in origineller Weise dramatisch eingeübt. Zwölf Schüler hatten herauszutreten und sich in zwei Reihen einander gegenüber zu stellen. Jeder stellte einen Kasus vor, den er auf einem farbigen Fähnlein angeschrieben trug. Ein dreizehnter Schüler spielte das Paradigma vor, zum Beispiel Mensa, der Tisch. Er trat in die Mitte der zwölfe, faßte einen Kasus um den anderen beim Westenknopf und schlug ihn an wie eine Klaviertaste, indem er sagte: „Nominativ Singularis: mensa, der Tisch"; beim nächsten: „Genitiv: mensae, des Tisches" usw.

In der deutschen Sprache konnte es vorkommen, daß man sich eine halbe Stunde lang damit belustigte, Reime auf ein vom Lehrer aufgegebenes Wort zu finden. Dabei pflückte ich einst meine ersten dichterischen Lorbeeren. „Adler" war die Losung. Weder dem Lehrer noch einem Kameraden fiel ein Reim darauf ein. Mir aber stand sofort unser lieber Nachbar vor der Seele. „Nadler!" rief ich triumphierend und rückte zum Ersten vor.

Die Geographie fing links auf der Landkarte von Europa bei der Insel Ferro an und rückte so von Westen nach Osten vor. Aus einem Buche wurde einiges über die schöne Lage von Lissabon und das dortige Straßenleben vorgelesen, wobei besonders das Ungeziefer drastisch geschildert war. Von Spanien klangen die romantischen Namen der früheren Provinzen prächtig in die Ohren. Auch die französischen Departements wurden noch auswendig gelernt. Weiter ostwärts kam man nicht, die Rheingrenze wurde nicht erreicht, das deutsche Vaterland blieb uns fremd.

In mancherlei Fächern kamen wir ziemlich rasch voran, besonders seit der Vater unsre Hausarbeiten überwachte, nachdem die gute Mama, die im Lateinischen eine Zeitlang meine Ratgeberin gewesen, aus Anlaß eines von groben Schnitzern wimmelnden Hebdomadars, das sie vereint mit mir gemacht und hinter das der Papa lachend gekommen war, auf dieses Fach hatte verzichten müssen.

Vielleicht war unser Institutsunterricht doch nicht so planlos und buntscheckig, wie er in meiner Erinnerung sich ausnimmt. Auch fehlte es den Lehrern zum Teil nicht an Geist und Leben. Immerhin aber war es an der Zeit, daß im Herbst 1823 die beiden Väter Köstlin und Gerok ihre Knaben aus der Schmidschen Anstalt wegnahmen und ins Gymnasium versetzten, wo ich im achten Jahr in die dritte Klasse eintrat.

Da ging es freilich sofort aus einem andern Ton als einst „unter der Mauer". Gleich bei meinem ersten Lehrer, Oberpräzeptor Keim, der ebenso von Behörden und Vätern wegen seiner tüchtigen Leistungen geschätzt, als von der Jugend wegen seiner Strenge gefürchtet wurde, war die Disziplin die allerstrammste und spielte der Stecken eine große Rolle. Wie man bei bedenklichem Wetter morgens das Barometer sorgsam zu Rate zieht, so schlossen wir aus dem Anzug, in welchem der Lehrer eintrat, gewöhnlich auf die Witterung des Tages. Der weiße Flausch deutete auf Windstille, auch der braune Überrock noch auf behagliche Temperatur, der blaue Frack aber bereits auf veränderliches Wetter und der grüne entschieden auf Sturm und Hagelschlag.

Was übrigens mit seiner Strenge aussöhnte, war seine Unparteilichkeit. Höchstens konnte man ihm vorwerfen, daß er die Barone, deren wir etliche in der Klasse hatten, noch schärfer als andere aufs Korn nahm. „Aber Gustel, du kommst ja jede Woche weiter herunter. Nächstens bist du der letzte in deiner Klasse!“ sprach einst zu unsrem Vetter seine besorgte Mutter. „Sei ganz ruhig“, tröstete sie der Sohn, „so lang's noch Adelige in der Klasse gibt, werde ich nicht der letzte.“ Das war nun boshaft.

Um indes auf unsern Herrn Präzeptor zurückzukommen, so war eine geschärfte Schulstrafe neben den alltäglichen „Tatzen“ und „gespannten Hosen“ die Einsperrung des Delinquenten oder Ignoranten in einen kleinen Kasten, wo derselbe bei offener Tür eine Viertelstunde lang wie eine Katze zusammengekauert sitzen mußte.

Für meine Person hatte ich mich nicht zu beklagen. Ich lernte zum erstenmal meinen Kopf zusammennehmen, gewöhnte mich, pünktlich zu arbeiten und errang zur Freude meines Vaters den ersten Platz in der Klasse, den ich durch die folgenden Schuljahre höchstens mit dem zweiten oder dritten vertauschte. Von Natur hatte ich wenig Ehrgeiz, aber um des Vaters willen machte mir's gegen die Schulprüfung hin doch alljährlich einige Sorge, einen ehrenvollen Platz zu behaupten, und um der Mama willen freute mich die silberne Denkmünze, die ich an des Königs Geburtstag beim festlichen Schluß des Jahreskurses regelmäßig nach Hause brachte.

Verschweigen kann ich indes nicht, daß die Behandlung im unteren und mittleren Gymnasium doch nicht durchgängig eine würdige und humane war. Da gab es einen Klassenlehrer, der als reiner Schuldespot bei der trockensten und ledernsten Methode das ganze Jahr über für seine Schüler auch nicht ein gemütliches Wort hatte. Ein anderer, ein sonst im Umgang, wie ich später fand, ganz achtbarer Mann, war wegen der kalten Ironie und der raffinierten Strafen, womit er seine Abteilung behandelte, so gefürchtet, daß in seine Klasse verlost zu werden für uns zwölfjährige Knaben ungefähr so viel hieß, wie ein Jahr auf die Galeeren zu kommen. Einzelne Lehrer warfen im Zorn mit den pöbelhaftesten Schimpfworten um sich und ließen sich zu körperlichen Mißhandlungen gegen notorisch schwach begabte oder kränkliche Schüler hinreißen.

Auch Mädchen mischten sich in den bunten Reigen. Ich für meine Person gesellte mich aber nur selten und schüchtern in den Kreis der Mädchen, weshalb ich für stolz und langweilig galt.

Dagegen fand Bruder Theodor mit seinem feurigen Blut und entzündbaren Herzen hier ein reiches Feld von Freuden und Schmerzen, Triumphen und Niederlagen. Er war ein sehr hübscher Knabe geworden, liebenswürdig, munter, leichtblütig, zu jedem losen Streiche bereit. Besonders gefiel er den Mädchen und sie nicht minder ihm. Dabei hatte er ein bewundernswürdig weites und elastisches Herz. Schwärmte er heute für die Blonde, so war er morgen von einer Braunen entzückt. Zwei, drei Gebieterinnen zugleich, ja eine ganze Mädchenschule insgesamt im verliebten Herzen zu tragen, war ihm ein leichtes. Originell waren die Kundgebungen seiner Neigung. Seine Liebschaft mit der schönen Nachbarin Marie knüpfte er dadurch an, daß er ihr das reiche braune Haar zerzauste und den Kamm zerbrach, worauf sie ihn weinend vor Zorn bei unsrer Mutter verklagte. In solchen Fällen wurde gewöhnlich neben der sofortigen drastischen Strafe das peinliche „Um-Verzeihung-Bitten“ diktiert. Der Übeltäter mußte nach vergeblichem Sträuben an der Hand der Kindsmagd im betreffenden Nachbarhaus antreten, wo er natürlich stumm und verstockt an der Tür stehen blieb, worauf dann die biedere Begleiterin das Wort für ihn ergriff: „Der Theodor will nur um Verzeihung bitten, und es sei ihm recht leid, daß er so unartig gewesen ist.“ Dies fand man andrerseits höchst löblich, und der hübsche Übeltäter kehrte gewöhnlich beschenkt nach Hause zurück.

Ein andermal stand er am Küchenfenster im Hinterhaus und sah im Hof ein halb Dutzend seiner geliebten Mädchen plaudernd beisammen stehen. Um ihnen seine Nähe bemerklich zu machen, warf er einen prachtvollen Geranienstock vom Blumenbrett in den Hof hinab, daß er krachend neben den schönen Kindern zerplatzte. Auch andere kamen je und je durch seine kleinen Herzenspassionen zu Schaden. Ich hatte mir im Laufe der Zeit, besonders in kranken Tagen, eine hübsche Sammlung von Malereien angelegt, die ich in einer Mappe für Zeit meines Lebens aufzubewahren gedachte. Eines Tages aber nach Tisch ließ Papa sich meine Kunstschätze vorlegen, und nachdem er sie belobt, befahl er zu meinem Schrecken, ich solle sie nun zum Buchbinder tragen, damit er dieselben zum allgemeinen Besten in ein Bilderbuch klebe. Meine Vorstellungen und Tränen halfen nichts, noch zur selben Stunde mußte ich meinen Schatz dem Papparbeiter überantworten. Er gehörte nun nicht mehr mir. Er war profanen Augen preisgegeben, welche die romantischen Bilder nicht verstanden, und kleinen Händen, welche meine mühsamen Malereien beschmutzten. Doch war dies noch nicht das Schmerzlichste. Auch in schadhaftem Zustand konnte das Bilderbuch ein Familieneigentum auf späte Zeiten und mir eine Erinnerung an schöne Stunden bleiben. Aber auch das war ihm nicht beschieden. Liebe schenkt gern, und Geben ist seliger denn Nehmen. Die Wahrheit dieser Worte empfand auch Theodor in seinem liebevollen Herzen. Wenn er nichts Eigenes mehr zu verschenken hatte, so machte er es wie der heilige Crispinus und verband ohne viel Skrupel mit der Seligkeit des Gebens die des Nehmens. So entdeckte ich denn nach einiger Zeit bedeutende Lükken im Bilderbuch. Die schönsten Blätter fehlten. Teilnahmsvoll verrieten mir die Schwestern den Hergang.

Überwältigt von Wohlwollen wünschte Theodor eines schönen Abends einem seiner lieben Mädchen vor dem Gutenachtsagen ein Andenken zu verehren. Er hieß sie warten, flog ins Haus und brachte ein Blatt aus dem Bilderbuch. Es fand lebhaften Beifall, nicht bloß bei der Beschenkten, sondern auch bei ihren Gespielen. Theodors unbegrenzte Nächstenliebe brachte es nicht übers Herz, die andern leer ausgehen zu lassen. Jede der schönen Bittenden bekam heut und in den folgenden Tagen auch ihr Blatt, und so ist von dem dickleibigen Buch nur ein kümmerlicher Rest mit einem halben Dutzend Blätter für die Nachwelt gerettet worden.

Papa war eines Morgens früh verreist. Als Theodor und ich vor der Schule zufällig in sein der Säuberung wegen ausgeräumtes Studierzimmer kamen, sahen wir inmitten desselben einen von der Morgensonne malerisch beschienenen Katafalk. Der große, dunkle Fußteppich war nämlich über etliche Stühle dergestalt ausgebreitet, daß bei einiger Phantasie die Täuschung nicht schwer war. Uns schoß augenblicklich der Gedanke durch den Kopf: Das ist eine prachtvolle Theaterdekoration, und heut abend muß ein Trauerspiel aufgeführt werden. Gedacht, getan. Abends nach der Schule ging's eifrig an die Vorbereitungen. Zuerst wurden ein paar

Dutzend Einlaßkarten „zur Theatervorstellung heut abend präzis 7 Uhr“ geschrieben. Die kleinen Geschwister trugen sie im Haus und in der Nachbarschaft umher. Nun ging's an die Herrichtung der Bühne. Die Fensterläden wurden herabgelassen, der Katafalk aufgebahrt, vier brennende Wachslichter zu Füßen der Bahre gestellt, auf dieselbe das Kruzifix gelegt. Die Szenerie ließ nichts zu wünschen übrig. Sofort warfen sich die Schauspieler – Theodor und ich bildeten das ganze Personal – ins Kostüm. Spanische Hosen ließen sich durch Aufstreifen der Beinkleider und Emporziehen der Strümpfe leicht herstellen. Rittermäntel gaben ein paar Schürzen der Mutter ab. Auch fehlte es nicht an barettartigen Mützen und seidenen Schärpen, aus Halstüchern der Schwestern gedreht, worin etwas Dolchartiges stak. Die tragischen Helden standen fertig da. Inzwischen hatte sich ein zahlreiches Publikum, bestehend aus den Geschwistern, den Hausmägden und den Nachbarskindern, eingefunden. Sie mochten etwas wie das Oberammergauer Passionsspiel erwarten. Das Publikum wurde allmählich ungeduldig. Bruder Fritz, den wir zum Billetabnehmer und Maschinisten bestellt hatten, schellte zum dritten Mal und zog den Vorhang auf. Uns aber im Garderobezimmer ward plötzlich etwas schwül zumute, denn es trat jetzt unaufschieblich eine Frage an uns heran, an die wir, mit Wichtigerem beschäftigt, bisher nicht hatten denken können, nämlich: was soll eigentlich aufgeführt werden? Auf Mord und Totschlag mußte es natürlich hinauslaufen; aber was vorher? Was nachher? Was sonst? Darüber waren wir völlig im dunkeln. Draußen wurde gemurrt und mit den Füßen gestampft.

Unsere Lage wurde immer kritischer. Jeder verlangte, der andre solle hinaus und das Stück eröffnen, das übrige werde sich dann schon machen. Endlich stieß mich Theodor gewaltsam durch die geöffnete Tür, daß ich bis in die Mitte der Bühne flog. Ich faßte mich und ging stumm mit übereinander geschlagenen Armen als ein kleiner Hamlet am Katafalk auf und ab. Plötzlich stürzt Theodor herein, stößt mir mit den Worten „Stirb, Verräter!" den Dolch in die Brust und geht rasch wieder ab. Wer war glücklicher als ich? Entseelt lag ich am Boden und konnte ruhig der Dinge harren, die da kommen sollten. Die ließen denn auch nicht auf sich warten. Der Brudermörder trat wieder auf, rief: „O Himmel!", bohrte sich selber den Dolch ins Herz und fiel polternd über meine Leiche. Das erschütterte Publikum saß einige Minuten stumm, der weitern Entwicklungen gewärtig. Es entwikkelte sich aber nichts mehr, außer daß Theodor endlich mit Galgenhumor aufsprang und verkündete: „Das Stück ist aus!" Scheltend und lachend zogen die Zuschauer ab, und mit Schmach bedeckt schlichen die Schauspieler davon, denen nun die unliebe Aufgabe blieb, Papas Zimmer wieder in Ordnung zu bringen.

An einem naßkalten Dezembersonntag nach der Morgenkirche, während wir Knaben in Papas Studierzimmer an unseren Hausaufgaben saßen, klopfte es, und herein trat in dunkelblauem Mantel ein wohlgewachsener, blühender junger Mann, der sich dem Vater als sein erbetener Vikar vorstellte. Er wurde mit Herzlichkeit willkommen geheißen. Die Herren gingen im Gespräch auf und ab, und noch entsinne ich mich, wie Papa erfreut über die Wohlgestalt seines Amtsgehilfen sagte: „Nun, Sie sind ja auch nach Wuchs und Figur ganz der Mann für die erste Kanzel des Landes."

Der junge Mann schloß sich sofort aufs vertrauensvollste und dienstfertigste nicht nur an seinen geistlichen Prinzipal, der ihn wie einen Sohn behandelte, sondern an unsere ganze Familie an. Zwar wohnte er nicht bei uns, sondern bezog ein bescheidenes Dachstübchen bei seiner verwitweten Mutter, einer lieben, ehrwürdigen, ebenso wohlwollenden als verständigen Frau, hager, blaß, still, von edlen Gesichtszügen, mit schönen dunklen Augen, die unter dem silbergrauen Scheitel aus dem reinlichen weißen Häubchen gar ausdrucksvoll hervorblickten. Aber er war täglich, besonders nach Tisch, bei uns zu sehen, gesellte sich bald auch auf Abendspaziergängen zu uns und nahm sich als Papas Stellvertreter unserer Hausaufgaben an.

Noch vertrauter wurde das Verhältnis, als in den beiden folgenden Sommern der Vater je eine sechswöchige Kur in Wildbad brauchte, wobei ihn die Mama begleitete. Da zog nun der Herr Vikar mit seiner Mutter, Frau D., zu uns ins Haus, das Amt zu führen, das Hauswesen zu leiten und das verwaiste Kinderhäuflein zu hüten. Uns ging damit ein

Rechts: Wildbad

neues Leben auf, dessen Reiz von vornherein schon in seiner Neuheit bestand.

Wir waren bei den Eltern nach Seel und Leib recht wohl versorgt. Aber die gute Frau D. nahm sich als Hausmütterlein für einige Zeit auch gar hübsch aus, und der Herr Vikarius, halb Hausvater, halb älterer Freund, wußte unsre Herzen, vorzüglich das meinige, bald zu gewinnen. Unsere Hausarbeiten leitete er mit der Sachkenntnis eines trefflich geschulten, frisch von der Hochschule herkommenden Philologen und Theologen. Lateinische Distichen schüttelte er, wenn es sein mußte, mühelos aus dem Ärmel. Überdies schrieb er eine schöne, fließende und schwungvolle Hand und ward mir auch hierin ein leider unerreichtes Muster. Ferner wußte er Landkarten mit regelrechtem Netz der Längen- und Breitengrade zu zeichnen und leitete mich in diese Kunst mit viel Geduld ein. Noch besitze ich Karten von beiden Hemisphären und von Europa sowie zwölf Kärtchen des alten Griechenlands, die ich unter seiner Anleitung gefertigt habe.

Am weitesten blieb ich hinter meinem verehrten Meister in der Kunst der Töne zurück. Er war ein fertiger Klavierspieler und gründlicher Musikkenner. Wenn wir seinen Fugen und Chorälen, seinen Ouvertüren zu Don Juan und Zauberflöte mit Andacht lauschten, so regte sich auch dabei bald der Nachahmungstrieb. So ließ sich's denn auch der Herr Vikar nicht verdrießen, mich wochenlang je und je eine halbe Stunde auf dem Klavier zu unterrichten. Hier jedoch wollte sich mir der

Genius nicht gnädig erzeigen. Das Büblein saß ziemlich vernagelt vor den weißen und schwarzen Tasten. Weder mit dem Notenlesen noch mit dem Fingersatz wollte es vorwärtsgehen, vom Generalbaß ganz zu schweigen. Da weder der kleine Gymnasiast noch der Herr Vikar viel übrige Zeit hatte, ist der schöne grüne Jungfernkranz und eine Romanze aus Tankred nebst der Begleitung zu einigen Volksliedern die ganze Ausbeute fürs Leben von meinen Klavierstunden geblieben.

Dafür taten sich uns im Freien an der Seite unsres rüstigen Mentors neue Wege auf. Wenn er mit den kleinen Geschwistern freundlich tändelte, das stille Lottchen sein Bräutlein hieß, Eduard, den „Bebe“, auf den Schultern reiten ließ, so zog er mit uns drei älteren Brüdern abendlich zu tüchtigen Spaziergängen aus. Da ging's nun nicht im gemütlichen Familienschritt, sondern im Sturmmarsch wurden die Berge erobert, die Wälder durchstreift. Spät abends noch, der sinkenden Sonne nach, den höchsten „Bopserwald“ erklimmen und dabei Sprungübungen über Gräben machen, Disteln köpfen und Farnkräuter sammeln oder von nachmittags vier Uhr an über Berg und Tal auf das zwei Stunden entfernte Waldschloß Solitude wandern und zum Abendbrot um acht Uhr wieder zurück sein – das waren stolze Taten für die neun- bis dreizehnjährigen Jungen. Dabei bediente sich unser Führer einer trefflichen Würze, den Mut zu erfrischen und den Weg zu verkürzen. Entweder erzählte er uns unterwegs eine romantische Geschichte, oder er las uns, mitten im Bergsteigen wie oben auf stillem Waldpfad, ein Schillersches oder Körnersches Drama vor.

Ende August, bei bevorstehender Rückkehr der Eltern, leitete uns der Herr Vikar an zu festlichem Empfang. Die Feierlichkeit verlief aufs gelungenste. Die Eltern kamen am dämmernden Abend wohlbehalten an. Die Feuer flammten, die Kränze dufteten, und waren auch solche Festanstalten nicht ganz nach dem nüchternen Sinne des Vaters und mochte der guten Mama etwas bange sein, bis ihr Besuchszimmer aus einem Wald wieder zu einem menschlichen Wohngemach hergerichtet sein würde: wir ernteten Lob, und ich war stolz und froh.

Den Vorbereitungsunterricht zur Konfirmation hatte ich dreimal, teils beim Herrn Vikar, teils bei meinem Vater empfangen. Jene Stunden in der hochgewölbten Sakristei der Stiftskirche waren nicht ohne Eindruck geblieben, zumal sie nur das systematisch zusammenfaßten, was die häusliche Erziehung durch Lehre, Ermahnung und Beispiel mir von Kind auf ins Herz gepflanzt hatte. Auch der Konfirmationstag selber, den ich wichtig nahm, ging mir nicht ohne heilsame Bewegung vorüber, wenn ich gleich von einer außerordentlichen Erhebung, zu der ich meinerseits ganz bereit gewesen wäre, wahrheitsgetreu nichts berichten kann.

Was mir den Segen des Tages einigermaßen beeinträchtigte, war zweierlei. Zuerst etwas ganz Äußerliches und doch nicht Gleichgültiges, nämlich der An- und Aufzug, in dem ich zu erscheinen hatte. Es herrschte damals noch die geschmacklose

Sitte oder Unsitte, daß man die Knaben zu ihrer Einsegnung als kleine Herrlein herausstaffierte, und mein guter Vater war darin unbarmherzig gewissenhaft. Wie mußte ich kleiner Mann, der ich für mein Alter überdies zu den Kleinsten gehörte und erst mit achtzehn Jahren recht in die Höhe ging, mich zu meinem christlichen Ehrentage verunstalten lassen! Auf dem Kinderkopf mit dem schlichten blonden Haar einen hohen, glänzend gebürsteten Zylinderhut, um den Hals eine weiße Binde mit aufrecht stehendem Hemdkragen, der in die Ohren schnitt, auf dem dürftigen Leib einen aufs Wachsen eingerichteten schwarzen Frack, dessen Schwalbenschwänze an die Waden schlugen, die Füße in schwarzseidenen Strümpfen und schwarzen Schuhen, an den Händen schwarze Glanzhandschuhe, so mußte ich zur Kirche schreiten und mich meinen Mitchristen vorstellen. Mochte mir immerhin während der heiligen Handlung das Äußere in den Hintergrund treten: die bemitleidenswerte Figur, die ich vorstellte, störte mich doch in ähnlicher Weise, wie umgekehrt ein eitles Mädchen das stolze Bewußtsein ihres seidenen Konfirmationskleides.

Aber noch etwas anderes schnürte mir das Herz zu. Es war die Persönlichkeit des hochwürdigen Konfirmators. Diesem Mann war es nicht gegeben, die Jugend anzufassen. Somit wurde auch das Konfirmationsgeschäft so ungemütlich als möglich abgemacht. Schon die Probe am Samstag, das sogenannte „Stellen“, wußte der gestrenge Herr sich und uns zur Pein zu machen. Sichtlich mißgelaunt trat er an den Altar. Statt uns gemütlich anzufassen, beschränkte er sich darauf, uns die äußeren Handgriffe, das Gehen und Stehen, Hersagen und Händefalten, Verbeugen und Niederknien korporalmäßig einzuexerzieren, und als einige tölpische Weingärtnersöhne sich im Memorieren nicht fest, beim Kniebeugen unbeholfen zeigten, wurden sie an heiliger Stätte, in der finsteren, öden, widerhallenden Kirche so rekrutenmäßig abgezankt, daß Furcht und Schrecken durch unsere Reihen ging, und man des andern Morgens mit Angst und Zittern zur Kirche kam. Das Examen lief nun zwar glimpflich ab, und ich sagte meine Antwort auf die Frage des Konfirmationsbüchleins mit meiner Kinderstimme so laut und ausdrucksvoll als möglich her. Als man aber dann zur Einsegnung vor den Altar rückte und die Reihe an mich kam, hinauszutreten, um unter den Augen der gesamten Gemeinde mich bei Namen rufen und den heiligen Brauch an mir vollziehen zu lassen, da war mir's nicht wie einem Kinde, das dem Vater die Hand geben und seinen Segen aufs Haupt bekommen soll, nein, in meines Nichts durchbohrendem Gefühle durchfröstelte mich's wie die arme Seele, die nackt und bloß im Angesichte der himmlischen Heerscharen vor den Stuhl des Weltenrichters treten soll. Erst mittags, als mich beim Nachhausekommen die Eltern liebreich umarmten und Papa sogar mein braves Aufsagen lobte, ward mir's leichter ums Herz.

Im Sommer 1828 besuchte der Vater, wie schon erwähnt, zur Ausheilung seines Halsleidens, von der Mutter begleitet, wiederholt Wildbad. Eins ums andere von uns Kindern durfte, je nachdem sich Reisegelegenheit ergab, auf ein paar Wochen die Eltern besuchen. Auch an mich kam die Reihe, da eine ehrwürdige Freundin und Nachbarin unseres Hauses, die mit eigenem Gefährt nach Wildbad reiste, eins von uns mitzunehmen sich erbot. Meine Freude war groß und nur dadurch etwas getrübt, daß dem Vernehmen nach ihr dreizehnjähriges Pflege- und Enkeltöchterlein von der Gesellschaft sein würde, denn ich fürchtete die Mädchen. Indes, ich ergab mich darein und wurde in der dämmernden Frühe eines Sommermorgens wohlgekleidet ins Nachbarhaus gebracht, wo schon die Kutsche wartete. Die freundlich angebotene Schokolade ward schweigend verzehrt. Die ersten Stunden der Fahrt in der ungewohnten Morgenfrühe verliefen noch etwas schläfrig und einsilbig. Doch gab sich Gelegenheit, hin und wieder einen verstohlenen Seitenblick auf meine Nebensitzerin zu werfen, und ich konnte das zarte Profil mit dem leise gebogenen Näschen, den feingezogenen schwarzen Brauen und den rosig angehauchten Wangen unter dem nickenden Rande des gelben Strohhuts keineswegs tadeln.

Ein paar weiche Eier, die man in Hirsau als zweites Frühstück verzehrte, wirkten ermutigend. Als hernach während der stundenlangen Steige wald-

aufwärts wir Kinder aus dem Wagen gelassen wurden, uns warm zu laufen und Erdbeeren zu sammeln, machte sich das Verhältnis schon ganz kameradschaftlich. Als wir am heitersten Sommerabend durchs stille, grüne Waldtal in Wildbad einfuhren und ich bei den Eltern im Badehotel abgesetzt ward, während die Frauenzimmer ihre Privatwohnung aufsuchten, schieden wir als gute Freunde. Mit dem nächsten Morgen eröffnete sich mir nun eine vierzehntägige Idylle, die wie ein goldenes Märchen in die Prosa meines gestrengen Schullebens hineingezaubert war.

Wildbad war damals noch kein Weltbad wie jetzt, wo sich Gichtbrüchige der höchsten Stände und fernsten Länder in eleganten Hotels zusammenfinden, sondern ein kleines, dürftiges Landstädtchen. Ein paar bürgerlich eingerichtete Wirtshäuser boten für etwa hundert Badegäste die notdürftigste Bequemlichkeit. Daneben gab das königliche Badehotel einen etwas vornehmeren Aufenthalt.

Die kleine Gesellschaft bewegte sich denn auch höchst ungezwungen durcheinander und jeder ging seinen eigenen Weg. Wir unserenteils spielten auf dem Zimmer, waren aber täglich mit einer befreundeten Frau und ein paar älteren Fräulein beisammen und brachten besonders die Abende auf gemeinsamen Spaziergängen zu. Da strichen denn wir Kinder voraus, nebenher oder hinterdrein durch den Wald, sammelten für die Erwachsenen

Links: Hirsau

die prachtvollsten Erdbeersträuße, schmausten uns an den reichlichen Heidelbeeren die Lippen blau, brachen die üppigen Wald- und Feldblumen und plauderten zusammen, was die Stunde gab.

Da und dort zeichnete ich auch eine kleine Ansicht nach der Natur, die sofort aus der mitgebrachten Farbenschachtel angemalt wurde. Da mir Freund Amor die Farben mischte, gelangen ein paar Bildchen zu meiner eigenen Überraschung, zum Wohlgefallen des Vaters und zur Bewunderung meiner jungen Freundin. War ich mit dieser Kunst gegen meine Spielgenossin im Vorteile, so fühlte ich mich in allem übrigen als der untergeordnete Diener und schmachtende Knappe. Wohl war sie ein halbes Jahr jünger als ich, indes ein dreizehnjähriges Mädchen ist einem vierzehnjährigen Knaben weit überlegen. Aber auch ich, obwohl äußerlich der kleine Schuljunge nach wie vor, fühlte mich innerlich von einem neuen süßen Leben durchströmt, in einen höheren, reineren Äther erhoben. Und dieses Glückes froh, mit dem beseligenden Bewußtsein, im verschwiegenen Busen ein Kleinod zu tragen, dem keine Prosa der Außenwelt etwas anhaben könnte, sagte ich, als zwei glückliche Wochen wie im Traume verflogen waren, meinem geliebten Schwarzwaldtal ade.

Bis ins sechste Jahr hielt von da an dieses bescheidene Herzensglück vor, lediglich vom Tau der Phantasie und vom Honig der Erinnerung genährt. Keine zwanzig Worte habe ich seit dem Abschied in Wildbad mit der Spielgenossin geredet, bis ich ihr fünfundzwanzig Jahre später wieder

flüchtig begegnete. Aber an sie zu denken war vorerst nicht verwehrt, und sie zu sehen war alle Tage möglich, von ihr reden zu hören, war mir eine heimliche Wonne. Wenn etwa die Schwestern, die eine Schulanstalt mit ihr besuchten, sie gelegentlich bei Tisch erwähnten, wurde ich bleich und rot und machte mir eifrig auf dem Teller zu schaffen.

Den geheiligten Namen selbst auf die Lippen zu nehmen, hätte ich nie gewagt, aber beseligend war es jedesmal, das Dasein eines so himmlischen Wesens auf diesem Planeten wenigstens durch anderer Mund wieder bestätigt zu hören.

Auch zu sehen war sie je und je, wenigstens von weitem, da sie mit ihrer Großmutter einige freundliche Mansardenzimmer uns gegenüber bewohnte. Später zogen sie zu meinem Leidwesen aus, aber ein guter Stern wollte, daß sie gegenüber dem Gymnasium einmieteten. So kam es hier und da morgens auf dem Schulweg zu einer Begegnung, da wir, ich aufwärts, sie abwärts, dieselbe Straße zu gehen hatten. Da war es nun allemal ein süßer Schreck, wenn ich die liebe Gestalt, verklärt vom Morgensonnenschein, mir still entgegen wandeln sah. Nur denke niemand an ein gelegentliches Zwiegespräch oder auch bloß an einen freundlichen Morgengruß. Beileibe nicht, sondern die Augen gingen mir über vor blöder Seligkeit, und stumm, mit schwimmendem Blick schritt ich an ihr vorbei, jedesmal nachher unglücklich über meine Dummheit und Ungeschliffenheit und doch das nächste Mal um kein Haar gescheiter. Noch hübscher war's, wenn auch im dortigen Quartier das Blumenbrett gepflegt wurde und die liebliche Gestalt am Fenster erschien, um mich mitten in der Prosa der Lehrstunden einen Augenblick zu beseligen. Um mich nach Bequemlichkeit auch sonst an dem schönen Profil und der zierlichen Gestalt zu weiden, suchte ich sie insgeheim zu zeichnen, was aber nie gelingen wollte.

Noch auf die Universität nahm ich mein verschwiegenes Herzensideal mit, und war es auch bei dem Mangel aller persönlichen Berührungen allmählich etwas abgeblaßt, so glühte zu guter Letzt das Feuer hell noch einmal auf. In meinem dritten oder vierten Semester war's, daß ich sie auf einem Balle wiedersah, dem ich ausnahmsweise auf eine Stunde anwohnte. Sie war inzwischen zur stolzen Schönheit heraufgeblüht, und die schwarzen Lokken wehten prächtig um ihr gesenktes Antlitz, wenn sie im Walzer an mir vorüberflog. Die Studenten rissen sich um sie, ich selber war zu schüchtern und zu stolz, ihr zu nahen, und rächte mich nachher nur durch ein düsteres Gedicht in achtzeiligen Stanzen. Bald nachher schrieb mir mein Vater gelegentlich die Neuigkeit, daß sich meine Jugendgespielin von Wildbad her verlobt habe. Obgleich ich dergleichen längst erwarten mußte, war ich doch wie vom Donner gerührt und meine Situation um so sonderbarer, weil ich ihren Verlobten, einen trefflichen jungen Mann, der mir um sieben Jahre im Alter voraus war, in seiner damaligen akademischen Stellung täglich vor Augen sah. Im Grunde mußte ich mir selber sagen, es sei so vollkommen in Ordnung. Dennoch ging es nicht ohne einige Verzweiflung ab. Ich strömte meinen Gram in vertrauten Briefen an Bruder Theodor sowie in Gedichten aus, die ich mit einem Tropfen meines Blutes zu unterzeichnen pflegte. Ich gab zu verstehen, daß ich mich fürderhin, nachdem mein guter Genius von mir gewichen, dem Trunke, der Nachtschwärmerei und ähnlichen akademischen Schandtaten zu ergeben gedenke; eine Drohung, die bei meiner frommen Denkungsart keineswegs gefährlich war. Theodor persiflierte mich nicht übel in ironischen Randglossen zu meinen Briefen. Die Eltern ignorierten schonend in den nächsten Ferien das Unglück, und die Wunde vernarbte. Doch verordnete ich mir eine lebenslängliche Nachtrauer, die auch wirklich etwa fünf Jahre lang insofern auch gehalten wurde, als der erledigte Thron in meinem Herzen unbesetzt blieb.

Wilhelm Waiblinger

Schäferlauf in Markgröningen

Der Westen war mit blutroter Farbe übermalt, und bald verschwanden die hellfarbigen Flecken. Wir eilten, nicht zu spät an Ort und Stelle zu kommen, und suchten die Zeit durch ergreifende Erzählungen zu verkürzen. Aber die Nacht trat ein, und wir beflügelten um so mehr unsere Schritte. Endlich sahen wir Häuser und nahmen mit Freuden das Städtchen wahr. Schon in den ersten Straßen kam uns eine Masse Menschen entgegen, die ein paar Bürgersoldaten umwogte, welche mit lauter Trommel die Feier des morgigen Festes verkündeten. Bald standen wir vor der Türe des Hauses, aber ich erkannte vor den Schatten der Nacht die Lage wenig, nur soviel sah ich, daß gegenüber ein langes sonderbares Gebäude stand, das mir mein Begleiter Kirche nannte. Der Sohn ward freudig mit Kuß und Händedruck empfangen, und auch ich ward bieder wie ein alter Bekannter des Hauses aufgenommen. Man brachte alsbald ein Essen herbei, das ich aber halb stehen ließ, weil ich ganz in Betrachtung der artigen Familie verloren war. Der alte Vater, ein ansehnlicher Pastor, war ein gar gesprächiger Mann, und ich mußte bei seinem schlimmen Gehör meine Stimme laut erheben, wenn ich ihm meine Ansicht über Zeitbegebenheiten, den Aufstand der Griechen, über einen Autor oder irgend etwas kundtun wollte. Die rasche, bewegsame Hausfrau saß mit freudigem Gesicht am Tisch und sah den lieben Sohn an. Ein paar äußerst artige Mädchen warteten auf, zogen sich aber dann wieder in die Ferne, so daß ich ihre Person wenig zu unterscheiden vermochte, auch nicht fragen konnte, wer sie seien. Doch gefiel mir die eine im ersten Augenblick, wenn ich sie auch gleich nicht recht gesehen hatte. Nach bedeutenden politischen und literarischen Gesprächen, wobei ich mich recht wohl befand, ermahnte uns der Alte, ins Bett zu gehen, weil wir für den nächsten Tag Munterkeit und Kraft der Glieder genugsam brauchen könnten. Man führte uns nun eine Stiege höher in ein paar nebeneinander befindliche, wohl eingerichtete und äußerst reinlich ausgeputzte Zimmerchen, wo an den weißen Wänden umher auch dann und wann ein artiger Kupferstich hing. Ein Schullehrer, der von fernem Dorfe mit seinem Töchterchen herbeigekommen war, um das frohe Volksfest mit anzusehen, und um so weniger säumte, als der alte Pastor sein Gevatter war, wurde neben uns logiert. Ich las noch ein paar Seiten im „Pfarrer von Wakefield“ und löschte dann das Licht aus, aber die aller Orten ertönenden Tanzmusiken, die sich durch den Dreiklang der Trompete, Schalmei und Geige kundgaben, ließen mich erst lange nach Mitternacht schlafen. Auch weckte mich der durchs

offene Fenster unmäßig hell und stark hereindringende Glockenschall der gegenüberstehenden Kirche zu jeder Stunde.

Den anderen Morgen stand ich früh auf, denn schon war alles rege auf den Straßen. Und nun konnte ich erst die Kirche betrachten, die wenige Schritte über dem freien Platze in beträchtlicher Länge sich dehnte. Bald stieg ich hinab, da trat mir der Pastor schon entgegen, und nach herzlichem Morgengruß führte er mich alsbald in das Gastzimmer und seine Studierstube. Beide waren kostbar möbliert, und die Wände waren voll von Gemälden und Kupferstichen ... Mit derselben Geschäftigkeit, mit der der Pastor mir die Bilder wies, zeigte er mir nun auch die in alle Fächer eingreifenden, in hübschen Kästen reihenweise und nach Verhältnis des Inhalts aufgestellten Bücher. Nun kam es endlich sogar dahin, daß er mir die von der geistlichen Synode zur Ausarbeitung aufgegebenen Materien samt ihrer Ausführung und den darauf erfolgten

Belobungsdekreten mit inniger Behaglichkeit vorlegte. Ich mußte staunen, wenn ich den Mann betrachtete, wie zufrieden er mit dem Wenigen war, das er geleistet, und wenn ich dann wieder auf mich ewig Unbefriedigten zurückblickte. Nun rief die Hausfrau zum Kaffee, und wir traten demnach wieder in das Wohnzimmer. Hier hatte ich erst Gelegenheit, das Mädchen, das mir gestern nacht so lieb geworden war, näher zu betrachten. Ihr rasches lebendiges Wesen samt ihrem hübschen länglichen Gesichtchen gewann mich ganz für sich. Nun begaben wir uns in den ans Haus von der hinteren Seite stoßenden Garten. Die Bäume hingen voll Früchte, die Anlegung war geordnet und das Gepflanzte bloß Ökonomie bezweckend. Nur ein artiges Laubhüttchen erweckte den Wunsch in mir: „Hier möcht' ich mit dem kleinen, lieben Mädchen sitzen!" Der Hof wimmelte von Hühnern, Enten, Truthühnern, Perlhühnern. Nun wünschte ich die Kirche zu sehen. Ihre Größe war allerdings nicht unansehnlich, auch zog eine hübsche Orgel und ein ungemein großer Chor die Aufmerksamkeit auf sich, aber ich konnte nicht umhin, meine Bemerkungen über die in den meisten Kirchen ganz verfehlte akustische Einrichtung und vor allem über die ungeheuren angerauchten und unbeholfenen Betstühle sowie überhaupt über die Verdorbenheit des Geschmacks zu machen. Käm' es doch endlich einmal bei uns dahin, daß man die Kirchen von all den wüsten und geschmacklosen Stühlen reinigte! Stört nicht eine braungewordene Reihe solcher ungeformten Bretter das Idealische des Eindrucks, den eine Kirche notwendig machen muß? Was sollen die in der Höhe angebrachten Emporkirchen? Diese wenigstens sind ganz und gar zu verwerfen, weil sie alles Perspektivische hindern. Könnt ihr denn nicht stehen, Christen? Warum stehen die katholischen Italiener? Ihr allein wollt es behaglich haben, weil ihr Nordländer, weil ihr Deutsche seid? Kniet, Christen, dies ist eure rechte Stellung.

Unter solcherlei Gedanken verließ ich die Kirche wieder und hatte nun, wie ich zu einer Türe herauskam, das Vergnügen, das Pfarrhaus gar artig und wirklich malerisch-ländlich hinter weitverzweigten Kirschbäumen mit seiner gelben Farbe durchschimmern zu sehen. Jetzt glaubte ich zu Primrosen oder in Friedrikens Haus zu treten. Mein Kopf war voll Ideen. Ich glaubte den verliebten Goethe erst wahrhaft zu verstehen, wenn er erzählt, wie er in Friedrikens Haus gekommen sei. Bereits waren die Gäste angekommen, einige vornehme Frauenzimmer und ein paar alte Räte von der Stadt. Des Bewillkommens und Komplimentemachens war kein Ende. Ich macht' es kurz, weil es nicht meine Sache ist und weil ich ganz meinen Gedanken nachhing und immer nur an Wakefield und Friederike dachte. Man läutete schon in die Kirche, und das Volk strömte in ungeheuren Massen hinein ... Kaum war das Amen gesagt, als es eine Bewegung unter den Umstehenden gab, diese benützte ich und schlüpfte eilig durch eine offene Türe. Nun ging ich gerade durch die vollen Straßen der Stelle zu, wo der Schäferlauf gehalten werden sollte. Es war ein weitgedehntes Stoppelfeld, wo

bereits zum Wettlauf alles geordnet war und schon eine Menge Menschen hinter den aufgestellten Schranken und den hinter denselben mit Brettern überschlagenen Wagen standen. Endlich hörte man Trommel und Schalmeien, ein schwarzes Gewoge von Menschen wälzte sich über die Fläche, und eine weiße Fahne flatterte hoch in den Lüften. Nun ging's an ein Drängen und Durcheinanderschieben, ich war mitten drin und mußte selbst zuweilen darob lachen. Die Läufer waren bereit, das Zeichen ward gegeben, und blitzschnell eilten die rüstigen Kerle das Feld herab. Aber der eine, schon am Ziele fast, ward durch einen anderen trughaft übervorteilt, und nun hätte man den wütenden Menschen sehen sollen, gleichviel durch Ehrgeiz als Zorn aus den Fugen gebracht. Die Mädchen sprangen, aber ich ließ das Spiel und schaute die Menschen an. Tiefe Betrachtungen und manche köstliche Bemerkung war das Resultat. Nun drängte ich mich mitten durch die Haufen, und ich gesteh es mir selbst, ich hielt mich für nichts Geringes, einen sonderbaren Menschen unter tausend gewöhnlichen.

Wie ich wieder ins Haus des biederen Pastors kam, waren die Gäste insgesamt versammelt, und etliche waren noch hinzugekommen. Nun begann das Essen. In den schon oben bemerkten, mit Gemälden so reichlich ausgeschmückten Saal war eine lange Tafel gestellt, und die Herren und Damen setzten sich endlich nach langen gegenseitigen Komplimenten. Die Räte waren mit Töchtern und Kammerjungfern obenan gesetzt, zu ihnen der Pastor, ihm gegenüber die Hausfrau, dann neben mir der Sohn, dann ein paar artige Knaben und endlich auch der Dorfschulmeister. Das Gespräch begann bald mit der Auseinandersetzung politischer Neuigkeiten, woran auch die Frauen lebhaft Anteil nahmen; ein alter Staatsrat saß mit äußerst wichtiger Miene und einer langen Perücke oben am Tisch und gab durch die Mitteilung seiner Ansicht der Unterredung den Ausschlag. Ein anderer Herr von ziemlichem Alter und weit vorliegenden Augen, besonders aber von großem Appetit, war eigentlich die Person, die das Wort führte. Bis dahin war ich immer still gesessen, hing teils meinen Gedanken nach, teils betrachtete ich die Personen am Tische, und wie ich damit fertig war, hörte ich wieder eine Zeitlang der Unterhaltung zu, suchte den Charakter jeder Person daraus zu folgern, sah dann aber, sobald Olivie wieder zum Vorschein kam und in ihrer häuslichen Geschäftigkeit ein neues Gericht brachte, auch wohl, wenn sie mir einen frischen Teller gab, mich ein wenig berührte, sie mit unverwandtem Auge an und war selig, wenn mein Blick den ihren traf. So hinderte mich nichts, meinen Gedanken zu folgen. Jetzt aber wurde ich auf einmal durch den alten Pastor als Lobredner Shakespeares in englischer Sprache, als Philologe und Dichter der Gesellschaft vorgestellt. Nun ward einiges zu meinem Lobe gesagt, ich kam mit dem alten Staatsrat in ein Gespräch über Theologie und philologische Studien, wir wurden aber bald durch den geschwätzigen Herrn wieder unterbrochen, denn dieser ließ sich durchaus nicht das Wort nehmen. Nun stand ein Teil der Gesellschaft auf, und ich säumte keinen Augenblick, die Gelegenheit zu benützen und mich in etwas zu erleichtern, denn ich muß gestehen, ich war der Herren und Damen am Tische aller überdrüssig. Der Pastor ersah diesen Augenblick und ließ sich mit mir in ein gelehrtes Gespräch ein und fragte endlich nach dem Betragen seines Sohnes und seinen Fortschritten in den Studien. Ich sagte, was ich zu seinem Lob sagen konnte, aber verhehlte auch nicht, was ich an ihm tadelnswert gefunden. Ich versprach dabei in aller Gewissenhaftigkeit, was in meinen Kräften stehe zur Beförderung seines Sohnes zu tun und ihn,

solange mir es noch mein Aufenthalt in der Stadt gestatte, in wissenschaftlicher Hinsicht treulich zu leiten. Wie ich wieder mit dem Pastor hervorkam und ins Gastzimmer trat, war die Gesellschaft wieder versammelt, und man trank den Kaffee. Olivie trat gleich auf mich zu und bot mir mit einer einfach-lieblichen Verneigung eine Tasse an, ich schlug sie aus, da traf sie mich mit ihrem Auge, und dieser Blick drang bis in die innersten Tiefen meines Herzens. Ich dachte nur an sie und war ganz in meinem Sinnen verloren.

Endlich sah ich, daß es Zeit war, den Heimweg anzutreten. Es war Abend, und ich hatte noch einen Weg von vier Stunden zu machen. Die ehrlichen Eheleute wollten mich nicht lassen, und der

Pastor besonders bat mich in seiner herzlichen Biederkeit, diesen Abend noch bei ihm zuzubringen, aber ich wollte nicht nachgeben, den folgenden Tag hatt' ich vorgenommen zu studieren, auch war ich indessen in eine sonderbare Stimmung geraten. Was mich wunderte, die jüngere Tochter bat mich dazubleiben, da sie sich den Tag über wenig sehen ließ, und wenn es geschah, mit finsterem Gesichte. Ich nahm herzlich Abschied und eilte mit seltsamen Empfindungen durch die Straßen dem Tore zu, und unterwegs dachte ich nur an das liebe Mädchen.

Theobald Kerner

Das Kernerhaus

Der alten Hexe, der bösen Maurersfrau, bei der meine Eltern, als sie von Gaildorf nach Weinsberg gezogen waren, vier Jahre in der Miete wohnten, erinnere ich mich noch gar wohl, sie war bitterbös' und schuld daran, daß mein Vater sich ein eigenes Haus bauen mußte, weil es mit ihr nicht mehr auszuhalten war. Meine Schwester Marie hat in ihrem Buche „Justinus Kerners Jugendliebe" dies alles ausführlich gesagt, sie hat auch vom Hausbau, wobei Uhlands Zimmerspruch gesprochen wurde, und von Haus und Garten gar vieles erzählt, deshalb berühre ich es hier nur flüchtig.

Das Haus, im Jahre 1822 am Fuße der Burg Weibertreu durch Werkmeister Hildt erbaut, war namentlich anfangs nur eine kleine, anspruchslose Doktorswohnung, hatte parterre Stall und Remise und ein Zimmer, eine Treppe höher vier Zimmer, im Dachstock zwei Kammern. Anno 1827 wurde ein Schweizerhaus mit Altane angebaut, wodurch zwei weitere Zimmer entstanden, und im großen Garten dem Hause gegenüber bot das Alexanderhäuschen auch drei trauliche Zimmerchen zum Übernachten für friedliche Gäste. Dieser große Garten soll in alten Zeiten ein Kirchhof gewesen sein und das Gartenhaus mit der Jahreszahl 1600 über dem Eingang ein Totenhaus, weshalb es vom Verdacht, Geister zu beherbergen, nicht frei war; jetzt modernisiert, mit Altanen und Rebengeländen umgeben und mitten unter Blumen, war es für Dichter und andere berühmte Leute, zumal wenn sie zu zwei und drei zugleich darin nisteten, ein etwas enges, aber doch behagliches Nestchen. Alexanderhäuschen wurde es nach Graf Alexander von Württemberg, der oft darin wohnte, in späterer Zeit genannt. Im andern, dem das Wohnhaus umgebenden Garten steht hart an der Weinsberger Stadtmauer ein uralter Gefängnisturm, im Volk Geisterturm genannt, welchen mein Vater von der Stadt gekauft hatte. Dieser bot auch, wie Uhland in einem Gedichte sagte, „Gelaß für Teufel und für Tintenfaß." In den dicken Mauern ward nämlich ein gotisches Zimmer mit Nischen und runden Kirchenscheiben wohnlich eingerichtet. Unter diesem Zimmer war das Burgverlies und oben eine Plattform mit herrlicher Rundsicht auf Kirche, Weibertreu und das Weinsberger Tal. Bei Tag nahm sich das Ganze hübsch und poetisch aus, aber in der Nacht und im Mondschein machte der Turm mit der alten Stadtmauer und dem riesigen Nußbaum, der seine schwarzen Arme gegen den Turm ausstreckte, und mit dem verflixt unheimlichen, efeuumrankten Eingang in das Burgverlies, einen gespenstischen, nichts weniger als einladenden Eindruck, namentlich für einen Fremden, der etwa spät abends im Kernerhause ankam und, weil kein anderes Schlafzimmer vorrätig, in diesem Turmzimmer übernachten mußte. Ein Bett war auch nicht darin, nur ein Armsessel und ein großer Teppich, in diesen konnte er sich einwickeln und träumen. Da gab's oft eine schlechte Nacht! Meine gute Mutter suchte darum auch bei schon überfülltem Hause jedem Gast womöglich eine bessere Schlafstelle zu bereiten, und da hieß es nicht: „Audiatur et altera pars!" Wenn wir Kinder im sogenannten Sargzimmer oben schon längst im besten Schlafe lagen, rief sie zur Türe herein: „Kinder, steht auf! Es sind noch Gäste gekommen, ihr müßt Zimmer und Bett hergeben!" Da galt nun kein Widerstreben, wir taten's auch gerne, es gehörte sozusagen zur Hausordnung, unser Zimmer wurde für die Fremden hergerichtet. Und wir Kinder? Ach, danach fragte man nicht, es gab überall im Hause ein Plätzchen auf dem Boden, um sich hinzulegen, und in warmen Sommernächten war im Garten auch eine Bank, wo man den Rest der Nacht zubringen konnte, und mit Morgengrauen gingen wir dann in den nahen Wald und brachten schöne Waldsträuße heim. Oh, das war ein herrliches Kinderleben!

Als ich aber mit der Zeit heranwuchs und die Erkenntnis von Gut und Bös' erlangte, da überkam mich doch oft ein mächtiger Zorn, wenn ich sah, wie einer nur mit spöttischem Lächeln das Kernerhaus betrat, die Menschen, Zimmer und Gänge fixierte, als wollte er sie einer Vivisektion unterwerfen, um die Wurmnester von Geistern zu entdekken, und wenn er meinen nur allzu guten Vater über Geister, Besessene, Somnambule inquisitorisch ausfragte, während immer der wohlfeile Witz um seinen Mund zuckte: „Wer an Geister glaubt, der hat keinen." Streckte er aus dem engen Schnekkenhaus seines Gehirns die Hörner seines Geistes gar zu herausfordernd heraus, behauptete er, der Glaube an Geister vertrage sich nicht mit höherer Bildung und er begreife nicht, wie sich einer vor solchen Hirngespinsten fürchten könne, da dachte ich: „Wart, dir will ich!“ und sagte leise der Mutter: „Der Doktor, Professor, Privatdozent oder was er ist, will durchaus im Turmzimmer übernachten, aber unbeschrien, es soll's niemand außer mir wissen“, und nach dem Essen, wenn alles zu Bette ging, zündete ich mein Laternchen an und sagte zu dem Gast höflichst: „Erlauben Sie, daß ich Ihnen das Schlafzimmer anweise; es ist nicht im Hause, sondern in der Dependance daneben“, und leuchtete ihm durch den Garten hinauf zum Burgverlies und sprach: „Hier ist der Eingang zu einem alten Burgverlies; mein Vater hat ihn von außen hereinbrechen lassen, früher hat man die Gefangenen durch ein viereckiges Loch im Zimmer oben in den Turm heruntergehaspelt, es muß ein schreckliches Gefängnis gewesen sein, mancher ist darin gestorben und verfault, man fand darin ein Gerippe und eine Kette mit einem Halsring, diese und einige Menschenbeine sind auf dem Tische im Zimmer oben.“ Ich leuchtete ihm dann die Turmstaffeln hinauf, öffnete die eisenbeschlagene Eichentüre. „So, jetzt sind wir in Ihrem Schlafzimmer“, sagte ich. Das Licht meiner Laterne wirft seltsame Schatten in die Nischen, zagend tritt er ein. „Dies soll mein Schlafzimmer sein?“ fragt er, und ich merke, wie seine Stimme zittert. „Sie bleiben doch bei mir?“ – „Lange nicht“, sage ich, „doch eins will ich noch erzählen: Hier in diesem Zimmer, das vor wenigen Jahren noch ein Gerichtsgefängnis war, hat Graf von Helfenstein die letzte Nacht, ehe er von den Bauern zu Tode gespießt wurde, zugebracht; die lebensgroße Holzfigur in der Nische links hier stellt seinen Beichtvater, den Karmeliter-Prior Aloisi aus dem Kloster in Heilbronn vor. Bei Tag werden Sie sehen, wie trefflich er geschnitzt ist, die Augen sind wie lebend und der Mund ist halbgeöffnet, als wollte er sprechen. Wenn einer an Geister glaubte, müßte er schön erschrecken, wenn aus dem Munde des Paters um Mitternacht plötzlich die dumpfen Worte ertönen würden: ‚Ora pro nobis!' In diesem Zimmer hat Hermann Kurz den ‚Rasenden Roland' übersetzt, und Nikolaus Lenau sagte: ‚Wenn ich im Turmzimmer an meinem ‚Faust' dichte, fühle ich oft deutlich, wie der Teufel hinter mir steht und mir über die Achsel ins Manuskript schaut.' Warum man diesen Turm allgemein im Volke ‚Geisterturm' nennt, weiß ich eigentlich nicht, übrigens ganz ohne ist es nicht; ich erinnere mich, daß einmal ein Gast, der hier übernachtete, um Geister, deren Existenz er leugnete, zu sehen, morgens zwischen zwei und drei Uhr plötzlich erwachte und deutlich fühlte und sah, wie ein großer schwarzer Hund mit feurigen Augen ihn im Gesicht leckte. Des andern Tags hatte er eine Gesichtsrose. – Doch ich will Sie nicht länger vom Schlaf abhalten, gute Nacht!" sagte ich, nahm mein Laternchen vom Tisch und war schnell zur Türe hinaus, schob den schweren Riegel vor und trappte die Staffeln hinab. Im Bett malte ich mir behaglich aus, was wohl mein Gefangener im Turmzimmer machte. Zuerst schaut er zum Fenster hinaus, da ist trüber Mondschein, alles still, nirgends mehr ein Licht zu sehen. Schnell wendet er sich um, es ist ihm, als habe Lenaus Teu-

Der „Geisterturm" in Weinsberg, von Justinus Kerner angekauft und wohnlich eingerichtet

fel ihm über die Achsel geschaut; jetzt setzt er sich in den Armsessel, wickelt sich in den Teppich, trotz der warmen Sommernacht draußen schaudert es ihn ein wenig. „Wäre es lieber dunkle Nacht statt diesem fahlen Mondschein!“ denkt er. „Der Karmeliter-Prior mit dem grauen Gesicht, dem weißen Strick, der hocherhobenen Hand, der Leib bildet nur eine schwarze Masse, sieht recht schauerlich aus, ein Kind könnte sich fürchten; aber hat man nicht Stunden, wo man trotz der Jahre noch ein Kind ist? – Horch, was raschelt draußen – eine Katze? Ein Marder? Oder ... Ach was! Unsinn! Aber jetzt – horch! Hat es nicht im Burgverlies unten einen Schlag getan? Geseufzt? Ich wollte, es wäre Tag!“ Und endlich wurde es Tag, und ich kam und schloß auf. „Wie haben Sie geschlafen?“ frage ich. „Gut“, ist seine düstere Antwort. Beim Frühstück ist er wortkarg, hat Kopfweh, mir scheint, des Winters Anfang, ein graues Haar liege auf seinem Scheitel, er reist ab. – Eine zweite solche Nacht in Weinsberg will er nimmer erleben.

Übrigens, der Turm verdient den Namen „Geisterturm“ gar nicht; ich habe einen ganzen Winter hindurch darinnen übernachtet, und es kamen niemals Geister, oder sie müßten von philisterhafter Ruhe gewesen sein.

Wie groß in einem kleinen Zeitraum die Menge der Besucher im Kernerhause war, erhellt am besten aus einer Fremdenliste, die mein Vater, leider nur kurze Zeit und lückenhaft, eigenhändig niedergeschrieben hat. Es ist ein halbes Jahrhundert verflossen, seit diese Besucher zu Fuß und zu

Theobald Kerners Eltern

Wagen im Kernerhaus anlangten, die meisten sind jetzt tot, den wenigen, die noch leben und ihre Namen hier finden, wird es eine freundliche Erinnerung sein.

Ich gebe die Liste dieser Besucher am Schlusse nur im Auszug, denn gar häufig sind die Namen unleserlich oder fehlen ganz, da heißt es nur zum Beispiel: Professor aus Erlangen, fünf Studenten aus Heidelberg, ein Geistlicher aus Schottland und so weiter. Auch habe ich die öfters sich wiederholenden Besuche aus der Nähe, aus Heilbronn und so weiter und auch die, welche nur den Arzt Justinus Kerner betrafen, weggelassen, auch solche, die öfters kamen, nur einmal benannt.

Das Fremdenverzeichnis geht mit Unterbrechungen fort bis zum Jahre 1854. Als meine gute Mutter starb und so die Leuchte des Hauses erlosch, da schrieb mein Vater nur selten noch einen Gast auf, zumal ihm dazu das Augenlicht fehlte. Außerdem gehörte das – ich möchte sagen – Feldherrntalent meiner fleißigen, umsichtigen Mutter dazu, die Gastfreundschaft so lange und in dieser Ausdehnung fortzuführen. Es war, als ob auf ihren Wink sich die Wände des Hauses dehnten, um Raum für alle Gäste zu bieten, denn unter ihrer Hand erneuerte sich das Wunder im Evangelium mit den fünf Broten und zwei Fischen. Doch auch die Gäste brachten zur Vollbringung dieses Wunders den rechten Glauben mit, sie waren noch nicht durch Eisenbahnen und Hotelleben verdorben und fanden anspruchslos an der Einfachheit des Dargebotenen Gefallen. So waren vielen die Zinnteller, auf denen gespeist, die Zinnschüsseln, in denen die Speisen aufgetragen wurden, eine amüsante Merkwürdigkeit. Ja, du lieber Gott, woher sollte man all das teure Porzellan nehmen? Zinn ist dauerhaft, hält auch einen Puff aus, und alle Tage schön mit Lauge geputzt, glänzt es wie Silber. Auch die Zeiten waren wohlfeiler. Der Garten lieferte Gemüse und Obst; Fische, Wildbret, Geflügel, Krebse waren auch billig zu haben, und das Kochen verstand meine Mutter exzellent. Da schmeckte es den Gästen! Oft aber auch – ich darf dieses Familiengeheimnis jetzt wohl verraten – wenn kurz vor dem Mittagessen noch unerwartet ein neuer Trupp Gäste ankam, sagte die Mutter: „Kinder, heut dürft ihr nichts zu Mittag essen, es reicht sonst nicht!“ Das fanden wir nun nicht allein natürlich, sondern es freute uns auch, auf so geheime Art zur allgemeinen Zufriedenheit beitragen zu dürfen. Der Vater durfte freilich von dieser Verschwörung nichts wissen, er mußte durch ungestörten Appetit auch die anderen zum Essen animieren. Suppe und Brot bekamen wir meist zur Genüge, dann aßen wir Kinder eben an diesem so langsam als möglich und schauten einander dabei pfiffig an. Merkte je ein Gast unsere Enthaltsamkeit, dann sagte die Mutter: „Ach, die unartigen Kinder haben wieder vor Tisch zuviel Stachelbeeren im Garten gegessen, dadurch verderben sie sich immer den Appetit." Fremde Weine kamen nie auf den Tisch, es waren auch keine im Keller. Mein Vater kaufte jeden Herbst den Wein süß in der Kelter, es war ein leichter weißer Tischwein, den alles gern trank, zugleich gab es für Kinder und andere schwache Naturen Apfelwein in beliebiger Menge. Getrunken wurde viel, mehr noch als bei der regelmäßigen Mahlzeit in der Zwischenzeit im Garten und auf dem Turme.

Im November 1861, in einer Nacht, da mein Vater nicht schlafen konnte und ich neben ihm im Bette lag, sagte ich: „Jetzt wollen wir einmal zur Unterhaltung ausrechnen, wieviel Wein du aus dem Kristallglase, das dir Lenau 1834 schenkte und das du seither immer gebrauchtest, bis heute getrunken hast." Wir rechneten und rechneten; das geringste, was mein Vater täglich trank, waren zwei und ein halber Liter, und wir kamen auf die ansehnliche Zahl siebzig Eimer oder 21.000 Liter. Unter dieser Rechnung schliefen wir ein.

Merkwürdigerweise ist dieses Lenauglas trotz der unzähligen Wanderungen in Haus, Garten und auf dem Turm nie auf den Boden gefallen, hat keinen Sprung bekommen, aber sein Rand ist zerfetzt wie eine alte Kriegsfahne, und ich bewahre es jetzt ängstlich auf, als wäre es das Glück von Edenhall.

Meines Vaters Studierzimmer

Unter dem Studierzimmer meines Vaters, der doch auch viel schrieb, darf man sich nicht das Studierzimmer eines Gelehrten vorstellen, wie es so häufig behaglich in Romanen geschildert wird: ein geräumiges, von den anderen Gemächern des Hauses streng abgeschlossenes Zimmer mit heiliger Stille, rings an den Wänden bis zur Decke hinauf hohe Schränke und Gestelle mit Büchern und Schriften, neben dem hohen Fenster ein großer Schreibtisch mit großen und kleinen Schubladen und Fächern, davor ein breiter gepolsterter Armsessel, in den man sich zuweilen sinnend zurücklehnen kann, nachts eine hohe helle Lampe mit grünem Schirm, weicher Teppich über dem Boden – nichts von alle diesem war da, es wäre kein großer Luxus gewesen und man hätte es ihm wohl gönnen können. Bei den vielen Gästen und den engen Räumen des Hauses gab es zwar ein Studierzimmer, das man Studierzimmer nannte und in welchem mein Vater die Patienten empfing und Rezepte und Bücher schrieb, aber dieses Zimmer hatte drei Türen, eine führte ins Schlafzimmer meiner Eltern, das neben

Rechts: Kernerhaus und Kernerdenkmal in Weinsberg

dem Wohnzimmer war und den Tag über auch den Gästen offenstand, die andere Türe ging dem Garten zu auf die Altane, die dritte in die nebenanstoßende Küche. Durch das Studierzimmer war also ein vielfaches, unruhiges Wandern. Dann befand sich im Studierzimmer eine große Bettkommode, worin wir Kinder nachts schliefen, wenn das Sargzimmer auf der Bühne oben besetzt war. Ferner war ein Tisch im Zimmer, an dem wir im Winter, wenn keine Gäste da waren, zu Mittag und Abend speisten. War dieser Tisch nach dem Nachtessen abgeräumt, so saßen Knecht und Magd daran, die Magd strickte, nähte oder spann, der Knecht las Linsen, wichste Schuhe und Stiefel oder unterwarf sich sonst einer nützlichen, nicht allzu lauten Beschäftigung. Auf dem Tisch derselben brannte in einem blechernen Leuchter eine gezogene Unschlittkerze, auf dem Schreibtisch meines Vaters aber eine gegossene in einem messingenen Leuchter. Die gegossenen waren etwas teurer und dicker als die gezogenen, aber beide mußte man alle fünf Minuten putzen, mit der Lichtschere den Docht abschneiden, sonst brannten sie gar trübe. Der Schreibtisch meines Vaters war von ihm selbst, da er als Knabe die Schreinerei erlernt hatte, im Anfang seiner ärztlichen Praxis angefertigt; es war ein breiter, braunrot angestrichener Tannentisch mit einer Schublade, die Tischplatte war auf drei Seiten mit einem halbschuhhohen Brett eingefaßt, damit die aufgestellten Bücher nicht herabfielen. Diese Einfassung machte ihn besonders tauglich zu einem Wickeltisch; als solcher wurde er auch bei meinem Schwesterlein Emma gebraucht. Ach, ich erinnere mich wohl noch, wie am 16. November 1822 morgens in aller Frühe mein Vater vor die Bettkommode trat, worin ich und meine Schwester Marie schliefen, und rief: „Kinder, wacht auf, seht einmal, was ich euch hier zeige, es ist ein neues Schwesterle angekommen, jedes darf ihm einen Kuß geben, aber sanft, es ist noch ganz weich wie ein eben ausgeschlüpftes Hühnchen", und das Kindchen hatte schon dichte schwarze Haare auf dem Köpfchen und sah uns aus seinen braunen Augen so hell und staunend an, daß wir laut aufjauchzten.

Das war der erste Gast im neuen Kernerhause, wir waren erst einige Monate vorher eingezogen. Doch um jetzt wieder auf das Studierzimmer zurückzukommen – auf dem Schreibtisch meines Vaters stand ein großes bleiernes Tintenfaß, das schwer umzuwerfen war, und eine irdene Sandbüchse. Für einige Bogen Papier und für geschnittene Federkiele sorgte immer meine Mutter, und die Tinte lieferte ein Schullehrer des Orts. Auf dem Schreibtisch lag ferner ein großes Buch, in das mein Vater die Namen der Patienten und die Rezepte, welche er ihnen aufgeschrieben hatte, notierte; auf die erste Seite desselben hatte er mit Tinte ein Skelett gezeichnet mit der Unterschrift: „Für den Tod kein Kraut gewachsen ist." Dann lagen mehrere Bücher darauf, die er gerade brauchte, die anderen Bücher waren in einem großen Wandschrank im Hausgang aufbewahrt. Über dem Schreibtisch hing in schwarzem Rahmen das

Bild seines Bruders Georg. Einige einfache Strohsessel, ein Schränkchen, auf welchem drei große Essigkolben standen, da meine Mutter den Weinessig immer selbst bereitete, vollendeten das Ameublement des Studierzimmers. Einige Jahre vor seinem Tode schenkten wir Kinder dem Vater einen besseren Schreibtisch, aber mit den vielen Schubladen daran kam er nicht zurecht, und ich glaube, er wünschte sich oft wieder insgeheim seinen alten Schreibtisch.

Missionar Hebich

Da ich gerade an einem Reformator bin, will ich auch eine verwandte Spezies, den Missionar Hebich, erwähnen. Derselbe, schon auf der Straße durch sein Äußeres, den langen schwarzen Talar, breiten weißen Hemdkragen, großen Bart auffallend, machte in Stuttgart und Ludwigsburg durch seine derben, kapuzinerhaft gehaltenen Predigten großes Aufsehen und es kursierten viele Anekdoten über ihn. Einer reichen Kaufmannsfrau, die das Bedürfnis fühlte, sich von ihm den Weg zum Himmel weisen zu lassen, hatte er gesagt: „Wozu hast du goldene Ohrringe, Fingerringe, Armbänder? Das ist alles Tand und Eitelkeit, gehe hin, verkaufe sie und gib das Geld den Armen!"

„Recht gerne", entgegnete diese, „und ich will noch hundert Gulden dazulegen, wenn Sie dafür auch eine Eitelkeit ablegen und Ihren langen Bart abscheren."

Hebich wies diese unchristliche Zumutung der modernen Delila mit Entrüstung zurück.

Dieser Hebich nun war von einigen frommen Seelen ausersehen, daß er meinem Vater ins Gewissen rede, sich zu bessern. Wozu er sich eigentlich bessern sollte? Und warum sich andere erfrechen konnten, ihm einen solchen professionellen Aufbesserer auf den Hals zu schicken?

War er doch gegen alle Menschen so lieb und gut und ertrug seine Blindheit und Gicht und die vielen schlaflosen Nächte mit äußerster Geduld, und wenn Besuche kamen, so suchte er seine Leiden zu vergessen und erfreute sie noch durch köstlichen Humor und treffliche Unterhaltungsgabe. Aber das letztere war es gerade, wodurch er oft anstieß. „Das Opfer liegt, die Raben steigen nieder."

Je mehr er alt und krank war, desto mehr täppelten die schwarzen Vögel, die Pietisten, heran. Er sehnte sich nach geistesfrischen, aufheiternden Besuchen, und jene kamen mit ihren orthodoxen Salben und Pflastern und Leichenbittermienen als wie zur Letzten Ölung, sie glaubten einen de- und wehmütigen, kreuzkriechenden Jammerer zu finden, zugänglich für ihre traurigen Messiaden – das langweilte ihn, regte ihn auf, ärgerte ihn, und er schnitt oft die frommgeschmälzten Sermone, die sie an ihn hielten, mit derbsten Worten ab.

Zu dem Weinsberger Dekan, der es einst für seine Pflicht hielt, sich ihm als Seelsorger zu nahen, sagte er:

„Als Freund sind Sie mir jederzeit willkommen,

aber Ihr Magisterkäppchen lassen Sie zu Hause! Der Mensch hat nichts zu tun, als demütig zu sein. Er hat keinen Grund, sich höher zu stellen als die Pflanzen und Tiere; ein Leben nach dem Tode hat er nicht anzusprechen; schenkt es ihm Gott doch, so weiß dieser auch am besten, an welchen Platz er ihn stellen soll; Menschen steht kein Urteil und am wenigsten ein Wissen darüber zu."

Noch derber wurde ein Herr vom Rauhen Hause in Hamburg abgefertigt. Derselbe war im Jahre 1861 bei meinem Vater. Auf die Frage, wie es ihm gehe, sagte mein Vater:

„Schlecht! Ich bin halbblind und durch die Gicht gelähmt!"

„Nun, dann werden Sie bald sterben, aber trösten Sie sich, Sie werden eingehen in die himmlischen Wohnungen, allwo der Vater im Himmel auch für Sie eine Stelle bereitet hat", sprach der Herr mit salbungsvoller Rede.

Da brauste mein Vater auf: „Gehen Sie zum Teufel mit Ihren eingelernten Konfirmationssprüchen! Sind Sie Portier im Himmel, daß Sie das alles so genau wissen? Mein Haus in Weinsberg ist mir noch lange gut genug!"

Solche unorthodoxen Reden blieben nicht verschwiegen, auch war mein Vater so gottlos und ging nie in die Kirche, gab auch nie seine Seele einem Pfarrer in die Reparatur, sagte sogar zu einem großen Kirchenlichte Schwabens, welches ihm klagte, er habe gar keine Ortskenntnis: „Und doch halten Sie sich für einen untrüglichen Wegweiser zum Himmel?"

Darum also war der Missionar Hebich zu seiner Besserung ausersehen. Hebich kam, aber nicht ohne daß vorher ein Brief seine Ankunft anmeldete und ein förmlicher Speisezettel ankündigte, was dem frommen Mann aufzutischen sei. Polenta, Fisch, Geflügel, Bordeaux spielten darin eine Hauptrolle. Mein Vater freute sich auf den originellen Besuch. Er hoffte, der weitgereiste Mann werde ihm von seinen Erlebnissen in Indien erzählen. Das tat er auch, aber wie! Fromme Münchhausiaden, über deren Lügen sich die Balken biegen mußten. Zum Beispiel: „Wie ich in Indien einst im Freien predigte, wurde ein Elefant wild und rannte mit geschwungenem Rüssel auf uns zu; alles floh, ich aber blieb mitten im Wege stehen und betete. Da hielt der Elefant hart vor mir im Laufe inne, brach mit dem Rüssel einen Blütenzweig vom Baum und überreichte mir denselben kniend."

Dann machte er Demonstrationen ad hominem. Er gab der Haushälterin meines Vaters eine Bibel in die rechte und ein Gesangbuch in die linke Hand und sagte, sie solle dieselben festhalten, dann nahm er einen Teller mit Obst vom Tische und sagte: „Nimm auch dieses!" Die Haushälterin legte die Bibel hin und griff nach dem Obstkörbchen. „Siehst du, liederliches Mensch, so bist du! Du willst das Irdische und Himmlische zugleich haben! Du hast die Bibel weggelegt, um nach den Früchten zu greifen! Du hättest sagen sollen: ‚Ich trage in beiden Händen schon den Glauben, ich kann das Irdische nicht erfassen.'"

Dann äußerte er das Verlangen, eine förmliche

Betstunde abzuhalten, zu der mein Vater, dem es bei dem drohenden geistigen Mannaplatzregen himmelangst wurde, schnell einige Beamte als Zuhörer einlud, die wohl oder übel auch ihren Teil daran tragen mußten.

Zum Schlusse sagte Hebich zu meinem Vater: „Du lebst noch viel zu sehr in der Äußerlichkeit! Du mußt alles von dir werfen, ganz arm sein und ein Lump werden wie ich!"

„Ja, aber wenn ich alles dir nachmachen würde", entgegnete mein Vater, „und ein Lump würde, wer kann dann dir noch Fisch und Bordeaux aufwarten?"

Unter der Tür rief Hebich noch: „Bessere dich, das Leben ist kurz!"

„Ja, es ist kurz", sagte mein Vater, „wird einem aber oft entsetzlich langweilig gemacht!"

Als er fort war, seufzte mein Vater: „Der Kerl hat mir ganz übel gemacht, die Ludwigsburger hätten auch was Gescheiteres tun können, als mir diesen Seligkeitselefanten über den Hals zu schicken."

Ökonomisches

Meine Mutter hatte in jener Zeit viel an dem Vater zu trösten und suchte ihm die Sache leicht darzustellen, obgleich sie selbst manche schlaflose Nacht darüber hatte. Das Geld war meinem Vater überhaupt etwas Fremdes, Unverstandenes; er war ein

Rechts: Weinsberg mit Burg Weibertreu

schlechter Rechner und konnte kaum die Münzen unterscheiden.

Meine Mutter zahlte alle Rechnungen. Mußte er je kleine Geldausgaben besorgen, so war er außerordentlich ängstlich damit, hielt die Summe für eine übergroße, dabei stand er aber keinen Augenblick an, durch Anordnung neuer Bauten in Haus und Anlagen im Garten oder durch verhältnismäßig großartige Unterstützung anderer, auch durch seine über die Verhältnisse ausgedehnte Gastfreundschaft meiner haushälterischen Mutter oft große Sorgen aufzubürden, die sie ihm sorgsam verschwieg und durch geheime Sparsamkeit zu verwischen suchte. Seine Einnahme von der ärztlichen Praxis war stets eine geringe, da er selten Rechnungen aussandte und die meisten Kranken – wie es auch die Armut des hiesigen Landvolks mit sich brachte – unentgeltlich behandelte.

In Weinsberg lebte ein reicher quieszierter Beamter. Derselbe war außer der Taubheit, an der er litt, und kleinen Gebrechen des Alters eigentlich nie krank, wurde auch über achtzig Jahre alt, dennoch verlangte er, daß ihn mein Vater täglich besuche. Jeden Neujahrsmorgen brachte die Magd des Beamten, stolz durch die Straßen schreitend, als ob sie die Kroninsignien trage, auf einem großen Porzellanteller unter einer zusammengefalteten Serviette einen in einem weißen Papier wohlversiegelten württembergischen Dukaten (damals fünf Gulden fünfundvierzig Kreuzer = circa zehn Mark). Dies war das ärztliche Honorar für das ganze Jahr.

Meine Mutter meinte oft: „Du solltest dem rei-

Blick auf Tübingen

chen H . . . eine Rechnung senden." – „Ach nein", sagte mein Vater, „es könnte ihn beleidigen, der alte Mann ist es jetzt schon so gewohnt."

Einst hatte er die Frau eines hochbegüterten Edelmanns in Behandlung, dieselbe wohnte mit ihrem Manne, zwei Kindern und einem Bedienten sechs Wochen bei meinem Vater. Nach gelungener Kur bekam er als Bezahlung eine große Schachtel mit Spargeln. Meine Mutter war empört darüber, mein Vater aber sprach entschuldigend: „Es ist lieb von ihm, daß er in mir nur seinen Freund, nicht seinen Arzt sieht, und die Spargeln sind doch auch sehr schön und groß."

Auch seine schriftstellerischen Leistungen wurden schlecht honoriert. Für seine erste Schrift über das Wildbad gab Buchhändler Osiander in Tübingen als Honorar: zwanzig Freiexemplare und (sechseinhalb Druckbogen, den Bogen zu fünf Gulden) zweiunddreißig Gulden dreißig Kreuzer, die er in Büchern zu beziehen hatte.

Carl Theodor Griesinger

Die Winkelschenke

Den besten und wohlfeilsten Wein trinkt man nicht im Gasthofe; den besten und wohlfeilsten Wein trinkt man in der Winkelschenke. Wovon sollte denn der Gastwirt seine schönen Zimmer und seine befrackten Kellner bezahlen? Der Gasthofwirt muß teuer sein. In der Winkelschenke aber ist's wohlfeil und heimlich. Wohl steht sie nicht an der Hauptstraße und hat die Aussicht auf den Markt oder auf die Planie; wohl sind die Möbel nicht von Mahagoniholz, und die Spiegel reichen nicht bis an den Boden; wohl ist der Boden nicht eingelegt und keine herrlichen Tapeten schmücken die Wände; wohl wird nicht auf Silber serviert und nicht aus Kristallgläsern getrunken; aber was du issest, ist gut, und was du trinkest, ist gut, und alles ist reinlich zubereitet, und du darfst nicht viel bezahlen und du fühlst dich dort wie zu Hause. Die Winkelschenke steht meistens in einem sehr engen Gäßchen, und nicht selten gehen die Wirtszimmer noch überdies hinten hinaus. Der Aussicht halber darf man nicht hinkommen. Das Haus ist sehr unscheinbar, sieht oft fast ärmlich aus; an einem kurzen Stänglein hängt ein kleines schwarzes Täfelchen, worauf verschiedene Nummern stehen; die

Nummern bedeuten die verschiedenen Weinpreise; die Preise sind sehr niedrig; aber laß dich nicht abschrecken, tritt keck hinein und tappe die finstere Stiege hinauf: die enge Straße führet zum Heile.

Das Lokal ist sehr eng; ein großes Zimmer für jedermann und ein kleineres für ausgewählte Gesellschaft. Das große Zimmer ist sehr einfach möbliert, ein paar eichene Tische, dito Stühle, eine fortlaufende Bank an der Wand ringsherum, kleine rote Vorhänge, kein Spiegel, ein Schwenkkessel, ein ungeheurer Ofen, der bis in die Mitte der Stube reicht, und schwarzgerauchte Wände – das ist das ganze Ameublement. Hier sitzen Kutscher, Bürger, Bediente, Polizeidiener, Soldaten, Handwerksgesellen, Leute aller Art. Es wird erschrecklich viel geraucht und erschrecklich laut gesprochen. Das Trinken vergißt auch keiner, und die Magd, die als Kellermädchen figuriert, hat erstaunlich flinke Beine nötig, um überall auszukommen und doch noch mit diesem oder jenem ein paar freundliche Worte, ein paar verständliche Blicke wechseln zu können. Diese Gäste sind meist derb, aber sind sie derb, ist das Mädchen noch derber. Was hier gespeist wird, sind meist Knackwürste.

Ganz anders sieht's aus im kleinen Zimmer. Da steht ein Sofa vom alten Schlage, lang, breit, ohne Federn; die Stühle sind alle gepolstert, mit langer Lehne, bequem zum Ausruhen; ein kleiner Spiegel hängt an der getäfelten Wand, neben ihm der Dr. Martin Luther, der König, Ludwig Uhland und noch einige andere Gemälde; die eichenen Tische sind immer frisch glänzend und die Fenster mit Vorhängen fast dicht verhüllt. Wohl ist die Stube nieder, und die große altmodische Kommode verschließt fast allen Platz, aber je enger es hergeht, desto weiter schließt sich das Herz auf. Hier ist's gut sein, und hier sitzen die alten Zecher, die täglichen Gäste, ehrbare Männer vom Handwerksstande, und vielleicht einer vom Schreiberstande darunter, der schon viele Jahre Kanzlist war und Zeitlebens nichts anderes wird, Männer mit alten verwitterten Gesichtern und glänzenden Nasen. Sie nippen nur vom großen Glase, aber ihr Nippen ist fast wie bei einem andern ein derber Zug, und der Schoppen muß drei- und viermal gefüllt werden, ehe sie auseinander gehen. Sie essen wenig, einen einfachen Braten, den die Wirtin selbst bereitet, die den ganzen Abend in der Küche zubringt, aber sie rauchen aus ihren alten Ulmerköpfen, die so braun sind wie ihre Gesichtsfarbe, daß man fast nichts mehr sieht als die schimmernden Nasenspitzen. Es ist so traulich warm und immer traulicher, je mehr es draußen stürmt und regnet oder schneit; und es läßt sich so gut sprechen da von fremden Dingen, von dem Kriege in Spanien und den tapfern Tscherkessen, und der Lärm in der äußern Stube, der klingt dann wieder dazwischen wie Waffengetöse, so daß man meint, man liege ruhig in den Winterquartieren, der Feind aber draußen, der hantiere wild in der Gegend herum und suche ein Obdach. Der Hausherr sitzt auch am Tische und schwatzt gleichfalls mit drein und ist gar hoch angesehen, als wäre er der vornehmsten Gäste einer. So sind die Alten vergnügt; am andern kleinen Tischchen aber sitzen auch zwei und die sind noch vergnügter: Das ist der junge Kommis und das Töchterlein vom Hause.

Aus der „Tübinger Chronik“ vom 20. 3. 1846

Nachteile bei der Hauswäsche

Bei einer großen Hauswäsche, welche die Hilfe fremder Personen nötig macht, wird von den meisten Hausfrauen noch immer zu wenig Aufmerksamkeit auf die Beaufsichtigung der Beschäftigten verwendet; es werden auch häufig Personen zur Hilfe beordert, wie sie der Zufall eben herbeiführt, ohne sich nach ihren Umständen oder ihrem Privatverkehr zu erkundigen. Meistens werden sie von Dienstboten oder von Leuten empfohlen, die mit ihnen befreundet sind und im Falle der Annahme auf allerlei kleine Berücksichtigungen hoffen, wie man dies im gewöhnlichen Leben Kipp nennt.

Häufig halten dergleichen Frauen auch Schlafgänger, deren Wäsche sie mit übernehmen. Sind sie in einem Hause zur Wäsche bestellt, so bringen sie gewöhnlich ein Bündel der Wäsche heimlich mit, ja bisweilen wird diese unerlaubte Nebenwäscherei bis zur Unverschämtheit getrieben; es ist daher nicht gut, wenn eine Hausfrau sich in der Bezahlung der Waschfrauen zu karg zeigt, da diese sich dann auf dem eben bemerkten unerlaubten Wege desto mehr schadlos halten werden.

Es ist natürlich, daß wenn die mitgebrachte fremde schmutzige Wäsche mit zu der Hauswäsche geworfen wird, sich die Bestandteile, die das Wasser trüben, in dem Grade vermehren, daß eine rüstigere und umständlichere Arbeit erfordert wird, besonders da, wo die Schwärze der mitgebrachten fremden Wäsche gegen den Zustand der Familienwäsche auffallend absticht. Da nun aber alles zu einer bestimmten Zeit fertig sein soll, die Waschfrau jedoch die mitgebrachten Stücke möglichst gut zu reinigen strebt, weil sie sich von den Besitzern derselben die besten Waschpreise bezahlen läßt, wird sie daher den tunlichsten Fleiß darauf verwenden und darüber die ihr übertragene Arbeit vernachlässigen. Es ist ferner natürlich, daß bedeutend mehr Seife und Holz, als im andern Fall notwendig wäre, draufgeht. Die Dienstboten stehen mit der Waschfrau gewöhnlich auf vertrautem Fuße, und es ist gar nichts Neues, daß diese für die Beförderung ihrer Heimlichkeiten sich zu Gegendiensten gegen das Dienstpersonal versteht, die wiederum von diesem überboten werden, und zwar zuletzt auf Kosten der Herrschaft. Wenn es schon an und für sich widerwärtig erscheint, die Hauswäsche einer wohlanständigen Familie mit schmutziger Wäsche völlig fremder Personen vermischt zu sehen, so dürfte noch mehr der gerügte Nachteil, welchen das respektive Hauswesen durch jenes Verfahren erleidet, jeder ordnungsliebenden Hausfrau Veranlassung geben, sich bei der Wahl des zur Wäsche nötigen Hilfspersonals der strengsten Vorsicht zu bedienen.

Aus der „Tübinger Chronik“ vom 13. 4. 1849

Die Fahnenweihe des Arbeitervereins

Gestern feierte der Arbeiterverein das Fest seiner Fahnenweihe auf dem Wöhrd. Um halb 2 Uhr ging der Zug mit Musik vom Versammlungslokal (der Sonne) aus über den Markt und durch die Neckargasse nach dem Festplatz. Die Arbeiter, ungefähr 40 Mann stark, waren meistens in blaue Blusen gekleidet, mit Hirschfängern bewaffnet und trugen auf ihren Hüten schwarze und rote Federn. Die Fahne ist von grünem Zeug mit goldenen Fransen und trägt auf der Vorderseite das Bild der Germania mit Panzer und Schild, die Faszes und das Schwert in den Händen haltend, die zerbrochenen Sklavenketten und das Ungeheuer der Reaktion niedertretend mit der Inschrift: Tod der Anarchie! Tod der Reaktion! Auf der Rückseite verschlungene Hände mit der Inschrift: Arbeiter-Verein Tübingen. Auf dem Wöhrd angekommen, hielt der Vorstand des Arbeiter-Vereins, Arbeiter Groß, eine kurze Eröffnungsrede über den Zweck und die Bedeutung des Festes. Arbeiter Groß sprach einiges über den Arbeiter-Verein und das Entstehen desselben.

Diesem folgte ein einfacher, schlichter Bauersmann namens Ott aus Kusterdingen, welcher durch seine Rede, die wir später nachtragen werden, ungeheuren Beifall einerntete. Nun folgten Hochs auf Deutschland, Hecker etc. Arbeiter Simon richtete sodann mehrere Fragen an die Versammelten, jedem einzelnen die Beantwortung überlassend. Die vielen Gäste und Zuhörer bemühten sich nun um ein Plätzchen an den sehr sparsam aufgestellten Tischen, dazwischen ertönte die

Musik und der Klang heiterer und ernster Lieder, wie sie der Augenblick den fröhlichen Menschen eingibt. Alles ging in der schönsten Ruhe und Ordnung vor sich; die Behörde aber hatte es für notwendig gefunden, in der Nähe des Festplatzes vier bewaffnete Landjäger mit geladenen Gewehren aufzustellen, welch auffallende Maßregel gewiß nur geeignet war, böses Blut zu machen und Konflikte herbeizuführen, welche die bedauerlichsten Folgen hätten haben können, ja einige waren sogar der Meinung, es sei darauf angelegt gewesen, einen Krawall heraufzubeschwören, zumal da sie auch einige reaktionäre Vögel unter den Zuschauern gesehen haben wollten. – Doch die Landjäger merkten bald, daß ihre Stellung schlecht passe zu einem so fröhlichen Feste, und zogen sich bald beschämt und ärgerlich über den ihnen gewordenen Befehl zurück, kamen aber nachher ohne Waffen wieder und freuten sich mit ihren Mitbürgern, welche besonders auch durch die lustigen Sprünge und militärischen Manöver des Spital-Gottliebs belustigt wurden, welche derselbe mit der lieben Schuljugend ausführte. Um 5 Uhr kehrten die Versammelten in einem langen Zuge unter Musik in die Stadt zurück und begaben sich ins Heckenhauersche Lokal, wo man lustig und guter Dinge war. – Abends war zahlreich besuchter Ball in dem festlich verzierten Heckenhauerschen Saale; über Blums Bild hing eine schwarze Fahne mit dem Totenkopf. –

Ottilie Wildermuth

Aus dem Leben einer Hausfrau der neuen Zeit

Ihr habt gut reden und rühmen von den Hausfrauen der alten Zeit. Damals war's noch ein Spaß, Hausfrau zu sein, trotz aller Ochsen und

Kühe, Gärten, Wiesen und Felder, die zu einem rechtschaffenen Hausstand gehörten. Wenn eine Frau ihre Kinder so weit gebracht hatte, daß sie auf eigenen Füßen stehen und gehen konnten, ihnen Strümpfe und Hosen flickte, Mann und Gesinde mit Nahrung und Kleidung versorgte und ein scharfes Auge auf die Mägde hielt, so konnte sie ihr Haupt ruhig niederlegen, auch da und dort eine Kaffeevisite mit gutem Gewissen mitmachen. Die Erziehung war die einfachste Sache von der Welt. Mit dem Studium der Individualitäten befaßte man sich nicht im mindesten; die geistige Ausbildung überließ man getrost dem Präzeptor und seinem Stock, der sittlichen half man mit ein paar gesunden Püffen und Schlägen nach und blieb im übrigen gut Freund.

Die Erziehung der Mädchen vollends gab sich ganz von selbst; im zehnten Jahr mußten sie anfangen, ihre Haare selbst zu flechten, die kleinen Geschwister hüten und in den Keller gehen. Allmählich avancierten sie vom Strickstrumpf zum Nähzeug, vom Begießen zum Bepflanzen der Gartenländer. Waren sie im vierzehnten Jahr konfirmiert, so war die Mutter höchlich erleichtert: „So, jetzt hat das Gelerne ein Ende und das Mädchen ist auch zu etwas zu brauchen." Nun wurde sie erst recht, nach gut schwäbischem Ausdruck, „im Haus herum gepudelt", in Küche und Keller, Hof und Garten, im Stall und auf den Feldern. Wollte man ihrer Ausbildung noch die letzte Politur, die höchste Vollendung geben, so schickte man sie auf ein Jahr zu irgendeiner Frau Base oder Tante, die als

eine besonders böse und exakte Frau bekannt war (welche zwei Begriffe sonderbarerweise sehr häufig in einen zusammenfallen), und die es vortrefflich verstand, „den jungen Mädchen den Rost herunter zu tun“; hernach noch ein halbes Jahr nach Stuttgart, um „das Haubenstecken“ zu lernen, und damit war's getan, und die Ricke oder Mine konnte jeden Tag, wenn sich ein passender „Anstand“ zeigte, in die Fußstapfen der Mama treten; im schlimmsten Fall gab sie seinerzeit eine gute Tante ab, die man „ins Haus metzgen“ konnte, oder eine brauchbare Haushälterin für einen respektablen Witwer.

Dieses solide eherne Zeitalter ist nun vorüber; wir sind im bleiernen, dessen Gewicht so schwer auf der Menschheit lastet, daß sie das Blei in eine Menge von Formen und Gestalten verarbeitet, um es tragbarer zu machen. Sonst war der weibliche Beruf der einfachste, der gar kein Besinnen brauchte, jetzt sind fast die Männer zu beneiden, die doch die Wahl unter bestimmten Brotstudien und eine mehr abgegrenzte Bahn zu durchlaufen haben, während eine töchterreiche Mutter ihrer Seele keinen Rat weiß, für welche Art von Zukunft sie ihre armen Mädchen zustutzen soll, wenn sie sie nicht dereinst nach Kalifornien spedieren will.

Doch ich wollte keine philosophische Abhandlung liefern! Darum bitte ich den geneigten Leser mir nur in die Stube einer Hausfrau der neuen Zeit zu folgen (ein Boudoir besitzt sie nicht), und er wird die Drangsale einer armen Frau begreifen, die der Zeit Rechnung tragen muß.

Und es ist noch eine recht gute Frau, bei der ich euch einführen will. Sie hat Mann und Kinder von Herzen lieb und nach achtzehnjährigem Ehestand noch hie und da eine wehmütige Sehnsucht nach den idyllischen Freuden ihrer Brautzeit. Ihr Mann ist der respektierte Herr des Hauses und ihre Kinder ihres Herzens Stolz und Freude, wenn sich dieselbigen auch teilweise etwas tölpelhaft gebärden würden, falls sie, gleich den Gracchen, anstatt des Schmuckes präsentiert werden sollten.

Frau Doktor Bernhard steht zu früher Stunde auf, denn ein schweres Tagwerk liegt vor ihr. Morgens hat sie ihre Einsammlungen für den Kreuzerverein für Schleswig-Holstein zu machen, eine Arbeit für die indische Missionslotterie soll vollendet werden; nachmittags ist eine Sitzung des verwahrlosten Kindervereins; abends Arbeitskränzchen des Frauenvereins für arme Wöchnerinnen; daneben trifft sie die Runde der Krankenbesuche und die Visitation der Suppenanstalt. Das ist nur das Departement der auswärtigen Angelegenheiten, die innern sind gar nicht aufzuzählen.

Es ist noch eine Weile still im Haus, die liebe Jugend schläft, die Köchin besorgt das Frühstück und die Kindsmagd den Kleinen. Jetzt könnte sie eben noch die Statuten eines Beschäftigungsvereins für brotlose Mädchen aufsetzen, und daneben hat sie den jüngsten poetischen Versuch ihres ältesten Sohnes zu rezensieren. Schon ist sie an Paragraph 3 der Statuten: „Die beaufsichtigenden Frauen erbieten sich zu mütterlicher Leitung und Anweisung der Mädchen", da erschallt die etwas gellende Stimme ihrer Sophie aus dem Bett: „Mutter, mein Strumpf hat ein Loch." – „Schon wieder! Mädchen, wie greifst du's an, alle Tage zwei Paar zu zerreißen! Bäbele gibt dir andere." – Die etwas kleinere Kornelie kann die Schuhe nicht anziehen. „Natalie soll dir helfen." – „Die Natalie singt schon eine halbe Stunde; es ist heute Probe des Vereins für ursprüngliche Volksmelodien", bemerkt der eintretende Ehemann, der einen zerrissenen Paletot in der Hand hält. „Vor acht Uhr solltest du mir die Knöpfe da annähen; so kann ich ihn zu keinem Krankenbesuch mehr anziehen." Während die bedrängte Frau die Knöpfe verspricht und die Köchin an die Schuhe der seufzenden Kornelie kommandiert, rückt der Gustav an mit dem Zumpt in der Hand: „Mutter, überhör mich!" Mechanisch nimmt sie das Buch, und der Bube leiert mit heller Stimme:

„Viele Wörter sind auf is
Masculini generis ..." etc.

Jetzt aber schreit der Kleine, dem das Bäbele den Mund mit dem Brei verbrannt hatte; die Mutter läßt den Zumpt fallen und eilt dem Kind zu Hilfe, der Mann beordert das Frühstück herein, die krawallierende Jugend sammelt sich um den Tisch, die Mutter erscheint endlich auch, nachdem sie „nur geschwind" die Milchfrau bezahlt und den Buben der Frau Registratorin drüben abgefertigt hat, der schon in aller Frühe gekommen ist, um die „Worte einer Frau an Frauen über ihre Stellung zur Gegenwart" für seine Mutter zurückzufordern. Auch

Natalie erscheint und muß eilig Kaffee trinken, um zeitig in die englische Stunde zu kommen, Gustav kündigt an: „Mutter, du mußt mich dann erst noch zwei Seiten im Kärcher überhören", und der zehnjährige Emil suppliziert um eine gestickte Fahne für das bevorstehende Schützenfest für Knaben; die dreizehnjährige Mathilde hat heute die erste Abendstunde in der Experimentalphysik, und Natalie erinnert die Mutter, vom Einsammeln für die Holsteiner doch ja noch zeitig in die Vorlesung über alte Hünengräber zu kommen.

Eine einzige friedliche Viertelstunde rettet die vielgeplagte Frau für das Morgengebet. Das Lied, das sie heute liest, sind auch Worte einer Frau, der frommen Schweizerin Anna Schlatter, und die Strophe:

> Und drängt mich der Geschäfte Last,
> Will ich entlaufen dir,
> Der du den Sturm gestillet hast,
> Still auch den Sturm in mir!

ist ihr aus der Seele geschrieben und hilft ihr zu etwas Ruhe und Sammlung. Aber das äußere Leben mit seinen Forderungen fällt alsbald wieder gewaltsam über sie her.

Wir wollen sie nicht den ganzen Tag auf ihren Gängen begleiten durch Armenhütten, Krankenstuben, Vereinssitzungen, Vorlesungen, in die Lehrstunden der Kinder, wo in neuerer Zeit eine gewissenhafte Mutter hie und da assistieren muß, in die Küche, wo das Sauerkraut angebrannt ist und die Suppe um ein Haar ungesalzen auf den Tisch gekommen wäre, in die Stube, wo die Kornelie eben im Begriff ist, das Brüderlein aus lauter Liebe mit einem Stück Brot zu Tod zu stopfen, bis die geplagte Mutter am Abend endlich erschöpft neben ihrem gleichfalls erschöpften Mann auf dem Sofa sitzt.

„Aber hör, Liebe“, meint der, „so kann's doch unmöglich fortgehen; du gehst an Leib und Seele zugrund.“ – „So sag mir“, fragt die bedrängte Frau, „wo ich abbrechen soll? Die Schleswiger Sammlung kann ich unmöglich aufgeben.“ – „Nein, die nicht, das ist eine deutsche Sache!“ – „Die Krankenbesuche auch nicht, du bist ja Arzt und sagst selbst, daß sie manchmal wohltätig sind.“ – „Manchmal, meinetwegen, aber die Vorlesung?“ – „Aber, Lieber, du weißt doch, daß ich an meiner Ausbildung noch manches nachzuholen habe; zudem schickt sich's nicht, ein junges Mädchen allein gehen zu lassen, und für Natalie ist es unerläßlich; du weißt ja, welche Ansprüche man gegenwärtig an junge Mädchen macht.“ – „Schon gut, aber die Experimentalphysik und die italienische Konversationsstunde für die Mathilde neben den vielen andern Lektionen.“ – „Aber siehst du denn nicht ein, daß die Mathilde nicht hübsch ist? Mitgeben können wir ihr nicht viel, so bleibt nichts übrig, als sie zur Gouvernante auszubilden, und sie hat noch nicht die Hälfte der Fächer gehört, die dazu erforderlich sind, zumal sie nicht musikalisch ist, was ein so großer Vorzug bei Natalie ist. Aber leid tut mir's, daß ich nicht mehr Zeit habe, die poetischen Versuche Hermanns zu leiten und seine Tagebücher durchzusehen, und jetzt kommt die

Zeit, wo für die Sommerkleider zu sorgen ist und für Schmalz." – „Ja, fällt mir bei dem Schmalz ein, das Essen wird alle Tage schlechter, wie kommt's denn?" – „Weiß wohl", seufzte die Frau, „die Greth' hat eben gar keine Pietät fürs Kochen, wenn ich nicht selbst darnach sehe, so ist's nichts." – „So tu in Gottes Namen eine gewandte Köchin ein, es wird das Leben nicht kosten." – „Das wird wohl nötig sein, obgleich so eine Köchin vom Fach immer anspruchsvoll ist. Eine Änderung mit der Kindsmagd wäre aber noch nötiger, Bäbele ist brav, aber wie die meisten Bauernmädchen plump und schwerfällig im Verkehr mit Kindern, sie weiß die Kleinen nicht zu unterhalten, dann werden sie immer unartiger." – „Das weiß der Himmel", seufzte jetzt der Doktor, „ich kenne ihre Stimmen nur noch am Schreien, und wenn sie abends heimkommen, fällt mir, verzeih mir's Gott, immer der Vers aus Schillers Glocke ein:

Kommen brüllend
Die gewohnten Ställe füllend,

aber wie willst du da helfen?" – „Ich sollte ein jüngeres Kindermädchen haben, Selma schlug mir eine vor, die in Fröbels Anstalt für Kindergärtnerinnen gebildet wurde, aber das ist zu teuer." – „Bah, Unsinn, was Kindergärtnerin?" – „Ja gewiß, Lieber, wenn du nur den letzten Aufruf an Mütter gelesen hättest, man kommt sich wie eine wahre Rabenmutter vor, wenn man seine Kinder nicht nach Fröbelschen Grundsätzen erzieht. Ich will auch nächstens, sobald ich dazu komme, die ganze Fröbelsche Erziehungsliteratur studieren und indessen ein ganz junges, bildsames Geschöpf zum Kindermädchen nehmen, das den Kindern Hüterin und Gespielin zugleich ist. Ich weiß schon eine solche, ein Blümchen vom Tale, ein wahres Madonnengesichtchen, ganz unverdorben, unberührt vom Welthauch, die Pfarrerin von R. hat sie mir empfohlen, sie ist gegenwärtig zur Aushilfe bei Stadtpfarrer N's." – „Nun gut, so nimm den Seraph, wenn er uns nicht davonfliegt; sind wir dann versorgt?" – „Ja, das heißt, ich fürchte sehr ein zu großes Dienstpersonal, aber wenn wir für Küche und kleine Kinder sorgen, so wäre es doch unrecht, wenn die größeren Kinder, eben im bildungsbedürftigsten Alter, verwahrlost bleiben sollten." – „Schatz, das geht ins Große. Wäre es nicht kürzer, ich suchte eine Oberamtsarztstelle in einem Landstädtchen? In kleinen Städten fallen doch diese Teufeleien von Vorlesungen und was zum Kukkuck noch weg, und die Sache ließe sich vereinfachen." – „Unmöglich! Wolltest du deine unversorgten Kinder aller der Bildungsmittel berauben, die eine größere Stadt bietet und die ihnen allein eine Zukunft sichern können?" – „Nun denn", sagte der Doktor resigniert, „was verlangst du drittens?" – „Nun siehst du, ich sollte ein gebildetes Mädchen haben, die in meiner Abwesenheit bei den Kindern meine Stelle versieht, die Lektionen und Arbeitsübungen der Mädchen beaufsichtigt und mir im Nähen etwas Beistand leistet. Wenn du die Berge von Flickwäsche ansähest! Und ich muß jetzt an die Kleider der Mädchen denken ..." – „Und an meine Hemden", sagte der Mann lachend, indem er an den bauschenden Kragen zog, „sie sitzen nun und nimmermehr recht."

Diesen Stein des Anstoßes und Quell der Trübsal für Männer und Frauen, die Klage über nicht passende Männerhemden, die auch ein Produkt der Neuzeit ist, wollen wir beruhen lassen und nur das Endresultat der ehelichen Beratung mitteilen. Diese bestand darin, daß die Frau sich willig zeigte, die Abendvorlesung über die Literatur der Chinesen sowie die freien Vorträge über ‚die Bedeutung der Grundideen des Sophokles für das weibliche Leben', die ein durchreisender Literat hielt, aufzugeben; dagegen willigte der Mann ein, daß eine tüchtige Köchin, daß das gerühmte Madonnenköpfchen als Kindsmagd, ferner ein gebildetes Mädchen zur Leitung und Beaufsichtigung der Töchter angestellt werde; durch die Hilfe der letzteren würden dann auch alle auswärtigen Näherinnen entbehrlich, was dem Mann ein großer Vorteil schien. So schloß die Verhandlung im Frieden, während die Kinder alle schon in tiefer Ruhe lagen, bis auf Mathilde, die noch eine italienische Übersetzung zu besorgen hatte, und Natalie, die mit schmelzender Stimme sang: „Mei Herzle ist klei, kann niemand drei nei; nu an einziger Bua hot's Schlüssele darzu."

Zu den vielen Drangsalen der guten Frau Bernhard kam nun auch noch das, daß sie sich um das neue Personal umsehen mußte. Aber schon der nächste Merkur brachte ungehofften Rat. Sie las, wie gewöhnlich, die Traueranzeigen, zu mehr reichte ihre beschränkte Zeit selten, obgleich sie ihren Mangel an politischer Bildung oft schmerzlich empfand, und stieß unwillkürlich ein ganz erfreutes „Das ist jetzt geschickt!" heraus. – „Was ist so geschickt?" fragte verwundert der Mann. – „Ach, die Hofrat Mizlenius ist gestorben; weißt, sie war schon lang kontrakt; es ist ihr wohl gegangen", setzte sie entschuldigend hinzu. „Nun, warum ist's dann geschickt?" – „Ja, die hat einen Ausbund von Köchin, die schon sechs Jahre bei ihr ist, wenn ich die bekommen könnte, so wären wir versorgt."

Die betriebsame Frau ging gleich auf dem nächsten Vereinsgang in das Trauerhaus und erstand den Phönix von Magd für das nächste Ziel.

Noch aber fehlte die dritte im Bunde, das „Mädchen von Bildung", die die Mutter bei den Töchtern ersetzen und den Patienten Auskunft geben sollte, wenn der Doktor abwesend war. Die schien schwerer zu finden, obgleich die Zeitungen wimmelten mit gebildeten Mädchen aller Art, von ansprechendem Äußern, vortrefflichem Charakter und bescheidenen Ansprüchen, die alles auf der Welt verstanden und noch einiges mehr; aber die Frau Doktorin hätte doch noch eine andere Garantie gewünscht.

Auch dafür wurde Rat. Selma, die ästhetische Freundin, der die Doktorin ihre Bedrängnis mitteilte, hatte vergangenes Jahr im Bade die Bekanntschaft eines Fräuleins gemacht, die ihr vollkommen für diesen Zweck geeignet schien, ihre Herkunft war etwas dunkel, aber interessant, ihr Vater war in der Polenschlacht gefallen oder so, sie war in vornehmen Häusern Gouvernante oder Gesellschafterin gewesen, würde aber nun vorziehen, in eine Familie einzutreten, in deren Schoß sie eine Heimat fände.

Das traf sich wie gerufen. Die Fräulein Klara Werning zeigte sich auch willig, zu mündlicher Verabredung zu kommen, und gefiel außerordentlich beim ersten Auftreten. Sie war nicht eben mehr in der ersten Jugend, eine schöne, volle Gestalt, noch blühend und frisch mit schönen blauen Augen. Die Doktorin fürchtete nur, ihr Haus werde zu einfach für sie sein, aber Klara sprach so schön über den Segen der Einfachheit, über das Glück eines stillen Familienlebens, daß sie vollkommen beruhigt wurde; nur das eine machte ihr noch Kummer, ob sie selbst sich neben einem so ausgezeichneten Wesen keine Blöße gebe.

Fräulein Klara versprach ihren Eintritt auf Georgii, und von Stund an wurden die Kinder bei vorkommenden Unarten immer mit dem Beisatz ermahnt: „Was wird einmal Fräulein Klara dazu sagen, wenn ihr so ungezogen seid?“

Georgii kam und mit dem Tage zogen die drei neuen Genien ein. Fräulein Klara in das Zimmer, das sie mit den älteren Töchtern teilen sollte, das Madonnengesichtchen, Gretchen genannt, in die Kinderstube, Madele, die Köchin, in Küche und Kammer, die ihr Reich sein sollten. Etwas verächtlich sah die letztere auf Gretchens kleines Bündel und auf den schmalen Koffer der Klara: Ihr folgten vier Nachbarmägde mit Körben auf dem Kopf, von denen solide Kleider, Schürzen mit langen, farbigen Bändern recht vielverheißend herabhingen.

„Es freut mich, daß sie in Kleidern und Weißzeug solid eingerichtet ist“, sagte die Doktorin.

„Ja, die ist eben schon glücklich gewesen“, bemerkte naiv eine der Begleiterinnen, „zwei Trauern! In dem Haus, wo sie vor zehn Jahren war, ist der Sohn gestorben, und jetzt gar die einzige Frau, mit der die Haushaltung aufhört, das ist freilich das Nützlichste, da kann man ’ring zu einem Bett und Kasten kommen, wo ein anderer armer Tropf sein Lebtag dran sparen muß.“

Die andere hatte mehr Takt und sagte: „Ja, es stoßt einem aber auch fast ’s Herz ab, wenn einen so der Tod trennt“, was das Madele mit einem improvisierten Schluchzen bestätigte.

Dem Doktor gefiel die Köchin besonders wohl. „Ein ganz klassischer Magdkopf“, meinte er, als er ihr etwas grobes, gebräuntes Gesicht und ihre kräftige, starkknochige Gestalt überschaute. „Wir haben jetzt alle Schulen vertreten unter unsrem Dach, die Klara ist mehr antik, Gretchen vertritt das mittelalterliche, romantische Element, und die Madel, die ist niederländisch. Wenn nur ein ordentliches Resultat bei dieser Mischung herauskommt.“

Der Haushalt ordnete sich aufs beste, die Kinder schlossen sich bald an Gretchen an, dem man erlaubte, auf dem stillen Rasenplätzchen hinter dem Schloß mit ihnen spazieren zu gehen und zu spielen; Madele herrschte in der Küche höchst unumschränkt, zwar mit ungemeinem Geräusch und Gepolter, aber mit Umsicht, das Essen war jederzeit vortrefflich gekocht, was dazu beitrug, den Herrn bei guter Laune zu erhalten.

Klara begleitete Natalie in die Vorlesung über Hünengräber und in die über Sophokles, die Doktorin trat ihr diesen Genuß neidlos ab, so ‚äußerst interessant' sie auch jederzeit diese Vorträge gefunden hatte. Klara leitete auch die Singübungen, begleitete die Mädchen auf Spaziergängen und gab ihnen Unterricht; die Doktorin konnte sich beruhigt ihrer Vereinstätigkeit hingeben, und das war gut, denn die Ansprüche vermehrten sich fortwährend.

Sie brachte mehr als ihre halbe Tageszeit in der Aufopferung für andere zu, die gute Frau; eine Visite je und je, ein Kränzchen, in dem aber für die Mission gearbeitet wurde, war aller Genuß, den sie sich gestattete, das übrige war pure Hingebung und doch wurde ihr nicht wohl dabei. Sie wurde allmählich so fremd in ihrem eigenen Hause; der Mann, der sie selten beim Nachhausekommen antraf, suchte seine Unterhaltung auf dem Museum, die kleinen Kinder waren so sehr ans Fortgehen mit dem Gretchen gewöhnt, daß sie bei der Mutter nicht mehr lange bleiben wollten; – es kam der Doktorin immer wie ein provisorischer Zustand vor und doch sah sie nicht ein, wann ein definitiver folgen sollte.

Auch bei dem Personal stellten sich einige Schattenseiten heraus. „Hör, die Madel kocht gut", bemerkte der Mann beim Frühstück, „aber der Kaffee ist schlechter als sonst." – „Ich weiß wirklich nicht, woran es liegt, sie verbraucht mehr als die frühere." – „Mir ist die Sache verdächtig, ich wollte gestern meine Pfeife in der Küche anzünden, was sie stets sehr ungnädig aufnimmt, da bemerkte ich, daß bereits eingeschenkter Kaffee von prächtiger Farbe auf dem Küchentisch stand, ich glaube, sie trinkt den ersten Aufguß und wir, was nachläuft." – „Ja, das ist so ein Vorrecht, das sich hie und da alte Köchinnen nehmen", sagte die Frau verlegen, „der Kaffee ist ihr Einziges, man wird ihr das nicht wehren können, sie ist dafür in allen andern Sachen um so ehrlicher." – „Das scheint mir ein ziemlich unbegründeter Schluß", lachte der Doktor, „und dann ist sie unverschämt grob! Gerade wie ich gestern aus der Küche ging, wetterte und tobte sie hinter mir, daß ich meinte, die Küche falle zusammen, und sagte so laut, daß ich's hören mußte: ‚Was hat der in meiner Küche zu tun! Ich laß ja seine Studierstub' auch ungeschoren!'" – „Das mußt du ihr zugut

halten, Lieber, sie hat mir selbst in einer vertrauten Stunde gestanden, daß grob sein ihre Natur sei, ihr Vater schon sei ein entsetzlich grober Mann gewesen." – „Ein schöner Trost!" – „Und dann", versicherte die Frau weiter, „ist das gerade das beste Zeichen ihrer Ehrlichkeit, daß sie grob ist; ich gestehe, daß ich selbst sie fürchte und fast nimmer wage, in meine eigene Küche zu gehen, aber das sind gerade die besten, so der echte Schlag alter Mägde; unsere alte Bärbel daheim war so grob, daß sie der Mutter einmal eine Kachel vor die Füße warf, und die Mutter sagte oft, eine bessere Magd habe sie nie gehabt." – „Ei den Kuckuck auch, für die Vortrefflichkeit bedanke ich mich; und Geld brauchen wir rasend viel, wenn ich nicht bald Leibarzt beim Großmogul werde, so weiß ich nicht, woher es nehmen." – „Weiß wohl!" seufzte die Frau, „in die Küchenausgaben läßt sich so eine perfekte Köchin nichts einreden, dann sind wir eben ein Haus voll Leute und leben in einer ungewöhnlichen Zeit." – „Ja, ich merk's stark", brummte der Doktor, „wenn sie nur nicht schon drei Jahre lang dauerte!"

Ein anderes Mal fand der Hausherr abends, daß das Kindermädchen doch gar zu spät mit den Kleinen nach Hause komme.

„Es ist freilich ein Fehler", gestand die Frau zu, „ich habe deshalb auch vorgeschlagen, unsere Vereinssitzungen vom Abend auf den Nachmittag zu verlegen, damit ich abends öfter zu Hause bin; das Gretchen ist eben noch ein pures Kind; an die Natur gewöhnt, kann sie sich nicht losreißen und vergißt sich im Spiel mit den Kindern." – „Meinst du wirklich, es stecke nichts Schlimmeres dahinter? Kornelie erzählte mir gestern: ‚Date bielt', auch der Kleine sprach schon von Soldaten, die mit ihm gespielt, das Mädchen ist hübsch, ich fürchte eine Militärbekanntschaft . . ." – „O, was denkst du, das Kind! Sie ist so schüchtern, daß es mir oft lästig wird; sie besorgt mir keinen Auftrag in ein Haus, wo Männer sind."

Der Doktor behielt seine Zweifel.

Klara inzwischen ging in stiller Majestät ihres Weges; war es auch mit der Nähhilfe nicht so viel, wie die Doktorin gehofft, Erziehung schien dagegen ihr Hauptfach; die Mama wurde freilich hie und da gereizt durch den entschiedenen Ton, mit dem sie in ihrer Gegenwart den Kindern Lehren und Verweise gab, der Vater bekam dafür nur desto mehr Respekt vor ihr. Sie hatte so gar vortreffliche Grundsätze; es war Genuß und Erbauung zugleich, sie über Tugend und Religion, Selbstverleugnung und Seelenadel sprechen zu hören.

Mit Natalie und Hermann, die eben im freundschaftswütigsten Alter waren, stiftete sie einen Tugendbund, sie schrieben Tagebücher und lasen sie einander vor, sie bekamen eine wahre Jagdliebhaberei auf Fehler, nur um dieselben einander nachher zu bekennen.

Über die Befähigung Klaras zum Unterricht kamen dem Doktor bescheidene Zweifel, wenn er je und je zufällig einer Lehrstunde beiwohnte; zwar viele schöne Redensarten, aber, wie ihm schien, wenig Reelles dahinter. Sie hatte namentlich eine naive Art, unbequeme Fragen abzuweisen, die Lehrern sehr zu empfehlen ist. Einst hielt sie in der Geographiestunde eine schöne patriotische Rede über den Rhein. „Aber wo entspringt er?“ fragte Mathilde. – „Es ist eine Schande, daß du's nicht weißt“, sagte Klara würdevoll. „Ich möcht's aber wissen“, sagte Mathilde. – „Gerade zur Strafe für deine Unwissenheit sage ich's dir nicht“, beschied sie Klara.

In der Nähe von Doktors Wohnung war eine Apotheke gelegen, in der der Doktor den meisten Geschäftsverkehr hatte. Der Lehrling daselbst, ein junger Mensch von ungemein viel Kopf (er mußte sich seine Mützen stets extra bestellen), hatte hie und da Aufträge oder Anfragen seines Lehrherrn an den Doktor zu überbringen, und die jungen Mädchen kicherten, so oft er kam, weil Mathilde die kleine Sophie hatte sagen lehren: „Ludwig Dickkopf“. Nun vertraute eines Tags der Apotheker dem Doktor, der Ludwig entferne sich hie und da abends und seine Magd habe ihn schon vor dem Doktorhaus auf und ab gehen sehen zur Stunde, wo Fräulein Natalie gesungen; auch bringe er unterschiedliche Blümlein nach Hause, die nicht auf Botanisiergängen gesammelt worden. „Nun, sehen Sie“, meinte der Apotheker, „ist der Ludwig noch ein halber Bub’, kaum der Schule entwachsen, armer Leute Kind, und Ihr Fräulein Tochter ein Kind.“ – „Gewiß, gewiß!“ erwiderte der Doktor mit rotglühendem Gesicht, nahm Hut und Stock und eilte nach Hause.

Die Frau kam eben aus dem Abendkranz zur Veredlung armer Bürgerstöchter, als der Mann in Hast eintrat. „Was ist’s? Hast du keine Gesellschaft auf dem Museum getroffen?“ – „Ich habe – den Apotheker – Frau, sag mir, ist’s möglich, kann Natalie so dumm sein und an eine Liebschaft mit dem dickkopfigen Ludwig denken?“ – „Natalie, das kleine Mädchen? Du bist nicht gescheit!“ – „Der Apotheker sagt mir, er gehe am Hause vorbei, wenn sie abends singt, und bringe Blumen heim; daß doch der Kuckuck!“ – „Ach, geh, das ist nichts! Frag nur die Klara; diese ist ja immer bei den Singübungen.“

Klara wurde beschieden; der Vater, immer noch heftig aufgeregt, trug ihr den Fall vor und fragte sie aufs Gewissen. „Wie können Sie das glauben?“ sagte sie lächelnd mit ihrer wohltönenden Stimme und dem festen Blick ihrer schönen Augen. „Natalie ist ein Kind und lacht höchstens über den dickkopfigen Buben, ein Kind, bei dem ich mich wohl gehütet, die Saite nur mit einem Hauch zu berühren, die einst den Grundton ihres Lebens angeben soll. Nein, lieber Herr Doktor, da lassen Sie mir die Sorge; ein Glück, daß Sie das Kind auch nicht mit der leisesten Frage aus seiner Unbefangenheit gestört! Natalie und ein Liebesverhältnis!“ Sie lachte hell auf, des Doktors Herz war wieder leicht und er meinte: „Ein gescheites Mädchen ist sie doch, viel Takt, viel Menschenkenntnis; die Mädchen kann man ihr ruhig anvertrauen; wenn sie nur nicht oft gar so weise wäre.“

Jean Paul sagte einmal: Es gibt im häuslichen Leben verrichtete, verwetterte, verregnete Tage, an denen alles Unglück zusammenkommt, wo alles keift und knurrt und mit dem Schwanze wedelt, wo die Kinder und der Hund nicht Muck sagen dürfen und der Herr des Hauses alle Türen zuwirft und die Frau das Schnarregister des Moralisierens zieht, wo lauter alte Schäden zutage kommen, wo alles zu spät kommt, alles verbrät, alles überkocht etc.

Ein solcher Tag brach nun auch über dem Hause des Doktors an.

Die Frau kam eben von dem Hause, wo sie die letzteingegangene Summe für Schleswig abgeliefert und einige andere Vereinsgeschäfte besorgt hatte, Klara war mit den Mädchen in die Vorlesung und Gretchen mit den Kleinen auf den Rasenplatz gezogen.

Froh, doch noch vor ihrem Mann nach Hause zu kommen, eilte sie die Treppe hinauf, da hörte sie aus der Küche dumpfes Stöhnen. Aus Respekt vor der ungnädigen Madel hatte sie diese in letzter Zeit kaum mehr zu betreten gewagt, jetzt eilte sie hinein, da lag Madele mit dunkelrotem Gesicht und stieren Augen und konnte nur noch undeutliche Jammertöne ausstoßen, während der Fleischtopf überlief und das Gemüse verbrannte. „Um Gottes willen, Madele, was fehlt Ihr?" fragte sie. „'s ist mir so übel", stöhnte diese, „noch ganz nüchtern ..." – „Unmöglich, Sie hat ja gefrühstückt!" Während die gute Frau sich vergeblich bemühte, den schweren Körper emporzubringen, kam der Mann nach Hause. „Ach Gottlieb, daß du kommst! Da sieh, das arme Madele! Ich fürchte einen Schlagfluß."

Der Doktor besichtigte die Leidende ziemlich kaltblütig. „Die muß in ihr Bett geschafft werden", entschied er kurz. – „Aber sie ist ganz ohnmächtig, und du allein bringst sie nicht hinein; ach, das fehlte uns noch, eine kranke Magd!"

Der Doktor sah zum Fenster hinaus, ein Polizeidiener spazierte eben vorüber, er rief ihn um den christlichen Liebesdienst an und dieser eilte herbei. Die Kammer der Magd war verschlossen, der Schlüssel nirgends zu finden, die Leidende gab Zeichen der Weigerung von sich, als man sie hineinbringen wollte, der Doktor aber drückte die Tür ein. Das jungfräuliche Gemach war nicht in der schönsten Ordnung, und der erste Anblick, der sich bot, waren etliche Töpfe und Krüge unter dem Bett. Der Doktor roch daran: „Hab' mir's gedacht, habe nicht umsonst ein wenig Alkohol unter den Rest des guten Weins im Keller gemischt – da haben wir die Bescherung." – „Aber Karl, das hast du getan? Wenn sie nun stirbt!" – „Stirbt nicht. Unter diesen Umständen wird es nicht unerlaubt sein, die Effekten dieses Ehrlichkeitsspiegels näher zu untersuchen."

Der Kasten wurde erbrochen und zeigte eine schöne Bescherung: Kaffee, Zucker, Leinwand,

Schmalz, Faden, Kleidungsstücke, Weißzeug, und je und je rief die Doktorin: „Ach, das ist ja mein!" – „Da bleibt keine Wahl, als Ihnen die Person zu übergeben!" wandte sich der Arzt zum Polizeidiener. „Sobald sie den Rausch verschlafen hat."

Die Frau war ganz angegriffen von der unerwarteten Entdeckung, der Doktor hatte nur zu trösten. „Aber wo bleiben die Kinder?" fragte sie endlich angstvoll. „Es ist ja Mittag, um elf Uhr hätte Gretchen mit ihnen zu Haus sein sollen." Ein vierstimmiges Geheul von der Straße antwortete ihrer Frage, sie war zu matt und entkräftet, um nachzusehen, der Doktor öffnete die Haustür, da stand Gretchen, bleich und zitternd, den kleinen Rudolf auf den Armen, der aus einer Kopfwunde blutete, Kornelie und Sophie, die unverletzt waren, schrien zur Gesellschaft womöglich noch lauter als der Verwundete. „Was ist's mit dem Kind?" rief der Doktor entsetzt. „Es ist auf einen Stein gefallen", sagte Gretchen stotternd. „Das ist keine Wunde von einem Stein", meinte der Doktor kopfschüttelnd und trug eilig das Kind herauf, um es zu verbinden. Gretchen wurde in die Apotheke geschickt, die Mutter vergaß ihren Schreck über der Sorge um das Kind, ans Essen dachte niemand, bis Klara, die mit den Mädchen heimkam, sich dazu verstand, nach der verwaisten Küche zu sehen. „Mutter, ich weiß, woher der Rudolf die Wunde hat", sagte Sophie geheimnisvoll, als sie mit der Mutter allein war, „er ist nicht auf einen Stein gefallen, in den Säbel." – „In welchen Säbel?" – „Ja, von dem schönen Herrn Offizier, bei dem Gretchen in der Stube war; weißt, der Bediente, der allemal mit uns gespielt hat, solang Gretchen bei dem Offizier nähen mußte, der hat den Säbel herausgezogen und uns gezeigt, dann hat er ihn liegen lassen und Rudolf ist darein gefallen. Der Herr Offizier hat nicht leiden wollen, daß wir heim gehen, aber wir haben so arg geschrien!" – „Seid ihr denn oft dort gewesen?" – „Fast alle Tage." – „Aber Kind, warum hast du mir's nicht gesagt?" – „Ja, Gretchen hat gesagt, du werdest so arg böse, wenn du hörest, daß sie nähe in einem andern Hause, und der Herr Offizier haue uns den Kopf ab, wenn wir's sagen. Wenn du aber allein gewesen wärst oder bei Nacht bei uns, ich hätte dir's doch gesagt; weißt, Kornelie ist noch so dumm."

Also das war Nummer zwei. Das Gretchen, erschüttert von dem Unglücksfall, bekannte, daß sie schon, ehe sie in den Dienst getreten, das Wohlgefallen eines sehr vornehmen Herrn auf sich gezogen; während nun die Mutter ihre Lieblinge in unschuldigen Spielen mit dem Madonnenköpfchen wähnte, war dies bei dem Grafen, und die Kinder indes der Obhut eines Bedienten übergeben, der so schlecht war wie sein Herr.

Die Frau hatte genug. Die Wunde schien zum Glück nicht gefährlich; sie wich nimmer von des Kindes Bette.

Es war Nacht, die Kinder waren zur Ruh, Madel war nach schmerzlichem Erwachen von dem Polizeidiener abgeholt worden. Dem Gretchen hatte man ihrer Jugend und Reue wegen Schonung gelobt, sie sollte in möglichster Bälde in der Stille nach Hause. Die Mutter saß am Bette des kranken

Kindes, das sanft schlief, und dachte an gar viel – nicht an Vereine. Da kam Natalie leise mit dem Nachtlicht herein. „Ei, Kind, du bist noch wach?“ – „Ja, Mutter“, hob Natalie sehr verlegen an, „ich sollte dich noch etwas fragen.“ – „Was denn, Kind?“ – „Mutter“, sagte das Mädchen ängstlich, „sag mir doch, kann's denn sein, daß ich in den Apotheker-Ludwig verliebt bin?“ – „Du, Kind?“ fragte die Mutter erschrocken. – „Freilich“, schluchzte das Mädchen, „Klara sagt's und ich könne ihn nun mein Leben lang nimmer vergessen. Ach, Mutter, ist's denn wahr, und bekomme ich denn einmal keinen andern? Und er ist doch so dumm!“

Das arme Kind weinte, daß es einen Stein erbarmen konnte. „Aber Kind“, fragte die entsetzte Mutter, „so sprich doch nur, warum meinst du's denn?“ –

„Sieh, ich habe zwar Klara unter freiem Himmel schwören müssen, ich wolle euch nichts sagen, aber jetzt, wo so arge Sachen geschehen, kann ich doch nimmer schweigen. – Wie ich, vor vielen Wochen schon, das neue serbische Volkslied probierte und nachher noch meinen Blumentopf ausgoß, um frisches Wasser hinein zu tun, stand der Apotheker-Ludwig unten. ‚Was tut denn der Dickkopf noch da?‘ fragte ich Klara. Da schaut sie mich so sonderbar an – oh, ich kann gar nicht sagen, wie – ganz tief heraus – und sagt: ‚Natalie, weißt du nicht, was stille Liebe ist?‘ – ‚Das weiß ich freilich‘, sagte ich. Da deutet sie hinab, wo der Ludwig stand, und flüstert mir ins Ohr:

‚Und so saß er viele Tage,
Viele Jahre lang,
Harrend ohne Schmerz und Klage,
Bis das Fenster klang.‘

Und so hat sie mir alle Tage und Abende vorgesprochen, wie mich der Ludwig so unaussprechlich lieb habe und stundenlang in der kalten Nacht dastehe, nur um einen Ton meiner Stimme zu hören. Zuletzt plagte sie mich, ich solle ihm nur ein einziges Blümlein hinunterwerfen; das hab' ich zweimal getan. Dann stellte sie mir vor, wie unglücklich ich den Ludwig machen würde, wenn ich euch etwas sagte, und ließ mich unter dem Sternenhimmel schwören, daß ich keiner Seele ein

Wort davon vertrauen wolle. Sie hat mir auch keine Ruhe gelassen, ich solle ihm einmal eine Locke hinunterwerfen, das sei sein höchster Wunsch. Aber du weißt, ich trage ja keine Locken, und aus meinen Haaren schneiden wollte ich auch nicht; aber ich hatte viele herausgekämmte, von denen hab' ich einmal hinuntergeworfen. Gesprochen hab' ich aber kein einzigmal mit dem Ludwig. Neulich, als ich schon schlief, kam sie mit dem Licht an mein Bett, ich wachte auf und sie sagte mit feierlicher Stimme: ‚Natalie, du liebst.' – ‚Ich?' fragte ich, ‚wen denn?' – ‚Du liebst Ludwig, du wirst ihn lieben in alle Ewigkeit!' – Ich weinte beinah und wollte es nicht glauben, weil er mir ja gar nicht gefällt, aber sie hat mir's ganz deutlich bewiesen und gesagt, weil ich ihm Blumen und eine Locke zugeworfen, so gehöre ich nun sein fürs ganze Leben. Das war mir so arg! Ich habe so viel geweint in den letzten Wochen! Und gestern nacht sagte sie mir, Ludwig dürfe nun nicht mehr vors Haus kommen; wir wollen, wenn alles schlafe, in den Garten hinaus, daß ich ihn nur ein einzigmal spreche. Das habe ich aber nicht getan, und heute dachte ich, ich wolle dir's sagen."

Unter heißem Erröten und vielen Tränen wurde dieses Geständnis abgelegt, unter Lachen und Weinen umfaßte die Mutter ihr Kind, als ob sie es vom Abgrund zurückreißen müsse. Eingedenk aber der weisen Lehren Klaras, wollte sie ihre Aufregung nicht steigern. „Geh nur, Kind, und sei ruhig, du bist recht dumm gewesen und könntest tüchtig ausgelacht werden. Versprich, in deinem Leben niemals mehr der Mutter etwas zu verschweigen." – „Gewiß nicht, gewiß nicht!" schluchzte die Kleine. „Und nicht wahr, Mutter, ich liebe den Ludwig nicht und gehöre ihm auch nicht eigen?" – „Behüte, du einfältiges Kind! Ludwig ist ein dummer Junge, und vielleicht hat er so wenig von dir wollen, als du von ihm!" – „Ja, ja, das kann sein!" rief Natalie erleichtert und ging getröstet zu Bette.

Die Mutter war zu erschüttert, um Ruhe zu finden; sie mußte den Mann noch wecken und ihm die Geschichte erzählen. Dieser spie Feuer und Flamme und hätte beinahe noch um Mitternacht die Schlange aus dem Haus geworfen, die so sein Kind vergiften wollte. Doch ließ er sich bewegen, zu warten, um auch den Ludwig zu hören. Dieser wurde des andern Morgens mit Vorsicht ins Verhör genommen und erzählte fast dieselbe Geschichte. Klara hatte ihn im Haus und auf einsamen Botanisiergängen einigemal allein gesprochen und ihm anvertraut, wie lieb ihn die Natalie habe und wie es sie betrübe, daß er nicht einmal ans Fenster komme, wenn sie singe. So hatte er denn endlich mit großen Herzensängsten die Fensterparaden begonnen und die Blümlein heimgetragen, „das Haar aber nicht". Auch hätte er einmal in Herrn Doktors Garten kommen sollen; das hatte er aber nicht können, weil er den Hausschlüssel nicht gefunden. Trotz des tüchtigen Verweises von seiten des Apothekers schien Ludwig doch ungemein erleichtert, daß er nicht mehr obligiert war, ein zartes Verhältnis anzuspinnen. Doktor und Apotheker versprachen sich gegenseitig, jedweden Roman, der sich im Hause finde, zu verbrennen, und schieden als gute Freunde. Das war nun der dritte Schlag; fast zu viel auf einmal.

Klaras Reich war aus, sie hielt es unter ihrer Würde, sich zu verteidigen, und erklärte würdevoll, daß sie in Herrn Doktor Lilienschwerdt, dem Lektor über Sophokles, einen Freund gefunden, der schirmend ihr zur Seite stehen werde. Man bezahlte ihr den Gehalt und ließ sie ziehen.

Es ist schwerer als man denkt, eine häusliche Reform durchzuführen, und wäre der Doktor nicht Medizinalrat in einer andern Stadt geworden, es wäre trotz der gewaltigen Erschütterung jenes Schreckenstages vielleicht doch zu keinem gründlichen Umschwung gekommen. So aber kamen die Umstände dem herzlichen guten Willen der Frau zu Hilfe.

Es ist ihr sehr klar geworden, daß die Vereinstätigkeit, so segensreich und wohltuend sie sein kann, nicht für kinderreiche Mütter bestimmt ist, die unter dem eigenen Dach innere und innerste Mission genug zu üben haben. Sie war so glücklich, eine tüchtige Hausmagd zu finden, und da der kleine Rudolf allein geht, so kann sie die Kleinen in dem schönen Garten, der an ihr neues Wohnhaus stößt, unter ihrer oder der größern Kinder Aufsicht spielen lassen. Natalie und Mathilde üben sich abwechselnd im Kochen, Natalie hat dabei noch Zeit, ihre Musikstudien zu machen, und ihre schöne Stimme leitet den Chor, mit dem die Mädchen und die Mutter am Nähtisch die Zeit kürzen.

Mathilde hat freilich noch viele Lehrstunden, das Überhören der Vokabeln hat sie aber der Mutter abgenommen, auch übt sie sich vortrefflich für den Gouvernantenberuf, indem sie die jüngeren Geschwister unterrichtet.

Das redliche Madele sitzt im Zuchthaus, das sie reichlich verdient hat durch den systematischen Diebstahl, den sie hinter dem Schilde biederer Grobheit jahrelang an ihrer frühern Herrin verübt. Gretchen ist bei einer gestrengen Frau Schulzin auf dem Lande, und da ihr Geschmack zu gebildet ist für eine ländliche Liebschaft, so ist zu hoffen, daß sie vor einem Rückfall bewahrt bleiben wird.

Der Klara hat ihr ästhetischer Freund, ihre einnehmende Gestalt und ihr intriganter Charakter zu einer vorteilhaften Gouvernantenstelle in einem adeligen Haus verholfen. Es ist noch nicht lange, so hielt ein eleganter Wagen einen Augenblick vor der Tür des Medizinalrats, ein Diener in reicher Livree gab eine zierlich gestochene Karte ab: Madame la baronne de Sternau, née Werning. Glück zu!

Leserbrief an die „Tübinger Chronik“ vom 7.9.1856

Die Wohltat einer Straßenlaterne

Da gegenwärtig die Wünsche in betreff unserer städtischen Fürsorge an der Tagesordnung sind, so erlaubt man sich die bescheidene Anfrage an den löblichen Gemeinderat: Ob die Bewohner des Hintergäßles noch länger auf die notwendige Wohltat einer Straßenlaterne verzichten müssen? – Man hat schon im vorigen Jahre eine betreffende Bittschrift eingereicht, ohne daß bis jetzt dieser im Interesse der Sicherheit gebotene Wunsch berücksichtigt worden wäre, obgleich die Bewohner dieses unbeleuchteten Stadtteils ebensogut ihre Beiträge zu den Beleuchtungskosten entrichten mußten, wie mancher bevorzugtere Teil der Stadt. – Einsender dieses ladet jeden Unparteiischen ein, von dieser, namentlich zur Winterszeit lebensgefährlichen, Passage Einsicht zu nehmen, um diesen Wunsch würdigen zu können.

Daß z. B. in der Neuen Straße ein Sattlermeister die Straße in der Nähe seines Hauses zu beiden Seiten teils als Werkstatt, teils als Remise für sich in Anspruch nimmt, daß auf den Straßen und Trottoirs Schweine und Kälber geschlachtet, daß Stühle mit Kartoffeln, Rettichen, Salat usw. zum Verkaufe oft an den engsten Teilen der Straßen ausgestellt werden, daß Wagen und Chaisen stehenbleiben; daß in den lebhaftesten Straßen Fuhrleute und Boten auf- und abladen, als wäre da das Lagerhaus, und ihre Wagen, samt Ketten, Wagen- und Ziehscheiten für 6–10 Pferde, halbetagweise dort stehen lassen, daß vor den Schenkwirtschaften bespannte Fuhrwerke oft stundenweise ohne alle Aufsicht halten, daß auch Reitpferde vor solchen Wirtschaften oft stundenweise angebunden stehen, so daß die Fußgänger in der Mitte der Straße zu gehen genötigt sind, daß durch solche Fuhrwerke und Pferde der Zugang nicht bloß in diese Wirtshäuser selbst, sondern auch in die benachbarten Häuser entweder gesperrt wird oder mit wahrer Gefahr zwischen Fuhrwerken und Pferden, deren Stränge losgemacht sind, hindurch bewerkstelligt werden muß. Das alles sind Verfehlungen gegen die Straßenpolizei, welche noch beseitigt werden müssen, wenn auch nur den gewöhnlichsten Anforderungen an dieselbe genügt werden soll.

Ebensowenig kann man der Ansicht in der Chronik vom 3. des Monats beistimmen, „daß nunmehr den bisherigen Klagen über mangelhafte Straßenbeleuchtung hinreichend begegnet sei."

Denn die ganze Neckar-Vorstadt jenseits der Brücke ist mit einer (!) Laterne bedacht, welche vom Bäcker Schulerschen Hause bis hinter die Bleiche hinunter bis zum Faulhaberschen und wieder bis zum Wilhelm Kiesschen Hause hinaus leuchten soll! Es bedarf keines Beweises, daß sie diese Leistung nicht erfüllen kann, vielmehr nur dazu dient, die gänzliche Vernachlässigung dieses Stadtteils in der Beleuchtung nur noch um so auffallender zu machen.

Zur Beleuchtung desselben nach Verhältnis der Laternen in der innern Stadt und nach dem wahren Bedürfnisse sollte man vielmehr wenigstens fünf Laternen dort anbringen.

Durch die erste derselben hart an der Brücke an der Hornungschen Gartenecke sollte die Brücke beleuchtet werden; eine zweite sollte zwischen den Häusern der Frau Hauptmann von Endres und der Frau Werkmeister Aram hängen; die dritte bei Herrn Schlayers Hause hinter der neuen Krone, die vierte zwischen der alten und der neuen Krone am Ecke bei der sogenannten Saulache, die fünfte beim Karl Kiesschen Hause.

Das Verlangen nach genügender Straßenbeleuchtung bedarf besonderer Rechtfertigung durchaus nicht. Leider aber hat man solche für die Beleuchtung der Neckar-Vorstadt erst noch geltend zu machen: erstens nämlich die trotz aller Beschwerdeführung fortdauernde große Unreinlichkeit jenseits der Neckarbrücke, namentlich auf der Hauptstraße von der Brücke gegen das Faulhabersche Haus hinaus; dann die trotz aller Klagen ebenfalls unvertilgbare Sitte, die zusammengekruckten und geschäufelten Kothaufen auf dieser Straße, an deren Rande auf dem Fußwege, über Nacht liegenzulassen; endlich der Mißstand, daß vor dem Gasthofe zum Ochsen und oft noch weit über denselben hinaus zu beiden Seiten der Straße

Fuhrwerke aller Art, oft mit angespannten Pferden und nicht selten mit angebundenen Hunden, bei dunklem Abende und selbst über Nacht ohne angehängte Laterne stehenbleiben.

Isolde Kurz

Vorfrühling

Noch in meinem elften Jahre war eine Gestalt in unseren Familienkreis getreten, durch die allmählich mein inneres Leben ganz umgeschaltet wurde und die am meisten dazu beitrug, daß die treibhausartige geistige Entwicklung zum Stillstand kam. Eines Tages erschienen da zwei unangemeldete Gäste, Mutter und Tochter, aus Mainz. Die hübsche, sehr lebenslustige Mutter, eine Freundin der meinigen, stand im Begriff, zu Frau Wilhelmi nach Spanien zu reisen; ihr Töchterlein Lili sollte unterdessen im Schutze meiner Eltern in Tübingen bleiben und an meinem Unterricht teilnehmen. Lili war zwei Jahre älter als ich, nicht größer, aber viel entwickelter und trug auch schon halblange Kleider, während die meinen nur bis an die Knie gingen. Sie war ebenso wie ihre Mutter mit Geschmack und einer gewissen Koketterie gekleidet, und die leichte rheinische Mundart stand ihr allerliebst. Beim ersten Eintritt war sie, aus einer stillen, zierlichen Damenwohnung kommend, ein wenig bestürzt über den wilden Umtrieb in unserem Hause und zerdrückte, wie sie mir später gestand, heimlich ein paar Tränen. Aber sie wußte sich taktvoll zu schicken. Ihr munteres Mainzer

Naturell fand schnell den rechten Ton, und als man uns beide nach dem Nachtessen zu Bette schickte, war schon eine Freundschaft fürs Leben geschlossen, deren Herzlichkeit niemals im Lauf der Jahre durch einen Hauch getrübt werden sollte. Es ist etwas Eigenes und Heiliges um solche Jugendfreundschaften, auch wenn sie gar nicht auf der Grundlage des geistigen Verstehens aufgebaut sind. Wären wir uns zehn Jahre später zum erstenmal begegnet, so hätten wir schwerlich eine Brücke zueinander gefunden, aber jenes empfängliche Alter vermag auch das Ungleichartigste aufzunehmen und festzuhalten, ja dies ist ihm recht eigentlich zur Erweiterung des Gesichtskreises ein Bedürfnis. Solche Jugendfreundschaften nehmen mit den Jahren ganz das Wesen der Blutsverwandtschaft an: Man fährt fort, sich zu lieben, und fragt nicht nach den abweichenden Lebensanschauungen, die bei neuen Bekanntschaften ein so großes Hindernis bilden.

Der junge Gast teilte für diese Nacht mein Bett. Ich sah mit scheuer Ehrfurcht auf die knospende Jungfräulichkeit, die aus den halbkindlichen Hüllen stieg, und drückte mich nach der Wand, um der Anmutvollen so viel Raum wie möglich zu lassen. Aber zugleich befiel mich ein bohrender Schmerz, denn ich dachte an gewisse garstige Kinder aus dem Hinterhof, die mich, wenn ich auf den großen aufgeschichteten Zimmermannsbalken am Steinlachufer schaukelte, hinterrücks herunterstießen, daß ich auf die Nase fiel, und mir Schimpfworte nachriefen. An diese rohen Geschöpfe fürchtete ich meine angestaunte Lili verlieren zu müssen, denn ich hatte schon die Erfahrung gemacht, daß befreundeten Kindern, wenn es sich ums Spielen handelte, nicht zu trauen war; sie liefen charakterlos der Unterhaltung nach, wo sie sich zeigte. Ich faßte mir ein Herz und teilte Lili mit, in welchem Kriegszustand ich mich mit dem Hinterhofe befand und daß man nicht zugleich mit mir und jenen Freundschaft haben konnte.

Lili antwortete mit einer Bestimmtheit, die mich bei ihrem weichen Wesen überraschte: „Du kannst ganz ruhig sein, ich spiele nicht mit den rohen Kindern. Ich spiele überhaupt nicht mehr mit Kindern" – und nun lüftete sie vor meinem staunenden Geiste den Zipfel eines Vorhangs, durch den ich in ein neues Wunderland blickte, das Land der Tanzstunden, der langen Kleider, der Verehrer! Ich wußte ja von Herzensangelegenheiten weit mehr, als sonst Kinder zu wissen pflegten, da die Verhältnisse der Großen von jeher vor meinen Ohren verhandelt worden waren, aber ich wußte es nur mit dem Verstand, es ging mich in meinem Kinderlande nichts an, sondern lag weltenfern in einer vierten Dimension! Durch Lilis Worte rückte das alles auf einmal ganz nahe heran, daß es mir fast den Atem nahm. Aber es gefiel mir außerordentlich, und ich entschlief unter dem Eindruck, plötzlich einen großen Schritt im Leben vorwärts getan zu haben.

Des anderen Tages wurde Lili, weil bei uns kein Platz war, in einer benachbarten Familie in Pension gegeben. Sie verbrachte aber die meiste Zeit bei uns und gewöhnte sich schnell an unser Hauswesen. Sie war ein ungemein liebliches Stück Natur, dessen Anmut nichts bloß Äußerliches war, sondern aus einer anmutigen Seele floß. Es gab niemand, der an ihrem gefälligen, schmiegsamen Wesen keine Freude gehabt hätte. Eine gewisse Willenlosigkeit und Lässigkeit, die man an ihr bemerkte, taten ihrem Liebreiz keinen Eintrag. Ich konnte mir später Goethes bezaubernde Lili nie anders als unter dem Bilde der meinigen denken. Wenn meine Lili auch keine so glänzende Schönheit und keine so große verwöhnte Dame war, so erinnerte sie doch durch ihre spielerische Schalkheit und natürliche Anziehungskraft an jene strahlendere Gestalt. Die sehr wohlgeformten, obschon etwas groben Züge ihres immer lächelnden Gesichts, die dunklen, entgegenkommenden Augen voll Gutherzigkeit und Schelmerei unter dem reichen aschblonden Haar, ihre mittelgroße, graziöse Gestalt hatten einen Reiz, den manche größere Schönheit entbehrt. Wenn sie mit dem koketten Pelzmützchen auf ihren immer schöngeordneten Haaren in der wippenden Krinoline daherkam, war es unmöglich, ihr nicht gut zu sein.

Die Krinoline! Es sei mir gestattet, auch dieser Freundin und Feindin meiner Kindheit einen kleinen Nachruf zu widmen. Wie wurde sie verhöhnt, verlästert, selbst von denen, die sie trugen, und doch konnte niemand sich ihrer Macht entziehen, denn der herrschende Kleiderschnitt erforderte diese Stütze. Auch Kinder waren genötigt, sie zu tragen. Das Auge hatte sich so an diese Mißform

gewöhnt, daß, wer aus Charakterstärke ohne Krinoline ging, wie gerupft aussah. Sie bestand gewöhnlich in einem durch Bänder verbundenen Reifgestell aus vielen Stockwerken, das erst unterhalb des schlankbleibenden Beckens leise begann und sich in immer erweiterten Ringen allmählich zu gewaltigem Umfang ausdehnte. Die Vielgeschmähte war jedoch nicht ganz vom Übel. Meine Mutter, sonst so gleichgültig gegen die Mode, hatte eine Vorliebe für diese Tracht, weil das leichte Gestell den Körper im Sommer hübsch kühl hielt, jedem Wind erlaubte, ihn zu fächeln und die Schnelligkeit ihrer Bewegungen nicht beeinträchtigte. Wenn man aber damit über Zäune sprang und von Balken fiel, so zerbrachen die Reifen, und es gab alsdann häßlich vorstechende Ecken, was bei mir fast täglich vorkam. Diese auszubessern erforderte eine gewandte Hand und viel Geduld, denn es genügte nicht, die zerbrochenen Reifenenden übereinander zu befestigen, man mußte der Symmetrie halber das ganze Gestell durchgehends verengen, ein Geschäft, in dem ich große Übung gewann, denn ich betreute nicht nur meine, sondern auch Mamas Krinoline mit wachsamen Augen. Lili zerbrach die ihrige nicht mehr, sie verstand die Kunst – denn es war eine solche –, sich immer schicklich und anmutig darin zu bewegen und sie beim Sitzen elegant mit zwei Fingern niederzuhalten.

Lili wurde nun für einige Zeit mein bewundertes Vorbild und mein stetes Denken. In meinen Olymp konnte ich sie nicht einführen, weil ihr der Sinn für die Dichtkunst gebrach, aber ich kam zu ihr in ihre Welt und fand da genug des Neuen, mich ganz Berauschenden. Lili hatte schon Reisen gemacht, große Städte gesehen, hatte an Champagnerfesten teilgenommen und kannte das Theater, was kein anderes Kind im weiten Umkreis von sich rühmen konnte. Sie schien mir also einem Orden von Eingeweihten anzugehören, zu dem ich andächtig emporblickte. Die Phantasiewelten, in denen ich bis dahin gelebt hatte, versanken vor dem Wunderbaren, was mich berührte, dem Leben.

Ich verleugnete alle meine Götter um ihretwillen. Von den Griechen, von der Edda, von dem ganzen ungeheuren Lesestoff, den ich schon verschlungen hatte, sagte ich kein Wort, um ihr nicht auch unheimlich zu werden wie den andern. Ich verschloß das alles in einem Geheimfach meiner Seele, zu dem es ihr nicht einfiel, den Schlüssel zu suchen. Es liegt etwas Rührendes in dem Übergang vom Kinde zum jungen Mädchen, jener reizenden Pagenzeit, die mit scheuer, huldigender Verehrung auf das Geschlecht blickt, dem man selber noch nicht angehört, nun aber bald angehören soll. Lilis Schmuck und Bänder, ihre reifenden Formen, die Wohlgerüche, die sie an sich trug, ihr feines und doch freies Betragen machten mir den tiefsten Eindruck. Verglichen mit der Tübinger Jugend, schien sie mir aus einer andern Menschenrasse zu stammen. Ich liebte sie zärtlichst, das gleiche tat Edgar, und sie hatte ein viel zu gutes Gemüt, um unsere Zuneigung nicht von ganzem Herzen zu erwidern.

Als es aber ans gemeinsame Lernen ging, da zeigte sich's, daß das liebliche Köpfchen keinen Lernstoff irgendwelcher Art aufnehmen konnte. Die Geschichte war ihr genauso gleichgültig wie die Geographie, und die französischen Vokabeln hafteten nicht in ihrem Ohr. Sie dachte nur an kindlichen Schabernack, und wir lachten jeden Augenblick wie die Tollen: sie, weil ihr Babylonier und Assyrier, Meder und Perser lächerlich vorkamen, ich, weil ich die Welt, in der es nun eine Lili gab, so entzückend schön fand. Meine arme Mutter mühte sich, so sehr sie konnte, aber ihr Unterricht, der aller Schulmäßigkeit entbehrte, war nur auf die eigene Tochter eingestellt, an der Fremden scheiterte er völlig.

Dieses Schöpfen ins Leere hatte schon einige Zeit mit der größten Anstrengung von ihrer Seite gedauert, als sie der unachtsamen Schülerin eines Tages, um sie im Deutschen zu üben, ein Aufsatzthema von der einfachsten Art gab: sie sollte die Sehenswürdigkeiten von Tübingen beschreiben. Die Aufgabe weckte bei Lili einen ungewohnten Eifer, und sie lieferte eine Arbeit ab, die an treffender Knappheit ihresgleichen suchte. Mit einem einzigen Satze waren die berühmte Stiftskirche mit ihrem Chor nebst Lettner und Schloß Hohentübingen abgetan. Dann wandte sich die Beschreibung dem Obergymnasium und seinen Insassen zu, welch letztere als die größte Denkwürdigkeit Tübingens und als die belangreichste Menschengattung überhaupt bezeichnet waren. Dieser Aufsatz, vermutlich der einzige, den Lili je verfaßte, hatte einen stürmischen Heiterkeitserfolg, und noch jahrelang pflegte man, wenn von den Vorzügen Tübingens die Rede war, das in einem höchst alltäglichen Bauwerk befindliche Obergymnasium an erster Stelle zu nennen.

Lili hatte allen Grund zu ihrer hohen Schätzung des Obergymnasiums. Seit die reizende Mainzerin auf dem Plan erschienen war, umschwärmten die gelben Mützen das Bahnhofgebäude, wo Lili

Rechts: Die Tübinger Unterstadt mit Blick zum Schloß

wohnte, und die nahe liegenden Alleen; alle Primanerherzen waren mehr oder weniger von ihrer Anmut entzündet. Aber diese gegenseitige Bewunderung, die eine Folge der Tanzstunde war, hätte beinahe unserer Freundschaft ein vorzeitiges Ende bereitet. Denn eines Tages machte mir Lili die niederschmetternde Eröffnung, daß sie von nun an nicht mehr mit mir in den Alleen spazierengehen könne. „Du bist noch ein Kind", sagte sie, „und trägst kurze Röcke. Wenn mich die Obergymnasiasten immer in deiner Gesellschaft sehen, so denken sie am Ende, ich sei auch noch ein Kind, und grüßen mich nicht mehr. Du weißt, ich bin dir gut, aber das kannst du nicht von mir verlangen."

Diese Worte trafen mich wie ein Dolchstoß. Ich war so erschüttert und beschämt, daß ich nicht antworten konnte. Aber ich sah alles ein. Nicht mehr von den Tänzern gegrüßt werden! Solcher Schmach durfte sich freilich Lili um meinetwillen nicht aussetzen! Ich gab mich jedoch dem Schmerze nicht hin, sondern sann auf Abhilfe, denn Lilis Umgang zu entbehren war mir unmöglich. Auf dem Speicher, in einem der eisenbeschlagenen Riesenkoffer aus Urvätertagen, lag von aller Welt vergessen ein schöner Rock aus schwarzem Wollstoff, den einmal Hedwig Wilhelmi bei der Abreise nach Granada zurückgelassen hatte. Auf dieses herrenlose Gewandstück setzte ich meine Hoffnung. Als ich heimlich hineinschlüpfte, hatte es zwar eine Schleppe von nahezu einer Elle, stand aber sonst rundum eine Handbreit vom Boden ab, denn um so viel überragte ich bereits seine rechtmäßige Besitzerin. Allein ich hatte schon mit kundigem Auge eine ausgebogte Sammetblende wahrgenommen, die den unteren Rand verzierte und sich, falsch aufgesetzt, als Verlängerung verwerten ließ. In derartigen Fertigkeiten war ich von klein auf bewandert: Nähen, Zuschneiden, Häkeln, Strikken, alles, was anderen kleinen Mädchen zu ihrer Pein auferlegt wurde, hatte für mich den Reiz der verbotenen Frucht. Ich verbarg mich also mit Nadel und Schere auf dem Speicher und arbeitete stundenlang voll Eifer und Pünktlichkeit, bis der Rock meiner Länge angepaßt war. Dann warf ich ihn alsbald über und stolzierte mit der gewaltigen Schleppe, die ich noch mitverlängert hatte, durch Gang und Wohnräume. Ich machte mich auf einen häuslichen Sturm gefaßt, aber niemand schien die Verwandlung zu sehen. Mama lebte in den kargen Stunden, die sie der Pflege der Kinder und dem Ärger über die Bismarcksche Politik entziehen konnte, mit den Platonischen Ideen und kümmerte sich nicht um die Länge meiner Röcke. Dem guten Vater war alles, was sein Töchterchen tat, wohlgetan, und selbst die tadelsüchtigen Brüder, sonst meine strengsten Richter, schwiegen mäuschenstille, weil sie ahnten, daß es Lili zuliebe geschah; die Hexe spukte auch ihnen in den Köpfen. So hatte ich durch einen kühnen Handstreich die Kluft der Jahre zwischen uns ausgefüllt. Wir gingen wieder Arm in Arm in den Alleen, ich hatte sogar durch den Schlepprock etwas vor Lili voraus; die gelben Mützen flogen vor uns beiden in die Höhe, und die schöne Welt war wieder im Gleichgewicht.

Ohne Übergang war ich aus den kurzen Kinderröcken ins Schleppkleid gefahren, und ebenso unbedenklich ließ ich nun auch mein Kinderland hinter mir, um immer weiter in das neue Leben hineinzuschreiten. Die Röcke blieben lang, wenn auch künftig ohne Schleppe. Und welch eine Ehre! Auf der Schlittschuhbahn ließ ein fremder Student sich mir vorstellen, nannte mich Fräulein, schnallte mir die Schlittschuhe an und führte mich! Abgefallen war alles, was mir sonst den Verkehr mit Menschen erschwert hatte: meine Fremdheit und Scheu, der Widerwille vor dem „Sie", ich hatte nur die eine Sorge, es den Menschen zu verbergen, daß ich nach Leib und Seele noch ein Kind war, damit sich Lili meiner nicht zu schämen habe.

Seit jener ersten Begegnung mit dem Frater Corpus vor dem Wandspiegel in Obereßlingen hatte ich nicht wieder über mein Äußeres nachgedacht. In Tübingen hing der Spiegel so hoch über dem Kanapee, daß ich mich nicht darin sehen konnte. Eines Tages stieg ich nun wegen einer aufgeschnappten schmeichelhaften Bemerkung hinauf und streckte mich, um einen neugierigen Blick in das Glas zu werfen. Da sah ich, daß das blasse, geisterhafte Kindergesicht verschwunden war, die Augen traten nicht mehr als eine Gewalt für sich heraus, die Züge begannen sich gefälliger zusammenzufügen, und es dünkte mir, daß ein heiterer Schein davon ausginge. Von da an hüpfte ich des öfteren vom Kanapee in die Höhe und beobachtete die allmähliche Verwandlung noch unpersönlich wie das Wachstum meines Rosen- oder Myrten-

Die Tübinger Alte Aula

stöckchens. Ich fühlte keinen metaphysischen Schauder mehr, der Weggenosse wurde mir etwas Liebes, Vertrautes, das mein Wesen rein zum Ausdruck brachte, und verwuchs allmählich mit dem unsichtbaren Schmetterling zu einem einzigen Ich.

Mit Riesenschritten ging es jetzt in die Verweltlichung hinein. Auf die Freuden der Schlittschuhbahn folgten die der Tanzstunde, die mit Menuettverbeugungen und dem Auswärtsdrehen der Füße mittels Schienen begannen. Da mir aber Lili schon die ersten Tanzschritte beigebracht hatte, wurde ich bald in die höheren Grade aufgenommen und durfte nun selber mit den Obergymnasiasten durch den Saal wirbeln. Der Geist Lilis schwebte immer mit, auch als sie Tübingen schon verlassen hatte, und gab der nicht allzu stilgerechten Veranstaltung Anmut und Weihe. In einem Nebenbau der Alten Aula, zu dem man von der Münzgasse auf steinernen Stufen hinunterstieg, befand sich ein völlig schmuckloser Saal mit grob gehobeltem Fußboden, worin die Tanzstunde abgehalten wurde; das Stimmen der Geigen kündigte sie von weitem an. Diese quietschenden, unschönen Töne hatten nichtsdestoweniger für das junge Ohr einen zauberischen Wohllaut, der das Herz schneller schlagen machte. Die sehr jugendlichen „Herren“, die auf der einen Seite des Saales beisammenstanden, holten sich mit der eben eingelernten Verbeugung die „Damen“ aus der anderen, und nun galt es im Gedränge der Paare sich ohne Anstoß um die Säulen zu winden. Zuweilen ließen sich auch die Füchse der eleganten Studentenkorporationen zu dem Lämmerhüpfen herbei; es war aber eine zweifelhafte Ehre, da diese Herren augenscheinlich an uns Allzujungen die Artigkeiten einübten, die sie hernach auf den Museumsbällen den reiferen Jahrgängen zu erweisen hatten.

Lili war unterdessen von ihrer Mutter zurückgeholt worden, aber ihr Einfluß dauerte fort. Auch erschien sie in kürzeren Abständen immer wieder in Tübingen und verdrehte bei ihrem jedesmaligen Aufenthalt viele junge Köpfe. Ihre Mutter wünschte, daß sie sich früh verheirate, deshalb verlobte sie sich fünfzehnjährig zum erstenmal mit einem jungen Mann, den sie in unserem Hause kennenlernte. Die uns befreundete Familie empfing die reizende Braut mit offenen Armen. Aber ihr Herz hatte nicht mitgesprochen, und bald danach trat sie den Schwankendgewordenen, dem eine etwas ältere Freundin ein leidenschaftliches Gefühl entgegenbrachte, bereitwillig an diese ab. Es war kein Opfer, aber doch für sie bezeichnend, denn bei ihrer großen Güte und Nachgiebigkeit wäre sie auch imstande gewesen, auf einen geliebten Mann um einer anderen willen zu verzichten. Das Obergymnasium war ihr jetzt keine Merkwürdigkeit mehr, wohl aber seine ehemaligen Zöglinge, die man auf den Studentenbällen wiederfand. Sie hatte sich ein Verzeichnis ihrer Verehrer angelegt, in dem sie fleißig blätterte, um keinen zu vergessen. Je nach dem Rang, den der eine oder der andere vorübergehend in ihrem Herzen einnahm, wurden durch Versetzen der Namen die Plätze gewechselt, so daß sich ihr kleines Taschenbüchlein mit den Aufzeichnungen in beständiger Wandlung befand. Nach jedem Tanzvergnügen ging wieder eine Verschiebung vor sich, aus der sie mir kein Hehl machte. Ihre kleinen Koketterien waren voll Unbewußtheit, ohne eine Spur von Berechnung. Ihr gefiel ausnahmslos das ganze männliche Geschlecht, und sie konnte es nicht begreifen, daß ich mir schon damals die jungen Ritter sehr genau zu beschauen pflegte. Einem so liebenswerten Geschlecht wiederzugefallen, war ihr angeborenes, innigstes Bestreben, und wem hätte Lili nicht gefallen sollen? Wie die Ottilie der „Wahlverwandtschaften“ mußte man sie eigens darauf aufmerksam machen, daß es für ein junges Mädchen nicht schicklich sei, jungen Männern einen fallengelassenen Gegenstand aufzuheben, denn ihre unschuldige Verehrung für das stärkere Geschlecht trieb sie in solchen Fällen, sich eiligst zu bücken oder gar einer weggewirbelten Studentenmütze voll Eifer nachzuspringen, Dinge, die damals bei der viel strengeren Etikette zwischen den Geschlechtern weit mehr auffielen als heute, und die meine Eltern ihr sorgsam abgewöhnten, damit nicht irgendein Frechling die harmlose Zuvorkommenheit des jungen Mädchens mißdeute.

Mir bezeigte sie ihre Gegenliebe auf eine besondere Art, indem sie sich der Stilisierung meines Äußeren bemächtigte. Die armdicken Flechten, die ich damals noch einfach niederhängend oder mehrfach um den Kopf geschlungen trug, waren ihr zu kindlich; sie selber ordnete ihr schönes Haar zu modischen Phantasiegebäuden. Die gleiche Arbeit nahm sie jetzt mit dem meinigen vor, indem sie bald „gesteckte Locken“, von ährenartig geflochtenen sogenannten Kornzöpfen umrahmt, auf meinem Scheitel auftürmte, bald mein Haar in griechische Knoten wand oder gar neben einer steifen Turmfrisur rechts und links die modischen „Schmachtlocken“ zurechtdrechselte. Lauter prächtige, aber für mein Lebensalter zum mindesten stark verfrühte Dinge. Niemand wehrte der Torheit. Mein Mütterlein, das niemals älter war als ich, ließ uns beide völlig gewähren und hatte ihre helle Freude an den mit mir vorgenommenen Verwandlungskünsten. Mein Vater schüttelte zwar den Kopf, aber sein Einspruch beschränkte sich auf die Bemerkung, wie er sein Kind kenne, werde sie das alles künftig einfacher halten. Es versteht sich, daß nun auch mein Anzug unter Lilis Einfluß geriet. Bisher war ich gekleidet wie die Lilien auf dem Felde. Mein sparsames Mütterlein, das noch in den ersten Tübinger Jahren die Knabenkleider alle selbst verfertigte, hatte für Mädchensachen gar kein Geschick, und das war mir lange Zeit zugute gekommen. Denn ihre Jugendfreundinnen ließen sich's nicht nehmen, jahraus, jahrein für ihr Töchterlein tätig zu sein. Da kam immer von Zeit zu Zeit irgendein Pack mit den schönsten Dingen für mich an, wie handgestickte russische Hemden, goldverschnürte Tuchspenzerchen und andere Prunkstücke, die jedesmal großen Jubel erregten. Wie ich nun der Kindheit entwuchs, wurden diese Sendungen allmählich seltener, und was zu Hause ergänzt werden mußte, konnte vor Lilis Augen nicht bestehen. Ich hatte sonach keine Wahl, als die eigene Geschicklichkeit auszubilden, die mich mit der Zeit instand setzte, den Tand, der jungen Mädchen zum Persönlichkeitsgefühl unerläßlich ist, selber herzustellen. Aber der ungünstig gesinnten Umwelt konnte ich es nun einmal auf keine Weise recht machen. Meine harmlosen kleinen Kunstfertigkeiten, die nichts kosteten als ein bißchen Zeit und Mühe, wurden mir als sträfliche Verschwendung ausgelegt und genauso verdammt wie mein Heidentum und mein Latein. Um den wahren Sinn solcher jugendlichen Putzsucht zu begreifen, muß man selbst in jenen so unendlich einfachen Zeiten gelebt haben. Damals trugen all die niedlichen Gegenstände, die man sich selbst erfinden und zusammenstellen mußte, einen ganz persönlichen Stempel, sie gehörten zu den wenigen Ausdrucksmöglichkeiten der unreifen, suchenden Seele und wurden auch von den Altersgenossen so aufgefaßt. Denn die Jugend sieht in allen Dingen Symbole. Gesteht doch der strenge Rousseau, daß er in jungen Jahren nicht den schönsten Mädchen huldigte, sondern denen, die den meisten Putz und Schmuck besaßen. Als ich mir einmal in einem bekannten Putzgeschäft unter all den wohlriechenden Gegenständen ein weißes Frühlingshütchen mit einem taubehangenen Vergißmeinnichtkranz aussuchen durfte, da ging ich mit einem erhöhten Lenzgefühl umher, als trüge ich ein Eichendorffsches Frühlingslied auf dem Haupte. Mein Mütterlein klagte oft, daß ich seit der Freundschaft mit Lili völlig verdummt sei und nichts mehr im Kopf hätte als Backfischeitelkeiten. Es war auch wahrlich kein kleiner Sturz; vor kurzem noch auf den höchsten jambischen Stelzen, mit einer Gracchentragödie und einem Epos über den Untergang Karthagos beschäftigt und jetzt nur noch mit Schmuck und Tand. Ich mußte manches Scheltwort der Brüder hören, und als eines Tages in der Kinderschule, wo unser Jüngster saß, bei den Sprüchen Salomonis im Kreise herumgefragt wurde: „Was ist eitel?“ hob unser kleiner Balde als einziger sein Fingerlein und sagte: „Meine Schwester!“ –

Wie glänzt jetzt mein Jugendland aus der Tiefe der Zeiten herauf! Als ich darin wandelte, war es voll von Kampf und Not, von Angst und Pein. Meine Brüder füllten es zwar mit Reichtum und Leben, aber nicht minder mit zuckender, immer brodelnder Unruhe. Die beiden Großen vertrugen sich noch immer nicht, und es sah aus, als ob ihr häuslicher Krieg, von dem wir andern mitbluteten, einer tiefen inneren Feindseligkeit entspränge. Am liebsten machten sie den gedeckten Mittagstisch, dem leider der Vater seiner Arbeit zuliebe fernblieb (er kam überhaupt erst gegen Abend nach Hause) zum Zeugen ihrer Kämpfe. Kaum war die Suppe aufgetragen, so begannen die Plänkeleien, dann fiel ein Stichwort, und plötzlich brach der Sturm los. Es war jedesmal wie ein Naturereignis, gegen das die Vernunft machtlos war. Mama warf sich dazwischen, ich desgleichen, und am Ende gingen alle Teile mehr oder minder aufgelöst aus dem Ringen hervor. Wenn die Schlacht auf ihrem Höhepunkt war, so erschien Josephine mit dem Kochlöffel unter der Tür, das schöne, ernste Gesicht in tragische Falten gelegt, und sagte mit dumpfem Ton: „Jetzt hat es wieder den höchsten Grad erreicht.“ – Aber nie konnte ich sie bewegen, mir im Sturme beizustehen. Sie erschien mir in ihrer edlen, schmerzvollen Haltung wie der Chor in der griechischen Tragödie, der die Geschicke des Königshauses mit seinen Klagen begleitet, ohne jemals handelnd einzugreifen. Hatten sich die Kämpfer endlich mit dem letzten grollenden, aber schon nicht mehr ernst gemeinten „Wart, ich soll dich vor dem Gymnasium treffen!“ getrennt, so blieben Josephine und ich zurück, die tieferregte Mutter zu trösten und zu beschwichtigen. Es war ja an sich gewiß nichts Unerhörtes, daß zwei halbwüchsige Jungen, denen die Aufsicht des Vaters fehlte, sich in den Haaren lagen. Aber Mama war selber ohne Brüder aufgewachsen und wußte nicht, daß das Raufen zum Knabenleben mitgehört, wenn auch sonst nicht gerade das Eßzimmer der übliche Schauplatz dafür ist. Ich glaube, sie stand mit ihrer gewaltigen Phantasie im Bann der attischen Tragödie und bildete sich ein, das thebanische Brüderpaar geboren zu haben. Josephine, statt ihr die Übertreibungen der Angst auszureden, verfiel selbst darein und wiederholte nur immer mit Grabesstimme: „Oh, es wird schrecklich enden!“ Und ich mit meiner nicht minder erregbaren Phantasie sah den tragischen Ausgang, den beide weissagten, als schon eingetreten an. Hätte mein Mütterlein damals in die Zukunft blicken können, wieviel qualvolle Stunden wären ihr, wie viele Angstträume mir erspart geblieben. Sie hätte nach dem knabenhaften Zwist ihre zwei Feuerbrände die Spitzen gegeneinander neigen und vereint als eine schöne stille Fackel der Bruderliebe fortbrennen sehen, wobei die inneren Verschiedenheiten nur die Neigung nährten. Diese schöne Lösung war leider noch tief im Schoße der Zukunft verborgen. Und ich grüßte jeden ersten Morgenstrahl mit dem stil-

Tübingen von Westen
um die Mitte des 19. Jahrhunderts

len Seufzer: „Wäre nur auch dieser Tag schon glücklich vorüber und wir wieder alle heil in unseren Betten."

Es lag in den Erziehungsgrundsätzen meiner Mutter ein edler Irrtum, der auch in der neueren Pädagogik da und dort auftaucht, aber gleichwohl ein Irrtum ist und bleibt. Sie wollte alles der eigenen Einsicht des Kindes und dem guten Beispiel überlassen. Aber die Selbstentäußerung, wie sie sie pflegte, die schweigende, als selbstverständlich geübte Zurücksetzung des eigenen Ichs wird nur in den seltensten Fällen unreife Seelen zur Nacheiferung anspornen. Und durch die bloße Einsicht, wie klar sie bei gutbegabten Kindern sei, werden wilde Jungen nicht dahin gebracht, die Urgewalt der Triebe, vor allem den Zorn, zu bändigen, bevor die

Hemmungsvorrichtung ausgebildet ist. Hierin hatte es ihre Erziehung fehlen lassen. Dem Vater aber wurden alle aufregenden Vorgänge in der Familie nach Kräften verheimlicht. So stemmten sich die weiblichen Schultern allein und nutzlos gegen das Temperament der Knaben und ihre Entwicklungsstürme. Eine glückliche Ablenkung brachten von Zeit zu Zeit die Wohngäste, vor denen die feindlichen Brüder sich in einer angeborenen Ritterlichkeit zusammennahmen, wie sie auch öffentlich nie entzweit und hadernd gesehen wurden. Ein weiterer Grund für mich, jeden Gast mit Freuden zu begrüßen. Ich wollte gern mein Bett opfern, damit das Sorgengespenst mir eine Zeitlang fernblieb. Nachträglich muß ich mich wundern, wie doch über all der Not die Jugendlust mit so breitgestelltem Fittich schwebte. Vielleicht lernte ich es gerade deshalb so gut, die Freude zu lieben und jede schöne Stunde als Geschenk zu betrachten, weil nach dem tragischen Empfinden, das sich mir im untersten Grund der Seele festsetzte, jeder Tag der letzte sein konnte. Denn eine stille Angst ließ mich niemals los. Der Bruderkrieg war nicht der einzige Anlaß. Die wiederkehrenden Anfälle von Gelenkrheumatismus, die unsern Jüngsten in ihren Folgen zum frühen Tode führen sollten, waren in ihrer Schwere damals noch nicht erkannt, aber die Muttersorge lief der ärztlichen Prognose weit voraus, und die Leidenschaft, mit der sie an ihren Kindern hing, ließ für den Fall, daß ihr eines entrissen würde, das Schlimmste fürchten. Ohnehin redete sie immer mit mir von ihrem

Tode, denn schon in jungen Jahren glaubte sie nunmehr so alt zu sein, daß es Anmaßung wäre, noch auf ein viel längeres Leben zählen zu wollen. Darum hatte mir die Vorstellung von dem schaurigen Frost, der die Herzen der Waisenkinder umgibt, schon die frühen Kinderjahre verdüstert. Am Vorabend ihres vierzigsten Geburtstags, der ihr als die Schwelle des Greisenalters erschien, schrieb sie einen Abschiedsbrief an ihre Kinder, dessen Anfang ich über ihre Schulter las und der mir fortan in alle Jugendfreuden einen tiefen Schatten warf. Ich glaubte nun gleichfalls, daß man mit vierzig nicht mehr lange leben könne. Sie verbarg ihn im Doppelboden ihrer Schatulle, aber von dem schwarzen Faden, womit er gebunden war, hing ein Endchen heraus, und danach mußte ich immer blinzeln, wenn ich vorüberging. So feurig sie das Leben liebte, so bereit war sie, jeden Augenblick ins Unbekannte zu gehen, mit dem ihr Geist sich stets beschäftigte. Und an allem, was in ihr vorging, hatte ich von klein auf meinen Teil. Dabei ahnte sie gar nicht, was ich Grausames litt. Ich befand mich ja in einem Lebensalter, wo die Seelenkräfte noch viel schlafen sollten, um sich nicht vor der Zeit zu verzehren. Sie aber hielt mich seltsamerweise für unempfindlich, weil ich unter all den hemmungslosen Geistern frühe dazu gekommen war, mir Zwang anzutun, um das Zünglein der Waage sein zu können. Auch hatte ich allmählich begonnen, mich leise von ihrer Gedankenwelt, die bisher eine gemeinsame gewesen war, abzulösen. Es schien mir, als ob ihre Ansichten, die sie so feurig aussprach, mit der Welt, wie ich sie sah, nicht ganz stimmen wollten. So einfach waren die Dinge doch wohl nicht, daß es genügte, zu dieser oder jener Partei zu gehören, um ein Engel oder das gerade Gegenteil zu sein. Auch das mit den Preußen konnte ich nicht mehr so recht glauben, besonders nachdem es 1866 vor meinen Augen so glimpflich abgelaufen war. Vielleicht steckten auch nicht in jedem Liebespaar, dem der elterliche Segen fehlte, ein Romeo und eine Julia, für die man unbedingt einstehen mußte. Je älter ich wurde, desto mehr breitete sich nun der Widerspruch aus und griff allmählich in alle Gebiete des Lebens über; es hieß aber behutsam sein, denn ihr Temperament war unberechenbar. Das beste war, sie zum Lachen zu bringen. Wenn sie zornig oder aufgeregt wurde, so drehte sie sich blitzschnell um sich selber mit einer ganz südlichen Gebärdensprache, die ich neckend ihren Kriegstanz nannte. Über einen solchen Scherz konnte sie plötzlich hellauf lachen, dann war der Zorn verflogen. Sie lachte ja so gerne, und am liebsten über sich selbst. Nie werde ich wieder ein sonnigeres, sorgloseres Kinderlachen hören.

Auf ihr Wesen hatte bisher noch nie ein Mensch wirklichen Einfluß gehabt, auch mein Vater nicht. Sie liebte ihn mit einer Liebe, die Anbetung und Gottesdienst war. Sie stützte den Ringenden und ersetzte dem Unverstandenen die gläubige Gemeinde. Diese tragende Kraft mußte für den um dreizehn Jahre älteren Mann von unschätzbarem Werte sein. Ich habe mich oft gefragt, wie es wohl gegangen wäre mit einer biederen schwäbischen

Hausfrau bürgerlichen Schlages, die ihm wohl seine Wirtschaft peinlich genau geführt, ihm aber dafür mit Lebenssorgen in den Ohren gelegen hätte. Meine Mutter hielt die irdischen Nöte von vornherein für unzertrennlich vom Dichterlos und war stolz darauf, sie mit ihm zu teilen. Sie vermittelte den Kindern die Geisteswelt des schweigsam gewordenen Vaters und erzog uns so zur Verehrung für ihn, daß selbst der wilde Alfred in seiner Gegenwart lammfromm war. Aber in ihren Meinungen und Grundsätzen ließ sie sich auch durch ihn nicht beeinflussen. Er war zu reif, zu ausgeglichen, um auf die Immerwerdende, Nichtfertigwerdende zu wirken. Bei seiner Neigung, jeder Persönlichkeit ihre Art zu lassen, hat er wohl auch nie ernsthaft versucht, den Sinn für die Abstufungen in ihr zu wecken. Diese Aufgabe fiel einem viel jüngeren, aus ihr selbst geborenen Wesen zu, das sich an ihr und häufig gegen sie entwickelte und an dessen Entwicklung sie selber weiterwuchs. Ihr beizubringen, daß es zwischen Schwarz und Weiß unendliche Zwischentöne gibt, daß nicht jede Erkenntnis in jeder Seele gute Früchte trägt, daß auch der besten Sache mit Schweigen zuweilen besser gedient ist als mit Reden, solcherlei Ausgleichspolitik beschäftigte meinen Kopf schon in einem Alter, wo andere noch mit der Puppe spielen. So oft das häusliche Gleichgewicht schwankte, mußte ich es einrenken. Und oft genug, wenn ich glaubte, recht geschickt eine Klippe umsteuert zu haben, warf noch im letzten Augenblick ihr Ungestüm meine ganze Berechnung um. Welch ein täglich erneutes

Ringen, wieviel Mißverständnisse und beiderseitiges Herzweh! Über mich ergossen sich alle Gewitter ihres stürmischen Naturells. Je mehr Leid uns daraus erwuchs, desto zärtlicher hingen wir zusammen. Aber oft empfand ich es als eine besondere Härte des Schicksals, daß gerade ich berufen sein sollte, nur immer Dämme aufzurichten, Grenzen zu ziehen, Vernunft zu predigen, da doch Lebensalter und eigene Anlage mir nach meiner Meinung vielmehr das Recht gegeben hätten, selber die Unvernünftige zu sein.

Eduard von Paulus

Lebensweise und Sitten

Wie die altherkömmlichen Trachten allmählich abgehen, so verschwinden auch die eigentümlichen Volksbelustigungen und Gebräuche täglich mehr, und auch in dieser Beziehung geht das Volk einer allgemeinen Verflachung mit raschen Schritten entgegen.

Das allgemeinste und am weitesten verbreitete Vergnügen ist der Tanz an Kirchweihen, Hochzeiten, Märkten, Ernte- und Herbstfesten, aber auch diese Volksbelustigung nimmt immer mehr ab. Auch die Kirchweihfeste haben durch die Anordnung, daß dieselben an einem Tag gefeiert werden müssen, wesentlich verloren.

Außer dem Tanz ist das Kegelspiel am meisten noch üblich und wird besonders in Oberschwaben und in Franken leidenschaftlich getrieben; hierzu gesellt sich in Oberschwaben das Scheibenschießen und zuweilen noch die Feuer- und Hahnentänze; auch trifft man daselbst eine besondere Vorliebe zu szenischen Darstellungen, und in manchen Orten bestehen kleine Liebhabertheater.

Großartige, vier bis fünf Tage andauernde Hochzeiten (sogenannte Zechhochzeiten), bei denen die verschiedenartigsten Gebräuche und Tanzbelustigungen üblich sind, werden vorzugsweise noch in Oberschwaben, im Schwarzwald und in Franken gefeiert, vermindern sich jedoch auch in diesen Gegenden, während sie in Niederschwaben beinahe ganz verschwunden sind und nur als Seltenheit noch vorkommen. Das Schießen bei den Hochzeiten, bei Taufen, in den Neujahrsnächten und in der Weinlese ist eine noch ziemlich allgemeine Sitte.

Der Taufschmaus ist noch allgemein, dagegen geht der Leichenschmaus immer mehr ab und hält sich nur noch in Franken.

Die Sichel- und Flegelhänge, wenn eingeerntet und ausgedroschen ist, werden noch vielfältig mit einem Schmaus gefeiert, zu dem sich in Oberschwaben auch der Tanz gesellt. – Am St. Nikolaustag (Closentag) kommt in vielen Gegenden des Landes der Clos oder Pelzmärte und teilt den Kindern, die er durch sein unheimliches Aussehen in Angst versetzt, kleine Gaben aus; in einigen Orten ist auch das sogenannte Closjagen noch Sitte. An Martini wird noch häufig die Martinsgans verspeist; in Hall ist diese Sitte so allgemein, daß an diesem Tage in der Stadt allein 500 bis 600 Gänse verzehrt werden. – Am Karfreitag schenkt man den Kindern und Dienstboten Laugenbrezeln, Karfreitags- oder Fastenbrezeln genannt; auch die ledigen Burschen bringen ihren Mädchen welche und hängen sie ihnen an die Kunkeln oder hinter das Fenster. – An der Fastnacht wurden früher allerlei Schwänke mit dem Fastnachtsbären, dem Fastnachtsnarren, den man am Aschermittwoch begrub, etc. aufgeführt, gegenwärtig werden noch Fastnachtküchlein (Schmalzbackwerk) für jung und alt in vielen Orten des Landes gebacken, in Oberschwaben aber wird um diese Zeit „Maskeren gegangen", d. h. man maskiert sich und zieht durch die Straßen und von Haus zu Haus, um verschiedene Schwänke auszuführen; mit dieser Volksbelustigung ist auch der Tanz verbunden. In einzelnen Gegenden Oberschwabens sind auch die Funkenfeuer und das Scheibenschlagen noch üblich. Die Maienfeste, welche man hauptsächlich der Schuljugend veranstaltet, sind vorzugsweise in den Städten üblich; das sogenannte Maienstecken aber, d. h. eine frisch ergrünte Birke angesehenen Personen oder auch der Geliebten am ersten Mai vor dem Hause aufzustellen, ist beinahe abgegangen. Wenn ein Haus neu aufgeschlagen ist, wird eine mit Bändern gezierte Birke darauf gesteckt. Am Fest der heiligen drei Könige und einige Tage vorher gehen seltsam kostümierte Kinder, je drei, in den Häusern herum und singen geistliche, auf das Erscheinungsfest sich beziehende Lieder. – Das sogenannte Pfeffern am unschuldigen Kindleinstag geht immer mehr ab. – Am Palmsonntag werden in katholischen Orten blühende Salweiden oder Aspenzweige in die Kirche getragen und eingeweiht, damit das Gewitter nicht in das Haus schlägt; auch in evangelischen Orten ist es teilweise noch Sitte, an diesem Tage solche blühenden Zweige, die sogenannten Palmkätzchen, im Walde zu holen. In Altenrieth wird am Palmsonntag ein Brezelmarkt gehalten. – Am Himmelfahrtsmorgen pflückt man in ganz Schwaben die sogenannten Himmelfahrtsblümlein und bindet sie zu Kränzen, die das ganze Jahr in Stuben und Ställen aufgehängt werden, damit der Blitz nicht in das Haus schlägt. – Am Pfingstmontag macht man noch in einigen Gegenden den Pfingstlümmel oder Pfingstbutz. – Am Allerseelentag werden in katholischen Orten die Gräber der Verstorbenen mit Blumen bekränzt. – Das sogenannte Eierlesen, welches besonders in Niederschwaben allgemein üblich war und jedes Jahr am Ostermontag abgehalten wurde, ist beinahe ganz abgegangen und wird nur noch in einzelnen Orten ausnahmsweise gefeiert. – Am allgemeinsten und überall im ganzen Lande eingeführt ist die schöne alte Sitte, an Weihnachten die Kinder zu bescheren, wobei der mit Lichtern und Backwerk gezierte Tannenbaum (im Schwarzwald die Stechpalme) auch in der ärmsten Hütte nicht fehlen darf; beinahe ebenso allgemein ist das sogenannte „Hasen legen lassen“ am Osterfest, wobei die Kinder mit gefärbten Eiern erfreut werden. – Allgemein ist endlich die fromme Sitte, daß man beim Grauen des Tages und beim Einbruch der Nacht Ave Maria (Avemergen) läutet; jenes bezeichnet die Mahnung zur Arbeit, dieses ist vielen noch eine Aufforderung zum Gebet.

Von älteren Volksfesten haben sich folgende noch erhalten: die mit Schäferläufen verbundenen Schafmärkte in Markgröningen, Urach und Wildberg, welche alljährlich oder alle zwei Jahre abgehalten werden. Das sogenannte Rutenfest, welches alle Jahre im Monat August in Ravensburg gefeiert wird und volle 8 Tage (früher 14 Tage) dauert. Eine

Ravensburg

ähnliche Volksbelustigung ist das Schützenfest in Biberach. Das weithin bekannte und häufig besuchte Schifferstechen, das früher alljährlich auf der Donau bei Ulm abgehalten wurde, findet gegenwärtig nur ausnahmsweise noch statt. – Der aus reichsstädtischen Zeiten herstammende Schwörtag wird noch in Ulm und Reutlingen gefeiert. – In Calw besteht das sogenannte Fackeln, ein Fest, an dem die Schuljugend im Spätjahr mit brennenden Fackeln einen Auszug ins Freie hält; ein ähnlicher Fackelzug geschieht alljährlich am Heiligen Abend zu Altensteig. – In Teinach wird am Jakobi-Feiertag der Eselritt und Hahnentanz abgehalten. – Am Tage nach der Himmelfahrt Christi findet in Weingarten der berühmte „Blutritt“ statt; der eingefaßte Tropfen vom heiligen Blut wird in feierlicher Prozession durch die Felder getragen und das Korn gesegnet, daß kein Wetter ihm schadet. – Ein größeres Fest der Franken ist der Muswiesenmarkt, der acht Tage lang unter freiem Himmel in ungebundener Fröhlichkeit abgehalten wird.

In neuerer Zeit sind an die Stelle der nun größtenteils entweder ganz abgegangenen oder doch sehr verminderten naturwüchsigen Volksbelustigungen die landwirtschaftlichen Feste getreten, die indessen mehr auf die Förderung der Landwirtschaft als auf reine Volksbelustigung berechnet sind; eine Ausnahme macht das großartige landwirtschaftliche Volksfest, das alljährlich am 28. September zu Cannstatt unter einem Zusammenströmen von vielen tausend Menschen aus allen Gegenden des Landes abgehalten wird und mit dem ein großer Jahrmarkt, ein Pferdewettrennen und die verschiedenartigsten Lustbarkeiten verbunden sind.

Die ebenfalls in neuerer Zeit entstandenen zahlreichen Liederkränze und in ihrem Gefolge die Liederfeste berühren mehr den Mittel- und Gewerbestand als die eigentliche Masse des Volks.

Aus: Amtliche Mitteilungen aus den Jahres-Berichten der mit Beaufsichtigung der Fabriken betrauten Beamten. 1882.

Frauenarbeit

Eine weitere Beschränkung der Frauenarbeit scheint mir nicht wünschenswert; in manchen mit zahlreichen Kindern gesegneten Familien dicht bevölkerter Gegenden liegen die Verhältnisse so, daß die Frau – so bedauernswert dies im allgemeinen erscheint – einen wesentlichen Teil des Erwerbs der ganzen Familie sichern muß, wodurch wenigstens eine bessere Ernährung der Kinder möglich ist. In vielen Fällen läßt sich lohnende Hausarbeit nicht schaffen, während die Fabrik Gelegenheit zu Arbeitsverdienst bietet. – Von mancher Seite wird behauptet, daß die Mädchen durch die Fabrikarbeit gedankenlos und genußsüchtig werden, was sie zu einer Verwendung in der Haushaltung unbrauchbar mache; bei alleinstehenden weiblichen Arbeiterinnen mag dies in vielen Fällen zutreffen; weniger bedenklich erscheint dies da, wo das Mädchen mit ihren Familienangehörigen lebt, von diesen Wohnung und Verpflegung erhält, an den häuslichen Arbeiten teilnimmt und so zur Vermehrung der Einnahmen der Familie beiträgt oder sich selbst für einen zu gründenden Haushalt eine Summe zu ersparen bemüht.

Weibliche Arbeitskräfte in der Fabrik

Besondere Mißstände in der Beschäftigung weiblicher Arbeitskräfte in der Fabrikindustrie sind von mir nicht wahrgenommen worden; im Gegenteil finden hier zahlreiche mittellose Mitglieder von Familien, welche mit Kindern sehr gesegnet und auf den Ertrag eines viel zu kleinen Grundbesitzes angewiesen sind, Gelegenheit, zu ihrer und ihrer Familie Ernährung beizutragen, und ohne diesen Beitrag würde die Familie vielfach Not leiden. Freilich wäre ein auswärtiges Dienstverhältnis in einer Familie oder industrielle Beschäftigung im Hause vielfach vorzuziehen; indessen fehlt es meistens an

Gelegenheit hierzu. Manche Fabrikanten könnten sehr wohl Arbeiten außerhalb der Fabrik anfertigen lassen und würden sie so billiger herstellen; sie unterlassen es aber, da eine solche örtliche Trennung der Arbeiter die Überwachung über die Beschaffenheit der Arbeit erschwert; es bleibt daher vielen, namentlich elternlosen und unbemittelten Arbeiterinnen nichts übrig als der Gang zur Fabrik, um sich ihren Lebensunterhalt zu verdienen.

Glücklicherweise leben gewiß drei Viertel aller Fabrikarbeiterinnen des Landes mit ihren Familienangehörigen zusammen; fast nur in den Städten finden sich auch zahlreiche Fabrikarbeiterinnen, die Familienangehörige nicht mehr haben oder zu solchen keine Beziehungen mehr unterhalten. Für etwa 80 Arbeiterinnen bestand ein Logierhaus in einer nun zugrunde gegangenen Seidenhaspelei; weitere derartige Anstalten sind nicht vorhanden.

Weibliche Arbeitskräfte sind für viele Arbeiten der Fabrikindustrie überhaupt ganz unentbehrlich, weil sie dazu geeigneter sind; sie werden von Arbeitgebern aber auch vorgezogen wegen Nüchternheit und Gefügigkeit.

Im allgemeinen sind die Arbeiten der weiblichen Arbeitskräfte leichter Art; von einer physischen Überanstrengung habe ich nichts wahrgenommen.

Eine Rücksichtnahme auf verheiratete Arbeiterinnen findet in manchen größeren Anlagen in der Weise statt, daß die Frauen die Arbeit schon eine halbe Stunde vor Mittag verlassen, um Zeit für die Bereitung des Mittagessens der Familie zu haben.

Die Arbeitszeit in den Fabriken

Die Arbeitszeit dauert in den meisten Fabriken der Textilindustrie von morgens 6 bis abends 7 Uhr, so daß also die Maschinen im ganzen 12 Stunden im Betriebe sind. Ich habe die Überzeugung gewonnen, daß eine gesetzliche Kürzung der Arbeitszeit von 6 Uhr morgens bis 6 Uhr abends besonders für die Arbeiter der Textilindustrie ein großer Gewinn und der Ausfall an Arbeit kein erheblicher wäre. Ein erfahrener Webereibesitzer hat mir versichert, daß er die Arbeitszeit um eine Stunde verkürzt habe, um bei schlechten Absatzverhältnissen seine Vorräte an fertigen Waren nicht zu sehr anwachsen zu lassen. Die Folge sei gewesen, daß seine Weber in der kürzeren Arbeitszeit dieselbe Menge von Arbeit geliefert und sich so im Akkord denselben Lohn verdient haben. Die Wirkung einer solchen, etwa gesetzlich einzuführenden Maßregel dürfte vielleicht bei den ledigen Arbeitern zunächst keine günstige sein; sie erschiene mir aber für verheiratete Arbeiter und Familienväter doch als eine große Wohltat; der Arbeiter wird sich des Werts seiner eigenen Häuslichkeit und seiner Kinder mehr bewußt, als wenn jene für ihn mit Ausnahme des Sonntags lediglich eine Schlafstelle ist.

Aus: Württembergische Arbeiter-Zeitung 1902

Das Haushaltungsgeld

Ein Ehestandskapitel

Das Haushaltungsgeld, dieser so wichtige Teil der Hausfrauenexistenz, ist so recht eigentlich eine „Frauenfrage“ im buchstäblichen Sinne des Worts. Das Haushaltungsgeld gehört zu denjenigen Dingen, von welchen man nie zuviel haben kann. Oder sollte dies unrichtig sein? Gibt es wirklich eine Frau, die da behauptet, sie hätte zuviel von dieser Sorte?

Die Haushaltung, dies vielgegliederte, gefräßige Ungetüm, verschlingt mit Behagen alles, was man ihr darreicht. Hat man wenig zu offerieren, so muß sie sich auch hiermit begnügen; setzt man ihr aber recht viel vor, so verzehrt sie es ebenfalls ganz sicher, bis auf den letzten Bissen. Unergründlich sind ihre Ansprüche. – „Du bekommst nicht mehr", sagt der Ehemann und gibt seiner Frau, welche ihn, sich und vier Kinder damit beköstigen soll, je nach seinem Verdienst, 20, 30 oder mehr Mark Haushaltungsgeld für den Monat. Die Frau weiß, daß sein geringes Einkommen ihm nicht gestattet, ihr mehr für den Haushalt zu behändigen, sie kennt ihn, daß er fleißig in seinem Geschäft und bescheiden in seinen persönlichen Ausgaben ist, daß er nicht zu denjenigen Männern gehört, welche für ihre eigenen Vernügungen den größten Teil für sich behalten und die Ihrigen daheim mit dem mageren Rest abspeisen.

Und selbstredend kann jeder Gatte, welcher seiner Frau ein richtig berechnetes Haushaltungsgeld aussetzt, verlangen, daß sie damit auskommt, vorausgesetzt, daß seine Ansprüche keine unbilligen sind. Wo wäre die vernünftige Frau, die sich gegen eine Unmöglichkeit auflehnte? Sie wird in dem Gedanken, daß der Mann ihr nicht mehr geben kann, als er gibt, zufrieden sein und sich nach der Decke strecken und ihren Stolz darin suchen, mit dem wenigen klug hauszuhalten und möglichst viel auszurichten.

Wie aber das Geld überhaupt der Stein des Anstoßes in dieser Welt ist, über den wir arme Menschen fast unterschiedslos stolpern, so ist auch das Haushaltungsgeld speziell die gefährlichste

Klippe, an welcher der Ehefrieden so oft scheitert. Man sollte meinen, daß jeder Frau ohne weiteres derjenige Teil des Einkommens des Mannes von diesem zugestellt werde, welcher zur Bestreitung des Haushalts nötig ist – ebenso wie der Mann sein festes Gehalt bezieht, gleichfalls je wöchentlich, oder am besten je am Abend des Lohntags, diejenige Summe in die Hand bekommt, mit der sie haushalten soll. Merkwürdigerweise ist dies häufig nicht der Fall. Es gibt sehr viele Haushaltungen im Arbeiterstand und Handwerkerstand, auch unter den bessern, ja gut situierten Ständen, in denen die Frau über kein bestimmtes Haushaltungsgeld verfügen kann, sondern wo ihr dasselbe bruchstückweise nach Willkür des Hausherrn zugeteilt wird. Nimmermehr kann diese Einrichtung, welche verdient mit dem Wort „Unsitte“ bezeichnet zu werden, die Hausfrau befriedigen. Es gibt viele Frauen, welche unter derselben seufzen, und ich möchte wissen, ob es wohl eine einzige gibt, welche mit dem System der brockenweisen Abspeisung mehr einverstanden wäre, als wenn ihr die Summe für einen Monat oder für zwei Wochen auf einmal ausgehändigt wird. „Hier sind 5 Mark“, spricht im betreffenden Fall der Hausherr, „wenn die alle sind, komm wieder.“ Jeder Hausherr sollte aber wissen und einsehen, daß einer Frau dies „Wiederkommen“ niemals leicht und eine angenehme Sache ist, wenngleich es ihr Recht ist, welches sie fordern soll. Und wenn sie jeden Nickel und Pfennig aufschreibt – was in einem geordneten Hausstand unerläßlich ist – und sie sich bewußt ist, so sparsam hausgehalten zu haben, daß nicht der Schatten eines Vorwurfs sie treffen kann: Das Geldfordern vom Manne ist und bleibt für die Frau immer eine peinliche Sache! Muß denn überhaupt die Frau um ihr gutes Recht noch bitten? – Heißt es nun gar: „Schon wieder? Ich habe doch erst vor ein paar Tagen Geld gegeben?“ – so ist die Lage für die Frau ungemütlich, ja manchmal unerträglich. Es kommt zu empfindlichen Bemerkungen, und der Ehefrieden ist wieder einmal wie schon so oft – um der leidigen Geldfrage willen – gestört, und manche Frau sieht sich veranlaßt, um solche unerquicklichen Szenen zu mindern und zu umgehen, in den noch größeren wirtschaftlichen Fehler zu verfallen, ihre Bedürfnisse durch das sogenannte „aufs Büchle“ holen zu befriedigen.

„Wer verdient es denn, du oder ich?“ Diese beliebte Redensart vieler Männer frappiert wohl im Augenblick, ihre Logik (Beweiskraft) ist aber bei näherer Betrachtung nicht einmal stichhaltig. Der Mann übernimmt mit seiner Verheiratung die Verpflichtung, für die Familie zu sorgen; dafür gibt ihm die Frau das Glück des Familienlebens, sie trägt die Lasten der Erhaltung und Vervollkommnung des Hausstandes und dieser wiederum ist ihr nicht zu unterschätzender großer Verdienst. Mann und Frau, sie verdienen beide – er im beschaffenden, sie im verwaltenden oder auch erhaltenden Sinne. Gleiche Verdienste aber fordern auch gleiche Rechte, denn die Ehe ist eine Gemeinschaft und nicht ein Über- oder Untergeordnetsein des einen der Gatten.

Hiermit ist ein wunder Punkt im Familienleben berührt, der aber auch einmal zur Sprache gebracht werden muß, weil er der Besserung bedürftig ist. Warum versetzen denn manche Männer ihre Frauen, die sie doch sonst wert halten, in eine so demütigende Lage? Weshalb geben sie ihnen nicht etwas Sicheres, Bestimmtes in die Hände, über das sich verfügen, mit dem sich rechnen läßt – nicht auf 2 bis 3 Tage, sondern auf eine ganze Lohntagsperiode ein oder zwei Wochen, möglichenfalls auf einen Monat hinaus mit der Weisung, die Ausgaben auch pünktlich aufzuschreiben? – Mit: „Meine Frau versteht nicht zu rechnen, darum gebe ich ihr keine Summe auf einmal in die Hände" – entschuldigt sich mancher Gatte. Ja, meint er denn, sie lernt es jemals bei dem Brockensystem, das er eingeführt hat? Einer Frau kein Geld in die Hände geben, heißt, sie geradezu zur Unselbständigkeit, möglicherweise zur Unrichtigkeit und Unredlichkeit erziehen und ihr das Recht des Anspruchs eines verdienten Vertrauens ohne Grund absprechen; denn Vertrauen erweckt wieder Vertrauen, Mißtrauen dagegen bewirkt wieder Mißtrauen. Jetzt muß sie womöglich jedes 50-Pfennig-Stück zu dem oder jenem Zweck fordern. Was aber dann, wenn der Mann vielleicht vorzeitig aus dem Leben gerufen wird und die Bevormundung aufhört und dann eine außergewöhnliche unvorhergesehene Auslage an sie herantritt, wie steht es dann um die Unselbständige, die nie weiter sorgen und zu blicken gelernt hat als von einem Tag zum andern? Gerade wenn eine Frau wenig haushälterische Begabung besitzt, eventuell in die Ehe bringt, sollte sie erst recht lernen, mit größeren Beträgen und nicht nur mit Nickeln umzugehen und über alles genau Buch zu führen. Tut dies als Beispiel auch redlich der Mann in seinen persönlichen Einnahmen und Ausgaben, wird eine verständige Frau sich auch gerne dazu bequemen, Buch zu führen und nach und nach Freude daran finden. Dies bringt dann auch mit sich, daß man von Zeit zu Zeit die Auslagen nachprüfen und zwecks Zurücklegung und Ersparnis für spätere Zeiten jeweils praktische Abstriche und Änderungen im Haushaltsetat machen kann. Wer nur mit Nickeln und Pfennigen haushalten

gelernt hat, gewinnt keinen Überblick über das Ganze.

Hierzu kommt noch ein anderer, rein praktischer wesentlicher Umstand. Verfügt eine Frau über eine größere Summe, so kann sie verschiedene Dinge für den Haushalt in größeren Quantitäten einkaufen, und daß man z. B. 10 Pfund Zucker, Kaffee, Mehl, Schmalz, eine Fuhre Holz, 10 bis 15 Zentner Kohlen und Kartoffeln, einige Zentner Obst zu einem Faß Most im Herbst eingekauft, billiger kauft, als wenn, wie es in vielen Haushaltungen zu geschehen pflegt und notgedrungen geschehen muß, Zucker, Kaffee, Mehl, Schmalz, Kartoffeln pfund- oder gar viertelpfundweise, Most oder Bier halbliterweise, Holz und

Kohlen zentnerweise eingekauft wird, ist hinlänglich bekannt. Und um zu diesen größeren Herbsteinkäufen bzw. -auslagen das Geld in Reserve zu bekommen und zu haben, dürfte die Benützung und regelmäßige Einlage in die in manchen Vereinen vorhandenen Sparkassen sehr anzuempfehlen und von größtem wirtschaftlichem Wert sein.

Auch einen billigen Gelegenheitskauf – dem im allgemeinen nicht das Wort geredet werden soll – kann die Frau bisweilen machen, wenn sie Geld in der Hand hat: dieses oder jenes Möbel- oder Kleidungsstück für sich oder die Kinder, ein kleines Geschenk für den Ehegatten und was dergleichen mehr ist. Dies alles gehört ja in den Bereich der Haushaltung; nicht jede Frau – zum wenigsten die Arbeiterfrau – verfügt über besondere Ausgabe-Gelder oder außerordentliche Einnahmen, zum wenigsten über Zinsen eines eigenen Vermögens; sie ist aber genötigt, solche Ausgaben, für deren Vorhandensein der Mann oft nicht das geringste Verständnis hat, aus der allgemeinen Haushaltungskasse zu bestreiten.

Hat die Frau nun nicht selbständig über eine bestimmte Summe zu verfügen, so muß sie für derartige – sagen wir „unkontrollierbare, ohne Wissen des Mannes zu machende“ – Ausgaben sich ein Extrasümmchen von dem brockenweise gegebenen Gelde absparen. Dies wäre nun an und für sich kein Fehler, aber es liegt eine ernste Gefahr in der darin vorhandenen mangelnden Aufrichtigkeit gegen den Gatten, der der Meinung ist und darin grundsätzlich erhalten wird, das Geld sei für die

Haushaltung bzw. für Essen und Trinken verausgabt. Es soll nichts beschönigt, sondern nur gerecht behandelt werden, und deshalb finde ich es nicht für richtig von einer Frau, wenn sie so handelt! Und doch ist der Umstand, daß mancher Ehemann im Geldpunkt zu wenig liberal (freigebig) ist, schuld daran, wenn die Frauen unaufrichtig werden und wenn eine gewisse Erbitterung sie das Unrecht, das sie damit begehen, nicht als solches erkennen, sondern vergessen, ja ihre Handlungsweise für berechtigt halten läßt.

Jeder, der diese Ausführungen überdenkt, meine ich, muß einsehen, daß „etwas faul im Staat" und daß den Männern sowohl als auch den Frauen man allseitig „gute Besserung" wünschen darf. Zu einer guten Ehe gehört notwendig Vertrauen in allen Dingen – auch in Geldsachen, und nebenbei bemerkt ist es Tatsache, daß es in den meisten Fällen für die gute Existenz des Hausstandes von noch größerem Nutzen wäre, wenn am Lohntag nicht nur die ganze Summe für den Haushalt, sondern der ganze verdiente Lohn in die Hände der Frau gelegt würde; doch natürlich nur in der Weise, daß daraus nicht die Kehrseite von dem oben Gesagten wird, wo dann der Mann von der Frau Geld fordern muß; das Geld soll zwar in Verwaltung der Frau sein, aber doch so, daß es für den Mann stets zur Verfügung steht. Wo aber das eine oder das andere aus berechtigten Gründen untunlich ist – wenn es so bei einem Teil steht, daß, wie das Sprichwort sagt, die Frau in der Schürze mehr forttragen, als der Mann mit einem Wagen beiführen kann – da ist leider dem Glück in der Ehe sowieso der Abschied gegeben. Deshalb möge jeder, der sich im einen oder andern Fall schuldig weiß, Buße tun und umkehren, solange es noch Zeit ist. Denn ob auch das leidige Geld vieles Unheil in der Welt stiftet, so sollte doch seine Macht keinen einseitigen Einfluß haben in derjenigen Gemeinschaft, wo „mein" und „dein" aufhört, d. h. in einer wohlgeordneten Ehe.

Isolde Kurz

Das alte Tübingen

Den Ort, an den mich jetzt meine Erinnerung führt, würde man heute auf Erden vergeblich suchen. Zwar hat sich mein altes Tübingen äußerlich nicht allzuviel verändert. Seine Gestalt ist durch den hügeligen Boden, der es trägt, und durch die geschlossenen Linien des mittelalterlichen Städtebaus für alle Zeiten festgelegt. Noch immer spiegelt sich die hohe und steile Giebelreihe der Neckarfront mit dem aus der Asche von 1875 wiedererstandenen Hölderlinturm in dem still ziehenden Fluß, und unverrückt steht auf der höchsten Hügelkuppe Schloß Hohentübingen mit seiner gestreckten Masse und den stumpfen Türmen, die noch die Spuren Turennes und Mélacs am Leibe tragen. Die beherrschende Stiftskirche auf einem steilen, hochgemauerten Vorsprung reckt sich trotzig wie ein gewappneter Erzengel im Stadtinnern empor. Solche Züge sind unverwischbar. Aber was diesen Zügen in den sechziger und siebziger Jahren ihren ureigenen geistigen Ausdruck gab, die mittelalterliche Romantik, ist für immer daraus verschwunden. Das Studentenleben hat sich in die häßlichen neuzeitlichen Korporationshäuser auf den Anhöhen zurückgezogen, die für die weichen, niederen Hügel viel zu groß sind und laut aus der Harmonie des Ganzen herausfallen. Damals spielte sich dieses Leben noch in den krummen und steilen Straßen ab, wo das Treiben und Tollen niemals ruhte. Zwar seiner Lieblingsbeschäftigung, dem Trunk, lag der Musensohn, mit Ausnahme der beliebten „Naturkneipereien" auf dem Wöhrd oder dem Schänzle, auch damals im geschlossenen Raume ob, aber die Folgen tobten sich im Freien aus. Es sang und klang straßenauf und -ab, noch öfter brüllte und grölte es. Dann gab es die Anrempelungen mit nachfolgender „Kontrahage" nach dem berühmten Muster: „Geschah das mit Vorsatz?" – „Nein, mit dem Absatz" – und solche Scherze mehr. Ferner die Keilereien zwischen Farben, die sich nicht leiden mochten, und endlich die ganz großen Studentenschlachten, wo die gesamte Studentenschaft einmütig gegen die Obrigkeit oder das Philisterium, oder was sonst in ihre Vorrechte eingegriffen hatte, zu Felde zog.

Gleichfalls ein Augenblick vollkommener Eintracht war es, wenn die Schwarzwaldflößer an Tübingen vorüberfuhren. Sobald flußaufwärts die Spitze eines Floßes erschien, füllte sich die Neckarbrücke und der alte Hirschauersteg mit Studenten, die der Anblick wie mit Besessenheit ergriff. Und so lange sich unten der vielgliedrige Wurm, von mächtigen Gestalten in hohen Flößerstiefeln gesteuert, vorüberschob, brüllte es oben von den Brücken und aus den Fenstern der Neckarhalde in langgezogenen Tönen: „Jockele, sp-e-e-e-err!" und dann schneller: „Jockele, sperr, 's geit en Aileboga!"

(Ellbogen). Entferntere hingen, um nicht unbeteiligt zu bleiben, gewaltige Schaftstiefel zu den Neckarfenstern heraus, was die Flößer gleichfalls zu erbosen pflegte. Der Jockele war für seine saftige Grobheit in Schwarzwälder Mundart berühmt, zu meiner Zeit aber war er es schon müde geworden, auf den jahrhundertealten Ruf zu antworten. Schweigend, in philosophischer Ruhe steuerten die Riesen mit langen Stangen ihre Flöße zwischen den Pfeilern der Neckarbrücke durch, noch eine lange Strecke verfolgt von dem Gebrüll, in das auch die Gassenjugend einstimmte. Es soll gleichwohl eine schmerzlich-heitere Abschiedsfeier gewesen sein, als 1899 der letzte Jockele an Tübingen vorbei zu Tale fuhr.

Ein anderer löblicher Brauch war, des Nachts die Laternen zu löschen oder zu zerschlagen oder das Brennholz, die sogenannte „Scheiterbeug", die nach Urvätergewohnheit vor den Häusern aufgestapelt lag, zu verschleppen. Kam der Nachtwächter oder ein Polizeidiener hinzu, so gab es tausend Mittel, ihn an der Haftbarmachung der Schuldigen zu verhindern. Es war der Geist der süßen Zwecklosigkeit, der die Jugend von dazumal beseelte und ihr als höchster Lebenswert erschien. Immer blieb der Mann der Ordnung der Geprellte, und der Philister selbst, obgleich der Schabernack sich gegen ihn richtete, stand mit seiner geheimen Sympathie auf seiten der Studenten. Die Menschheit zerfiel damals in zwei Hauptgattungen, die zugleich ihre äußersten Pole darstellten: Student und Philister. Aber beide brauchten einander, waren in jahrhundertelangen Reibereien einer um des anderen willen da. Als eine der ältesten und kleinsten Universitäten, dazu ganz abseits der größeren Verkehrswege gelegen, hatte Tübingen noch gewisse studentische Überlieferungen, die weit ins Mittelalter zurückgingen; im Untergrund des studentischen Bewußtseins lebte noch ein Rest vom Geiste der Fahrenden, dem auch gelegentliches „Schießen“ (Stehlen) zum Schaden der Philister nicht für unehrenhaft galt. So schwärmte eines Tages eine Schar Musensöhne über die Wiesen nach Lustnau aus und fand unterwegs in einem Wässerlein zwölf wohlgenährte Enten lustig schwimmend. Nur eine davon sah der Besitzer wieder. Sie trug einen Zettel am Hals mit den Worten:

„Wir armen zwölf Enten
Sind gefallen unter die Studenten,
Ich zwölfte komm zurück allein
Und bring’ von elf den Totenschein.“

Die Geschichte stammt allerdings aus einer älteren Zeit, wäre aber in jenen Tagen noch ebenso gut möglich gewesen. Auch hochverehrte Lehrer wurden nicht geschont. So hatte einmal der berühmte Kliniker Niemeier, einer der wenigen norddeutschen Professoren, die es in Tübingen zu großer Volkstümlichkeit brachten, in der Neujahrsnacht, wo der Spuk am wildesten tobte, ein fettes Gänslein am Küchenfenster hängen, das beim morgigen Festschmaus prangen sollte. Da wurde er in der Nacht herausgeschellt, und als sein Kopf am Fenster erschien, rief eine näselnde Stimme hinauf: „Prosit Neujahr, Herr Professor, und geben Sie acht auf Ihre Gans, daß sie nicht gestohlen wird." Der Angerufene verstand und machte gute Miene. „Prosit, Herr Kepler", rief er zurück, „ich habe Sie an der Stimme erkannt. Lassen Sie sich die Gans gut schmecken, aber stören Sie die Leute lieber nicht im Schlaf."

Dieser selbe Kepler, der auch in meinem Elternhaus verkehrte und später als Arzt nach Venedig ging, führte überhaupt ein bewegtes Leben. Er war der Held einer Anekdote, die in Tübingen unvergeßlich bleibt. Als er einmal nahe der Neckarbrücke mit ein paar Freunden im Freien badete, erschien die Polizei, beschlagnahmte die Kleider und wollte die Übeltäter verhaften. Diese entsprangen und rannten splitternackt das Ufer entlang bis nach Kirchentellinsfurt, wo sie endlich festgenommen wurden. Da es aber keinen Paragraphen gegen das Nacktgehen gab, so verdonnerte sie eine weise Behörde „wegen Vermummung bis zur Unkenntlichkeit".

Zum Charakterbild des alten Tübingen gehört aber noch eine dritte dort lebende Menschengattung von urtümlichster Beschaffenheit, die weder dem Studenten noch dem Philister hold war, die man sich aber aus dem dortigen Leben nicht wegdenken kann: nämlich die in den malerischen Schmutzwinkeln der unteren Stadt oder „Gôgerei" wohnenden „Wingerter" (Weingärtner), auch „Gôgen" oder „Raupen" genannt. Woher diese beiden Bezeichnungen kommen, weiß niemand, eine theologisch gefärbte Etymologie will die Gôgen auf das biblische Gog und Magog zurückführen. Was die Raupen betrifft, so soll der Name gar eine Verketzerung des lateinischen Wortes Pauper sein, womit man in der gelehrten Musenstadt die am Freitagmorgen von Tür zu Tür singenden Volksschüler bezeichnet. Wie dem auch sei, beide Namen, Gôgen wie Raupen, wurden von ihren Trä-

Tübinger Frauen beim Hopfenzopfen (1871)

gern ungern gehört und pflegten eine tätliche Abwehr nach sich zu ziehen. Die Gôgen unterschieden sich nach ihrer ganzen Wesensart, vor allem aber nach den eigentümlichen Kehllauten ihrer Aussprache und einer gedehnten Betonung, die etwas Mürrisch-Verbissenes an sich hatte, so stark von den übrigen Einwohnern, daß manche sie geradezu für Nachkommen eines zugewanderten Fremdvolkes hielten und daß es zwischen der oberen und der unteren Stadt wie ein unsichtbarer Stachelzaun lag. Als tüchtige Taglöhner unentbehrlich, machten sich diese Mitbürger durch ihre eingeborene tiefe Abneigung gegen die Höhergestellten und ihren ausgeprägten Sinn für den eigenen Vorteil, mehr noch durch ihren wortkargen, aber äußerst schlagenden Mutterwitz, der nicht immer von der reinlichsten Art war, gefürchtet. Auf eine Gôgenrede konnte niemand mehr einen Trumpf setzen, außer ein anderer Gôg. Unzählige Gôgenworte und -witze waren und sind in Tübingen im Schwang. Am berühmtesten ist das einsilbige Zwiegespräch zwischen Vater und Sohn, wie sie zusammen die steilen Weinberghalden des Österberges hinansteigen und dem Jungen ein herrenloser Schubkarren auf einem Nachbargrundstück in die Augen sticht, auf den er den Vater durch einen stummen Wink aufmerksam macht. Worauf der Alte nur die zwei lakonischen Worte erwidert: „Im Ra!" (Im Herabsteigen!) Oder die zungenschnelle Frage des Berliner Studenten an den pfeifenrauchenden Weingärtner: „Kann ich von Ihnen Feuer haben, ja?" Und die nachdrücklich-langsame Antwort des alten Gôgen: „Airscht (erst), wenn i ja sag'."

Das Straßenbild von Tübingen beherrschte der Couleurstudent, besonders der Angehörige der paukenden Korporationen. Diese standen bei den Ausritten und Aufzügen im studentischen Wichs,

Tübinger Studenten (1835)

bei den Tanzvergnügungen, den glänzenden Fakkelzügen und überhaupt im gesellschaftlichen und öffentlichen Leben obenan. Ihre Iliaden und Odysseen füllten die ungeschriebenen Annalen der Stadt. Jedes Kind wußte, was für Mensuren in laufender Woche ausgefochten wurden, welches Dorfwirtshaus, welches Gehölz dazu ausersehen war, wie viele Abfuhren es gab, mit wieviel Nadeln der jeweils Zerhackte vom Paukarzt genäht wurde. Wenn es den Paukanten gelang, den armen Pedell, der sie abzufassen hatte und der zu diesem Zweck den weiten Weg atemlos auf Schusters Rappen angaloppiert kam, durch ihre aufgestellten Fuchsenwachen irrezuführen und das unterbrochene Opferfest an einer anderen Stelle des Waldes fortzusetzen, so war es ein Triumph der guten Sache, woran die ganze Stadt teilnahm. Unsterblich war die immer wieder auftauchende Geschichte von der abgehauenen Nasenspitze, die der Hund gefressen hatte. Die vererbten Feindseligkeiten oder vorübergehenden Spannungen zwischen gewissen Farben wurden mit der gleichen Wichtigkeit behandelt wie heute die Beziehungen der Großstaaten untereinander. Sogar die jungen Mädchen nahmen Partei, je nachdem ihre Brüder oder bevorzugten Verehrer der oder jener Couleur angehörten. Der historische Gegensatz zwischen Corps und Burschenschaften, der längst kein grundsätzlicher mehr war, aber noch als Abneigung fortbestand, mußte auch gesellschaftlich stets berücksichtigt werden.

Getrunken wurde, wie ich niemals wieder habe trinken sehen. Größere Helden des Suffs finden sich auch im „Gösta Berling" nicht. Die Zahl der Schoppen, die für eine Fuchsentaufe nötig sein sollte, wage ich nicht zu nennen; über die bei diesem Vorgang angewandten Zwangsmaßregeln gingen gruselige Gerüchte. Selbst bei Tanzvergnügungen konnte es vorkommen, daß ein Partner plötzlich nicht mehr salonfähig war und daß aus den Reihen der Kommilitonen ein Ersatzmann gestellt werden mußte. Schande war keine dabei, sie behaupteten ihr Ansehen auch noch in diesem Zustand. Nur wer sich im Schnaps berauschte, wie es den Norddeutschen bisweilen einfiel, statt im landesüblichen Gerstensaft oder Wein, der galt für wirklich lasterhaft.

Dabei sprach es doch für die Gutartigkeit dieser ausgelassenen Jugend, daß tätliche Ausschreitungen gegen die Nebenmenschen äußerst selten waren. Unser Haus am Marktplatz hatte nach damaliger Sitte keine Korridortüren auf den einzelnen Stockwerken, aber obwohl im Untergeschoß ein Studentencafé lag und die Haustür deshalb fast die ganze Nacht offen stand, fühlte man sich doch in seinem Zimmer völlig sicher. Nur eines Abends kam unsere schon betagte Josephine voller Unwillen aus ihrer Dachkammer zurückgestürzt, denn sie hatte in ihrem Bett einen unbekannten Schläfer gefunden. Es war ein Student, der in tiefer Verdunkelung die fremden Treppen als seine eigenen erstiegen und sich ohne weiteres zur Ruhe gelegt hatte. Meine Brüder, damals schon selber Studenten, hatten alle Not, den Unerwecklichen wieder die lange Treppe hinunter ins Freie zu schaffen.

Das Evangelische Seminar („Stift") in Tübingen um die Mitte des 19. Jahrhunderts

Abseits von dieser Burschenherrlichkeit trieben die „Stiftler" ihr halbklösterliches, eigenbrötlerisches Wesen. Es waren dies Stipendiaten, die, von klein auf zur theologischen Laufbahn bestimmt, erst in den niederen Seminarien, dann im Tübinger evangelischen Stift, einem ehemaligen Augustinerkloster, für ihren Beruf herangebildet wurden. Obgleich sie durch ihre Halbklausur und vielfache Beschränkungen, denen sie unterworfen waren, gesellschaftlich hinter den glücklicheren Stadtburschen zurückstanden, bildeten sie unter ihrem unscheinbaren und häufig ungeleckten Äußeren so etwas wie eine geistige Auslese des Landes und trugen viel zu der besonderen Physiognomie der Tübinger Universität bei. Kein Auswärtiger kann zur Kultur des Schwabenlandes und zu seinen großen Söhnen in ein näheres Verhältnis treten, wenn er sich nicht eingehend mit dem Geiste des Tübinger Stifts und seinen Einrichtungen vertraut gemacht hat. Aus dieser Anstalt ging ja bekanntlich die größte Zahl der führenden Geister Alt-Württembergs hervor. Und zwar pflegte entsprechend der Doppelbegabung des Stammes ein guter Jahrgang je einen Dichter und einen Philosophen gleichzeitig zu bringen: Hölderlin und Hegel, Mörike und Strauß, meinen Vater und Ed. Zeller. Gelegentlich wuchsen die großen Geister im Stift sogar büschelweise wie in der sogenannten „Geniepromotion", der auch Friedrich Vischer angehörte. Der Mehrzahl der Stiftler ging aber die einseitige Erziehung lebenslang nach. Mit einem äußerst prall gestopften Schulsack verbanden sie häufig die größte Unkenntnis des wirklichen Lebens und jenes linkische Ungeschick der äußeren Welt gegenüber, das man in Schwaben mit dem Wort „stiftlermäßig“ bezeichnet. Bei den schematischeren Köpfen gesellte sich noch leicht eine geistige Selbstsicherheit hinzu, die alles, was nicht auf ihrem eigenen Boden gewachsen und ihnen darum fremdartig war, als minderwertig betrachtete. Mancher der Besten hielt es nicht bis zum Ende aus und entwand sich so oder so dem Zwange. Ehemalige Stiftler trugen deutsche Wissenschaft in alle Lande und waren als Lehrer wie als Erzieher gleich sehr gesucht. Die Daheimgebliebenen nahmen späterhin hervorragende Kirchen- und Schulämter ein, sie verewigten den Stiftlerschlag, indem sie ihn weiterzüchteten, und gaben dem ganzen schwäbischen Geist etwas von ihrem Gepräge ab. Durch sie vor allem kam in die hohe geistige Kultur des Schwabenlandes jene unausfüllbare Kluft zwischen der Weite und Tiefe des inneren Lebens und der äußeren Formlosigkeit, die nicht selten bis zur bewußten Verachtung des Schönen ging.

In dem ehrwürdigen Klosterbau an der oberen Neckarhalde mit seinen Kreuzgängen, Höfen und Gärtchen hauste dieser besondere Menschenschlag beisammen. Dort studierten, aßen, schliefen sie, ständig überwacht, in Zimmern, die ihre altvererbten Namen und die überlieferten Erinnerungen an die früheren Bewohner festhielten. In meines Vaters Nachlaß fand ich eine von unbekannter Hand in Versen geschriebene Szenenfolge, die eine nächtliche Entweichung des sonst so fügsamen

Mörike aus dem Stift unter dem Beistand dunkler Mächte dramatisch darstellt. Man pflegte sich, wenn man die Nacht außerhalb des Stiftes verbringen wollte, an einem langen Seil in den „Bärengraben" hinabzulassen, um auf der anderen Seite durch einen befreundeten Stadtburschen hochgezogen zu werden. Wurde die Abwesenheit entdeckt, so stand auf der unerlaubten „Abnoktation" eine Note. Eine gewisse Zahl solcher Noten bedingte die Ausschließung von der Anstalt. Zu meiner Zeit aber war die Verweltlichung schon so weit gediehen, daß die Stiftler sogar farbentragenden Verbindungen angehören konnten, soweit diese nicht dem verpönten Paukkomment huldigten. Auch waren sie auf allen Bällen unter den eifrigsten und bescheidensten, wenn schon nicht immer unter den gewandtesten Tänzern.

Noch einen Schritt weiter abseits vom studentischen Treiben standen die Zöglinge des katholischen Seminars, die Konviktoren, auch „Haierle" (Herrlein) genannt, meist Bauernsöhne aus dem schwäbischen Oberland, die schon durch ihr langes schwarzes Gewand, aber mehr noch durch ihre oberschwäbische Mundart und ihr ganzes weltfremdes Auftreten von der übrigen akademischen Jugend abstachen. Auch aus dieser Anstalt sind bedeutende Persönlichkeiten hervorgegangen. Wenig ließ es sich das Konvikt, das ehemalige Collegium illustre, das diese friedfertigsten aller Musensöhne beherbergte, damals träumen, daß es einmal im zwanzigsten Jahrhundert französischen Fliegerbomben zur Zielscheibe dienen würde.

Die Tübinger Stiftskirche 1870

Neben dem „Stift“ und mit ihm verbunden lag die „Hölle“, das einstige Wohnhaus des „Höllen-Baur“, jenes berühmten, um seiner Bibelkritik willen viel angefochtenen Theologen. Er hatte zu den Lehrern meines Vaters gehört, war aber um die Zeit, von der hier die Rede ist, schon gestorben. Der Spitzname enthielt keine Spitze gegen seinen Träger. Die Professoren waren der Mehrzahl nach mit solchen versehen, und manche weitgefeierte Leuchte der Wissenschaft ging in der kleinen Stadt unter irgendeiner närrischen, zuweilen auch wirklich witzigen Bezeichnung einher. Was gab es aber auch für Originale unter diesen Professoren! Grundgelehrte Herren, jedoch im Äußeren nicht selten sehr vernachlässigt und mit den seltsamsten Gewohnheiten behaftet. Zu diesen fragwürdigen Gestalten gehörte der Germanist Holland, der Herausgeber von Uhlands Nachlaß, der auch über italienische Sprache und Literatur las. Bekannt war die Ermahnung, mit der er seine Schüler zu entlassen pflegte, sie möchten vor allem danach trachten, ins Konversationslexikon zu kommen, denn wer es dahin gebracht habe, der sei geborgen und brauche nichts mehr zu studieren. Er hatte häufig nur einen Hörer im Kolleg, der zu höflich war, ihn mit den vier Wänden allein zu lassen. Diesen ließ er einmal in die Heimlichkeiten seines Junggesellenhaushalts blicken. „Wissen Sie, Herr M . . .“, sagte er zu ihm, „die Wäscherinnen sind so unsauber (er drückte sich drastischer aus), man kann ihnen die Wäsche nicht anvertrauen. Ich schlafe deshalb seit zehn Jahren auf dem ‚Schwäbischen Merkur‘.“ Als dieser Dante- und Boccaccioausleger uns in viel späteren Jahren einmal in der Heimat Dantes und Boccaccios besuchte, da war Holland in Not, denn das Italienisch, das er jahrzehntelang an der württembergischen Alma mater gelehrt hatte, wurde an Ort und Stelle von niemand verstanden.

Noch viel wunderlicher klangen aber die Anekdoten, die von verschwundenen Generationen übrig waren. Ein älterer Landgeistlicher, Verwandter meines Vaters, der ein hinreißendes mimisches Talent besaß, pflegte uns Kindern solche Geschichten aus seiner eigenen Studienzeit zu Dutzenden zu erzählen und vorzuspielen. In welche verschollene Biedermeierwelt sah man hinein, wenn man hörte, daß ein Professor der Philosophie seinen psychologischen Vortrag mit näselndem Ton und in mühsamem Hochdeutsch, durch das der Dialekt schimmerte, also zu beginnen pflegte: „Jengleng, wenn dich die Liebe plagt, so klage es: (Hier wurden die Finger in Bewegung gesetzt.) a) den Sternen. So deren keine da sind, b) den Wiesen. So auch deren keine gefonden werden, c) den Waldbächen. Denn das Rieseln ond Rauschen der Waldbäche lendert ond mendert den physischen ond psychischen Schmerz einer moralisch niedergedrückten Seele."

Auch in der jungen Generation schossen die Sonderlinge ins Kraut, obgleich sie nun doch schon einen viel weltmännischeren Anstrich bekamen. Wer erinnert sich nicht aus den siebziger Jahren an die Gestalt des Dr. Euting, der als jüngster Kollege meines Vaters an der Universitätsbibliothek amtete und sich später von Straßburg aus als Orientreisender einen Namen machte? Er war weit unter Rekrutenmaß, hatte aber sehr breite Schultern und einen sportlich entwickelten Körper, der sich in den straffen, schnellenden Bewegungen verriet. Euting war damals schon im Orient gewesen und gehabte sich seitdem als Türke. Seine Beweglichkeit, seine schwarzen, umherspringenden Augen, ein seltsam gerunzeltes, aber doch junges Gesicht, das aussah wie von heißerer Sonne gedörrt, gaben ihm ein völlig fremdartiges Ansehen. Den gewesenen Stiftler merkte man ihm nicht mehr an, er lehrte jetzt semitische Sprachen, besonders das Arabische. Als außerordentlich mutiger Mensch, der er war, hauste er mutterseelenallein in dem unheimlichen „Haspelturm“ hinter dem Schlosse. Da bei Einbruch der Dunkelheit die nach dem Schloßhof führende Pforte geschlossen wurde, war er bei Nacht in seinem Turm von allen Lebenden geschieden. Er hatte es durchgesetzt, in diesem ehemaligen Gefängnis der zum Tode Verurteilten, dessen durch keine Treppe erreichbares Verlies noch Menschenknochen bergen sollte, sich ein paar Zimmer einrichten zu lassen, denen er durch orientalische Teppiche und Decken ein einigermaßen wohnliches Ansehen gab. Dort saß er mit untergeschlagenen Beinen, den roten Fes auf dem Kopf, am Boden, aus mächtiger Wasserpfeife rauchend, und bewirtete seine Besucher und Besucherinnen mit selbstgebrautem türkischen Kaffee in winzigen Schälchen, alles echt und stilgerecht. Dabei erzählte er von Wüstenritten, Haremsbesuchen und dergleichen. Er war ein lebhafter Verehrer der Damenwelt, doch war ihm seine Kleinheit beim weiblichen Geschlechte hinderlich, mehr noch sein bekannter Ausspruch, daß er hoffe, dermaleinst mit zwölf jungen Eutings über die Neckarbrücke zu spazieren, alle vom gleichen Wuchs und gleicher Schneidigkeit wie er. Ihm war es gegeben, seine Eigenheiten noch über den Tod hinaus fortzusetzen. Er baute sich zu Lebzeiten mitten unter den freien Schwarzwaldtannen des Ruhsteins sein Grab und bestimmte, daß einmal im Jahr, an seinem Geburtstag, jeder Besucher an dieser Stätte mit einer Tasse Kaffee gelabt werden sollte. Erst die Kaffeeknappheit des Weltkriegs hat diesen schönen Brauch in Abgang gebracht. Doch wir müssen dieses späte Bild verwischen, um wieder zu den Sonderlingen des alten Tübingen zurückzukehren.

Das Tübinger „Museum“ um 1820

Da war unter anderen der ewige Student, ein Mensch, der bis zu seinem Tode auf der Universität verblieb und der mit der Zeit mehr als vierzig Semester auf den Rücken bekam. Er hatte sehr ansehnliche Stipendien, die ihm so lange ausbezahlt wurden, als er studierte; diesen zuliebe studierte er immer weiter, Chemie und Naturwissenschaften, ohne je ein Examen zu machen. Mit der Zeit hatte er es doch zu ganz tüchtigen Kenntnissen gebracht, die ihm gestatteten, andere Studenten aufs Examen vorzubereiten. Als diese dann mit der Zeit Professoren wurden, hörte er selber wieder bei ihnen Kolleg. Mein Bruder Alfred fragte ihn als Student einmal, wie er doch nur bei seinen eigenen ehemaligen Schülern im Hörsaal sitzen und so eifrig nachschreiben möge. „Oh“, antwortete er, „da ist jedes Wort Gold, es kommt ja alles von mir selber.“

Von einem anderen Mediziner wurde erzählt, daß er als verbummelter Student mit sehr geringen Kenntnissen nach Amerika durchgebrannt sei und sich während des Sezessionskrieges den Nordstaaten als Arzt zur Verfügung gestellt habe. Dort stieg er bis zum Generalarzt auf. Aber nach Friedensschluß wurde ihm doch wegen seiner Stellung bange, er kehrte mit dem erworbenen Titel nach Tübingen zurück, hörte wieder Kolleg, und die Professoren, denen sein Auftreten Eindruck machte, ließen ihn denn auch glimpflich im Examen durchschlüpfen.

Unter den Kleinbürgern gab es ebenfalls ganz merkwürdige Gestalten, die von der Jugend mit Vorliebe aufgesucht wurden und die sich die studentische Gesellschaft zur besonderen Ehre schätzten. Eine der bekanntesten war der alte Hornung, ein uralter Veteran von 1813. Er saß jeden Abend im Wirtshaus und spielte Karten; dabei war er als sehr geizig bekannt. Edgar setzte sich in seiner Studentenzeit gern zu ihm und malte ihm, während er spielte, einen Kreuzer auf den Tisch. Da er nicht mehr gut sah und gern mogelte, griff er danach: „Der ist auch noch mein!“ und wollte ihn einstreichen. Das nächstemal wurde der Kreuzer an eine andere Stelle gemalt, und er griff abermals danach. Auf den alten Hornung wurden in Tübingen die bekannten Napoleonanekdoten aus der Schlacht von Leipzig übertragen. Eine aber hörte mein Bruder aus seinem eigenen Munde: Ein französischer

Sergeant hatte als Vorgesetzter den Mann viel drangsaliert. Als sie nun eines Tages Seite an Seite über einen Graben setzen, fällt der Franzose und ruft um Hilfe. Der Hornung aber reitet weiter, indem er mit Nachdruck spricht: „Wer reit't, der reit't, und wer leit, der leit (liegt)."

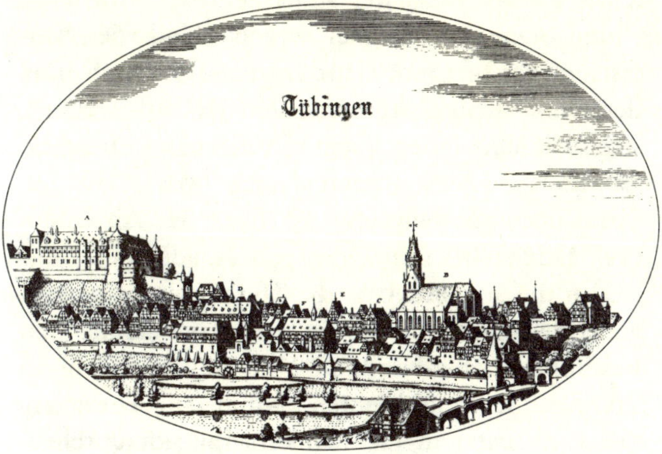

Die ganze bunte Tübinger Romantik gehörte nun aber einzig und allein dem Studenten. Daneben lebte und webte Tür an Tür das engste Spießbürgertum. Die Geselligkeit war durch strengen Kastengeist geregelt und entbehrte der Anmut. Die Frau als gesellschaftliche Macht versagte ganz. Man sah aller Enden hübsche junge Mädchen, aber äußerst selten eine hübsche junge Frau. Sobald sich die damaligen Schwäbinnen verheirateten, hielten sie nichts mehr auf ihre Person. Nach Pflege des Geistes und Körpers zu streben, galt für „Emanzipiertheit“ und Eitelkeit und war überdies ein Zeichen mangelnder Hausfrauentugend. Es konnte vorkommen, daß der Mann hohe akademische Würden innehatte und daß die Frau Magddienste verrichtete. Nicht aus Not, sondern weil sie keine höheren Ziele kannte. So vermochte der ganze Lebensstil sich nicht zu erheben. Auch der Student lernte nur die Reize des Studentenlebens, nicht die einer höheren Geselligkeit kennen. Und wie phantastisch er's getrieben haben mochte, am Schluß der Universitätsjahre mußte auch er unterducken, sich der lähmenden Enge einreihen, wenn er im Lande sein Auskommen finden wollte. Darum klang auch so wehmütig der Sang der Abziehenden: Muß selber nun Philister sein, ade!

Um die aus den Tübinger Verhältnissen hervorgehende Einseitigkeit oder Verwilderung zu bekämpfen, war Friedrich Vischer, solange er in Tübingen lebte und lehrte, bemüht, die Verlegung der Universität in die Landeshauptstadt durchzusetzen. Damit wäre freilich zugleich aller Reiz der Überlieferung aus dem studentischen Leben geschwunden. Er fand aber mit diesem Lieblingsgedanken keinen Anklang und konnte nur für seine eigene Person die Wahl treffen, indem er endgültig das Stuttgarter Polytechnikum dem Tübinger Lehrstuhl vorzog und so die Universität eines ihrer größten Namen beraubte.

Wieviel man gegen das alte Tübingen auf dem Herzen haben mochte, die reizvolle, wunderliche Stadt mit dem kühnen Profil und der entzückenden Lage hat es noch allen angetan, die dort gewesen. Und so oft ich späterhin aus Italien wiederkehrte, ganz durchtränkt von der Schönheit des Südens, wenn ich wieder einmal auf dem „Schänzle“ stand und die Blicke von der lachenden Neckarseite mit der fernen Alb in das schwermütige Ammertal wandern ließ, wo, wie einmal eine gefühlvolle Tübingerin zu Friedrich Vischer sagte, „das Herz seinen verlorenen Schmerz wiederfindet“, immer habe ich den Zauber meiner Jugendstadt aufs neue verspürt.

Worterklärungen und Anmerkungen

Ottilie Wildermuth, Aus dem Leben einer Hausfrau der alten Zeit

Konterfei = Bildnis
Frau Syndikusin = Frau des Syndikus, des Rechtsbeistandes einer Körperschaft
Tochtermann = Schwiegersohn
Substitut = Stellvertreter, Ersatzmann
Zinkenist = Zinkenbläser, Stadtmusikant
Ecossaise = ein Tanz
Kapaun = Masthahn
Bettcouvert = Bettbezug
Lavoir = Waschbecken
à la Werther = Anspielung auf Goethes 1774 erschienenen Brief- und Tagebuchroman „Die Leiden des jungen Werthers"
Solennität = Feierlichkeit
Carmen = Festgedicht
Atlas = Seidengewebe
schleifen = schlittern
Schleife = Gleitbahn, Schlitterbahn, Bahn zum Schleifen
Barchent = Baumwollflanell
schlecken = hier: naschen
ungentil = nicht nett, nicht fein
Insolenz = Anmaßung, Unverschämtheit
toute de suite = sofort
Sacré chien = verdammter Hund
Mamsell = hier: Fräulein
Chaise = Kutsche
Pletz = Besatz
Plaisir = Vergnügen
Lieutenant = Leutnant
kölschener Rock = Rock aus gewürfeltem Baumwollstoff
Manier = Art und Weise
Ähne = Großvater

Johann Jakob Moser, Wieder im Vaterland

dissentit = in anderer Ansicht, stimmt dagegen
Collegium illustre = ehemalige Bildungsstätte des Adels in Tübingen

Rudolf Magenau, Wanderungen eines alten württembergischen Amtssubstituten aus einer Schreibstube in die andre

Substitut = Stellvertreter
Kondition = a) körperliche Verfassung; b) Stellung, Dienstverhältnis
Loci = des Ortes
Kandidat = Amtsbewerber, Anwärter; in oder kurz vor der Prüfung stehender Student
Furien = römische Rachegöttinnen
Ries = Papiermaß, 480 (Schreib-) oder 500 Bogen (Druck-)Papier
Xanthippe = Frau des Sokrates, gilt als Inbegriff einer launischen und zänkischen Ehefrau
rezensieren = kritisch besprechen
Lukas 18,11: „Der Pharisäer stand und betete bei sich selbst also: Ich danke dir, Gott, daß ich nicht bin wie die andern Leute, Räuber, Ungerechte, Ehebrecher oder auch wie dieser Zöllner."
visitieren = untersuchen, besichtigen
Prinzipal = Lehrherr
in simplici = in Arglosigkeit
Rumor = Lärm, Unruhe
quaestionis = die fragliche, betreffende
bebasedowt = etwa: ermahnt, gezüchtigt (nach dem Pädagogen Johann Bernhard Basedow, 1723–1790)
Bileam = Balaam, heidnischer Prophet
Zähren = Tränen
Skribent = Schreiber
Witfrau = Witwe
Jurisdiktion = Rechtsprechung
Kautelen = Vorsichtsmaßregeln, Vorbehalte, Absicherungen
per unanimia = einstimmig
Rehabeam = Roboam, Sohn Salomos, König von Juda (926–910 v. Chr.)
quittieren = hier: niederlegen
N. N. = Abkürzung für nomen nescio (den Namen weiß ich nicht), wird verwendet, wenn der Name einer Person (noch) nicht bekannt ist oder nicht genannt werden soll
Kurialausdrücke = Kanzleiausdrücke
Memoralien = Merkbücher
satisfazieren = Genugtuung leisten
Akzidens = das Zufällige, nicht unbedingt zum Wesen einer Sache gehörende

Argus = vieläugiger Riese der griechischen Mythologie, wurde von Hera aus Eifersucht zur Bewachung Ios bestimmt
Billet d'amour = Liebesbrief
Io = Geliebte des Zeus
Devotion = Unterwürfigkeit
kontestieren = bestätigen
Affektion = Bezeigung von Wohlwollen
Douceurs = Trinkgeld, Schmeichelei
Folianten = große, unhandliche Bücher
Epigramme = Sinngedichte, Spottgedichte
Olymp = griechisches Gebirge, Sitz der Götter
Swedenborg, Emanuel von (1688–1772): Naturforscher und Theosoph, glaubte in der Geisterwelt zu verkehren, die ihm als Spiegelbild des Diesseits erschien
Ode = feierliches Gedicht
Elegie = Klagelied, wehmütiges Lied
Mariage = Kartenspiel
Sancho Pansa = der treue und schlaue Knappe Don Quijotes in Cervantes' Roman
Tantalus = Sohn des Zeus, wurde – weil er das Vertrauen der Götter getäuscht und ihnen seinen geschlachteten Sohn Pelops zum Essen vorgesetzt hatte, um ihre Allwissenheit zu prüfen – in die Unterwelt gestürzt, wo er ewig Hunger und Durst litt: Der See, vor dem er stand, wich zurück, sobald er daraus trinken wollte; die Zweige mit Obst, die über ihm hingen, schnellten zurück, sobald er nach ihnen griff.
Schnacken = komische Sprüche, lustige Geschichten
Schultheiß = Ortsvorsteher
Laudes = Lobgesänge
Mordalflegel = arger Flegel
Palliativmittel = Linderungsmittel
welsch = ausländisch, insbesondere französisch
Apologie = Rechtfertigung, Verteidigung
rezidiv = rückfällig
Resipiszenz = Sinnesänderung, Bekehrung; Erwachen aus einer Ohnmacht
Assemblee = Versammlung
quo semel est imbuta recens, servabit odorem, olla = womit der Topf einmal ursprünglich gefüllt war, dessen Geruch wird er beibehalten
Depositum = das Hinterlegte, hinterlegter Betrag
Halsgerichtsordnung = im Mittelalter die Gesetze über Strafrecht und Strafverfahren
Visite = Besuch
cum uxore = mit der Ehefrau
Peter = Frauenjacke
elysisch = paradiesisch
Thalamus = Schlafgemach

Ares = griechischer Kriegsgott
honorabel = ehrenvoll
Carmen = Festgedicht
Inzipienten-Jahre = Anfänger-Jahre
Salarium = Gehalt
Apoll = griechisch-römischer Gott der Dichtkunst
mundieren = ins reine schreiben
ingrossieren = etwas in großen Mengen machen
Fronvogt = Aufseher beim Frondienst
vakant = frei
Substitution = Stellvertretung, Stellvertreterstelle
promenieren = spazierengehen
Prosaisten = Prosaschriftsteller
dauern = leid tun
Gellert, Christian Fürchtegott (1715–1769): Schriftsteller, bekannt sind vor allem seine „Fabeln und Erzählungen"
Terrae pondus = Last der Welt

Justinus Kerner, Meine Geburt und erstes Leben in Ludwigsburg. Die Zeit Herzog Carls. – Die Zeit Herzog Ludwigs.

Generalsuperintendent = höherer evangelischer Geistlicher
Konsistorium = oberste Verwaltungsbehörde einiger evangelischer Landeskirchen
Herzog Carl Eugen (1728–1793) regierte von 1737 bis 1793 (bis 1744 unter Vormundschaft), gilt als geistreich, prachtliebend und gewalttätig. Gründete die Karlsschule, die auch Schiller besuchte, erbaute das Neue Schloß in Stuttgart und die Schlösser Solitude und Hohenheim. Im Erbvergleich von 1770 mußte er die Rechte der Landstände anerkennen
Pharo = Kartenglücksspiel
Schubart, Christian Friedrich Daniel (1739–1791): dem Sturm und Drang nahestehender württembergischer Dichter, wegen Veröffentlichung liberaler Artikel von 1777–1787 auf dem Hohenasperg gefangengehalten.
Corps de Logis = Hauptgebäude des Schlosses
Herzog Ludwig (1731–1795) = Carl Eugens Bruder Ludwig Eugen, Herzog von Württemberg von 1793 bis 1795
Rotgerber = Gerber, der das Verfahren der pflanzlichen Gerbung anwendet (Rot- oder Lohgerberei)
Spezial = Spezialsuperintendent; höherer evangelischer Geistlicher

Eduard Mörike, Selbstbiographie

Oheim = Onkel
Gebrauch des Wildbads = Bäder in Wildbad (einem Kurort im Schwarzwald) nehmen

David Friedrich Strauß, Christian Märklins Herkunft und Knabenalter

Enakim = Enakiter, sagenhaftes Riesengeschlecht in Palästina
Hegel, Georg Wilhelm Friedrich (1770–1831): Philosoph, Vertreter der Dialektik
Flatt, Johann Friedrich (1759–1821): Theologe und Philosoph, Verfechter des biblischen Offenbarungsglaubens
Maulesel = Anspielung auf die Gründungsgeschichte des Klosters Maulbronn. Der Sage nach soll dieses an der Stelle gegründet worden sein, wo sich der Maulesel eines Mönches zur Ruhe niederließ
Prälat = geistlicher Würdenträger
Präzeptor = Lehrer, Erzieher
subordinieren = unterordnen
gutta cavat lapidem = steter Tropfen höhlt den Stein
Generalsuperintendent = höherer evangelischer Geistlicher
Flor = Wohlstand
Petent = Antragsteller, Bittsteller
Exspectantes prima (secunda) vice = Anwärter zum ersten (zweiten) Mal
Exposition = Darlegung
Exerzitium = Übung, Hausarbeit

Max Eyth, Der Flug des Schneiders von Ulm

Promotion = hier: Bezeichnung für einen Schüler-Jahrgang in den sogenannten „niederen Seminaren" Württembergs (Maulbronn, Schöntal, Blaubeuren, Urach)
Alumnus = Schüler
Prälat = geistlicher Würdenträger
Tempora mutantur et nos mutamur in illis = die Zeiten ändern sich und wir ändern uns mit ihnen
Ikarus = sagenhafter Sohn des Dädalus. Um aus dem kretischen Labyrinth, wo er gefangen gehalten wurde, zu entkommen, baute er sich Flügel, die mit Wachs zusammengehalten wurden. Als er der Sonne zu nahe kam, schmolz das Wachs und er stürzte ins Meer.
Pläsier = Vergnügen
Fischerstechen = traditionelles Ulmer Fest. Die Fischer stehen in leichten Kähnen und versuchen, sich mit langen Stangen gegenseitig ins Wasser zu stoßen

Friedrich Theodor Vischer, Mein Lebensgang

Hebdomadarmethode = Methode der Wochenarbeit
Peter Vischer d. Ä. (um 1460–1529): einer der bedeutendsten deutschen Erzgießer

anima candida = fleckenlose Seele
Teutoniker = von teutonisch: typisch deutsch
Jahn, Friedrich Ludwig (1778–1852): der „Turnvater" Jahn, war auch an der Gründung der Burschenschaft beteiligt
Follen, Karl (1795–1840): Dichter und Politiker. Führer der radikalen Richtung der Burschenschaft
Arndt, Ernst Moritz (1769–1860): politischer Schriftsteller und Dichter
Körner, Theodor (1791–1813): Dichter; bekannt wegen seiner Lustspiele, Trauerspiele, Kriegs- und Freiheitslieder
Autodafé = Ketzergericht, Ketzerverbrennung
Körners „Nachtwächter" = ein 1815 veröffentlichtes Lustspiel von Theodor Körner
Silcher, Friedrich (1789–1860): Komponist volkstümlicher Lieder
Examinand = Prüfling
pathologisch = krankhaft
Legalität = Gesetzlichkeit, Rechtsgültigkeit
Dogmatik = Glaubenslehre
Dogma = Glaubenssatz, Lehrmeinung
Konvolut = Bündel (von Schriftstücken)
Mythos = Sage und Dichtung von Göttern und Helden; Legendenbildung
Fakultät = Wissenschaftsgruppe, Fachbereich einer Universität
Exegese = Wissenschaft von der Bibelauslegung
Ethik = Sittenlehre
Nimbus = Heiligenschein, Ruhmesglanz
Sektion = Gruppe, Abteilung
Pastoraltheologie = praktische Theologie, Wissenschaft von der Seelsorge
Strauß, David Friedrich (1808–1874): Philosoph und Theologe; Hauptwerk: „Das Leben Jesu, kritisch bearbeitet"
Pantheismus = Anschauung, daß Gott und Welt eins seien
Schelling, Friedrich Wilhelm Joseph von (1775–1854): Philosoph, Vertreter des deutschen Idealismus
mythisch = sagenhaft, erdichtet
mystisch = geheimnisvoll, dunkel
Schleiermacher, Friedrich Ernst Daniel (1768–1834): evangelischer Theologe und Philosoph
Spinoza, Baruch de (1632–1677): Philosoph, Vertreter des Pantheismus
dialektisch = das Denken in These, Antithese, Synthese; spitzfindig
subtil = zart, fein, spitzfindig
gräzisieren = nach griechischem Muster formen; die alten Griechen nachahmen
herrnhutisch = abgeleitet von der Herrnhuter Brüdergemeinde, einer evangelischen Freikirche, die dem Pietismus nahesteht und eine

Gemeinschaft aufgrund brüderlicher Liebe und gegenseitiger Unterordnung bildet
hospitieren = als Gast zuhören
Tieck, Ludwig (1773–1853): Dichter der Frühromantik, Übersetzer Shakespeares
Hypochondrie = Einbildung, krank zu sein
splendid = freigebig, glanzvoll, kostbar
demosthenisch = beredt
rational = vernünftig
katechisieren = Religionsunterricht erteilen
Hegel, Georg Wilhelm Friedrich (1770–1831): Philosoph, Vertreter der Dialektik
Musen = griechische Göttinnen der Künste
kopulieren = trauen

Berthold Auerbach, Der Tolpatsch

Pudelkappe = pelzverbrämte rote Mütze ohne Schild, mit einer Troddel von Golddraht in der Mitte
Bartel = Bartholomäus
Basche = Sebastian
Kalbe = Kuh, die noch nicht gekalbt hat
Kunkel = Spinnrocken
lent = laßt
Engerle = Holzfaser des Hanfs
no wett = dann wollte
Knöpfle = den Spätzle ähnliche schwäbische Mehlspeise
Wirtel = Ring aus beinhartem Holz oder aus Stein, den man ans Ende der Spindel steckt, damit man sie, so beschwert, besser drehen kann
Kobbel = Jakob
Schmusgeld = Maklerlohn
„Schlaf" = Schlafkamerad (beim Militär schliefen stets zwei Soldaten auf einer Pritsche)
reistes Tuch = hänfenes Leinen
Tschako = soldatische Kopfbedeckung
Schandarm = Gendarm
Ordonnanz = zu dienstlichen Zwecken, besonders zur Befehlsübermittlung abkommandierter Soldat
Bouteille = (frz.) Flasche
unbaß = unpäßlich
Weisung = Weise, Melodie
allbot = oft
hoan = heim
gaun = gehen
mei haun = mehr haben
Dorfschütz = Dorfpolizist

Hermann Kurz, Denk- und Glaubwürdigkeiten

Kurrende = früher Knabenchor, der gegen Gaben vor Häusern geistliche Lieder sang
martialisch = kriegerisch, grimmig, verwegen
Bandelier = breiter Leibgurt oder Schulterriemen
Heinrich von Ofterdingen = sagenhafter Sänger des Mittelalters, der im „Sängerkrieg auf der Wartburg" eine Rolle spielt (2. Hälfte des 13. Jahrhunderts). Roman von Novalis, Drama von F. Lienhard
jener verstörte Grübler = Hamlet
„des Gedankens Blässe angekränkelt" = Zitat aus Shakespeares Hamlet, III. Akt, 1. Szene (Hamlets Monolog), wo es heißt: Der angebornen Farbe der Entschließung wird des Gedankens Blässe angekränkelt (And thus the native hue of resolution is sicklied o'er with the pale cast of thought)

Karl Gerok, Die Knabenzeit

Präzeptor = Lehrer, Erzieher
Berlocken = Ziergehänge
Nanking = Baumwollgewebe (benannt nach der chinesischen Stadt gleichen Namens)
Bonhomie = Gutmütigkeit, Einfalt
Kasus = Fall
Departement = Verwaltungsbezirk in Frankreich
Hebdomadar = Wochenarbeit
Katafalk = Gerüst für den Sarg bei Leichenfeiern
Distichen = Verspaare bestehend aus jeweils einem Hexameter und einem Pentameter
Hemisphäre = Erdhalbkugel
Mentor = Erzieher, Ratgeber
Bebe = Kleinkind, Säugling (von frz. bébé)
memorieren = auswendig lernen
obskur = dunkel, unbekannt
Stanze = achtzeilige Strophenform
persiflieren = verspotten

Wilhelm Waiblinger, Schäferlauf in Markgröningen

Pfarrer von Wakefield = (The Vicar of Wakefield, 1766), Roman von Oliver Goldsmith, einem englischen Dichter (1728–1774). Diese Familienidylle in Prosa beeinflußte zahlreiche deutsche Dichter, u. a. auch Goethe.
Schalmei = Holzblasinstrument
Friederike = Friederike Brion, eine Pfarrerstochter aus Sesenheim, Goethes Jugendliebe

Theobald Kerner, Das Kernerhaus

parterre = im Erdgeschoß
Remise = Geräte-, Wagenschuppen
Altane = Balkon
audiatur et altera pars = auch die Gegenseite ist anzuhören (römischer Rechtsgrundsatz)
Vivisektion = Eingriff an lebenden Tieren zu Forschungszwecken
Somnambule = Schlafwandlerin, Mondsüchtige
Dependance = Nebengebäude (eines Hotels)
Prior = Klostervorsteher
ora pro nobis = bete für uns
Hermann Kurz (1813–1873): schwäbischer Schriftsteller und Lyriker, Vater der Schriftstellerin Isolde Kurz
Nikolaus Lenau (1802–1850): eigentlich Nikolaus Niembsch, Edler von Strehlenau, österreichischer Dichter, 1831 Gast im Haus von Justinus Kerner
philisterhaft = spießbürgerlich
Glück von Edenhall = Anspielung auf das gleichnamige Gedicht von Ludwig Uhland. Als „Glück von Edenhall" wird dort ein kristallenes Trinkglas bezeichnet; als dieses mutwillig zerbrochen wird, ist es auch mit dem Glück des Geschlechtes derer von Edenhall vorbei.
Unschlittkerze = Talgkerze
Ameublement = Möblierung
Messiaden = Dichtungen über den Messias
Sermon = (langweilige) Rede
Rauhes Haus = 1833 von J. H. Wichern in Hamburg gegründete Anstalt zur Betreuung gefährdeter Jugendlicher
Polenta = Maisbrei
ad hominem = am Menschen
Manna = legendäres Brot der Israeliten
quieszierter Beamter = in den Ruhestand versetzter Beamter
Kroninsignien = Kennzeichen der Krone

Carl Theodor Griesinger, Die Winkelschenke

Planie = ebene Baum- oder Parkanlage in Städten
dito = ebenso
Ameublement = Möblierung
Kanzlist = Schreiber, Kanzleiangestellter
Krieg in Spanien = 1. Karlistenkrieg 1834–1840. Nach dem Tod Ferdinands VII. erhob sich dessen Bruder Carlos gegen die Thronfolge von Ferdinands Tochter Isabella II.
Tscherkessen = kaukasischer Volksstamm im Quellgebiet des Terek
Kommis = Handlungsgehilfe

Die Fahnenweihe des Tübinger Arbeitervereins

Wöhrd = um das Wohnhaus gelegenes Ackerland, Name eines Platzes in Tübingen
Faszes = Bündel aus Ruten und einem Beil, das Abzeichen der römischen Liktoren (Amtsdiener)
Hecker, Friedrich (1811–1881): revolutionärer Politiker, Mitglied der badischen zweiten Kammer, Führer der radikalen Linken, floh nach einem mißglückten Aufstandsversuch 1848 in die Schweiz. Ging später in die USA, wo er Oberst der Union im Sezessionskrieg war.
Blum, Robert (1807–1848): Führer der demokratischen Linken in der Frankfurter Nationalversammlung. Wegen Teilnahme am Wiener Oktoberaufstand standrechtlich erschossen.

Ottilie Wildermuth, Aus dem Leben einer Hausfrau der neuen Zeit

Präzeptor = Lehrer, Erzieher
spedieren = versenden, befördern
Boudoir = elegantes Damenzimmer
Gracchen = die Brüder Tiberius (162–132 v. Chr.) und Gaius Sempronius (153–121 v. Chr.) Gracchus, römische Volkstribunen
Visitation = Durchsuchung
Departement = hier: Geschäftsbereich
Paletot = doppelreihiger Herrenmantel mit Samtkragen
supplizieren = flehentlich bitten
Fröbels Anstalt für Kindergärtnerinnen = Friedrich Fröbel (1782–1852) war der Schöpfer der Kindergartenbewegung
Seraph = Lichtengel des Alten Testaments
kontrakt = gelähmt
Phönix = sagenhafter Vogel, der sich in bestimmten Abständen selbst verbrennt und neu geboren aus der Asche aufsteigt
auf Georgii = 23. April
Genien = Schutzgeister des Hauses und der Familie
Kachel = hier: Topf zum Braten
Großmogul = Bezeichnung für die Herrscher einer von 1526–1856 in Indien regierenden mohammedanischen Dynastie
obligiert = zu Dank verpflichtet
Frau Schulzin = Frau des Schulzen, d. h. des Bürgermeisters
Madame la baronne = Frau Baronin
née = geborene

Die Wohltat einer Straßenlaterne

Remise = Wagenschuppen
Chaise = Kutsche

Isolde Kurz, Vorfrühling

frater corpus = Bruder Körper
metaphysisch = übersinnlich
Füchse = Verbindungsstudenten in den Anfangssemestern
Wahlverwandtschaften = 1809 verfaßter Roman von Johann Wolfgang von Goethe
Etikette = feines Benehmen
Rousseau, Jean Jacques (1712–1778): französischer Schriftsteller und Philosoph
Eichendorff, Joseph von (1788–1857): deutscher Dichter der Spätromantik
jambisch = Vers in Jamben, also einem Versfuß aus einer kurzen und einer langen Silbe bzw. aus einer Senkung und einer Hebung
Gracchen = das römische Brüderpaar Tiberius und Gaius Sempronius Gracchus, Volkstribunen. Tiberius wurde erschlagen, Gaius Sempronius beging Selbstmord
Karthago = Hauptstadt des Reiches der Karthager oder Punier in Nordafrika, im Dritten Punischen Krieg von den Römern völlig zerstört (146 v. Chr.)
attisch = aus Attika, der südöstlichen Halbinsel Mittelgriechenlands, stammend; auch für altgriechisch
thebanisches Brüderpaar = Polyneikes und Eteokles, Söhne des Ödipus, Brüder der Antigone. Sie führten gegeneinander Krieg um den thebanischen Thron. Um weiteres Blutvergießen zu vermeiden, sollte der Sieger schließlich in einem Zweikampf ermittelt werden, dieser endete jedoch für beide Brüder tödlich.

Eduard von Paulus, Lebensweise und Sitten

Kunkel = Spindel, Spinnrocken
Salweide = strauchige bis baumförmige Weidenart (Salix caprea)
Aspenzweige = Espenzweige

Isolde Kurz, Das alte Tübingen

Turenne, Henri de (1611–1675): französischer Marschall, 1644 Oberbefehlshaber über Süddeutschland, unternahm 1674/75 einen Feldzug im Elsaß und in Baden
Mélac, Ezéchiel: französischer General, verwüstete 1689 im Auftrag Ludwigs XIV. die Pfalz
Kontrahage = Forderung auf Waffen, Verabredung zu einem Zweikampf
Farben = die jeweils für eine studentische Korporation (Verbindung) kennzeichnenden Farben; hier für Verbindung generell gebraucht

Philisterium = Spießbürgertum; auch Gesamtheit der im Berufsleben stehenden Alten Herren einer Studentenverbindung (Philister)
Ellbogen = Engstelle im Neckar an der Neckarbrücke
Lustnau = Stadtteil von Tübingen
Kirchentellinsfurt = Ortschaft in der Nähe von Tübingen
Etymologie = Lehre von Ursprung und Geschichte der Wörter
Couleurstudent = einer farbentragenden Verbindung angehörender Student
paukende Korporationen = Korporationen, die Mensuren austragen (fechten)
Wichs = Festtracht studentischer Korporationen
Mensur = nach bestimmten Regeln ausgetragener Zweikampf bei Studentenverbindungen
Pedell = Hausmeister an einer Hochschule
Fuchsenwachen = Verbindungsstudenten in den Anfangssemestern
Gösta Berling = Roman von Selma Lagerlöf (1858–1940), 1891 erschienen
Physiognomie = Erscheinungsbild
Hölderlin, Friedrich (1770–1843): Dichter, der am Tübinger Stift Theologie studierte. Fiel später in geistige Umnachtung und wurde zu einem Tübinger Tischler in Pflege gegeben, bei dem er bis zu seinem Tode lebte
Hegel, Georg Wilhelm Friedrich (1770–1831): Philosoph, studierte 1788–1793 am Tübinger Stift Theologie und Philosophie; Freund Hölderlins
Mörike, Eduard (1804–1875): Pfarrer und Dichter, besuchte 1822–1826 das Tübinger Stift; Freund von David Friedrich Strauß und Friedrich Theodor Vischer
Strauß, David Friedrich (1808–1874): Philosoph und Theologe; 1825–1835 mit Unterbrechungen als Student und Repetent am Tübinger Stift
mein Vater = Hermann Kurz (1813–1873), Dichter und Erzähler, studierte am Tübinger Stift, ab 1863 Bibliothekar an der Universitätsbibliothek Tübingen
Zeller, Eduard (1814–1908): Philosoph und Theologe
Vischer, Friedrich Theodor (1807–1887): Ästhetiker und Dichter, habilitierte sich 1836 in Tübingen; Freund von Mörike und D. Fr. Strauß
Abnoktation = nächtliche Abwesenheit
Konvikt = Stift, Heim für Theologen
Collegium illustre = ehemalige Bildungsstätte des Adels
Alma mater = Universität
Fes = rote Kopfbedeckung ohne Rand
Sezessionskrieg = Krieg zwischen den Südstaaten und den Nordstaaten der USA (1861–1865), nachdem die Südstaaten Virginia, Nordkarolina, Südkarolina, Georgia, Florida, Alabama, Tennessee, Mississippi,